教育部高职高专计算机教指委规划教材

U0143937

C 语言程序设计项目教程

主　编　吕新平

副主编　孟祥瑞　邱发林　池　云

参　编　李超燕　沈宇平　邱　斌

中国人民大学出版社

·北京·

总　序

近年来，我国高等教育取得了跨越式发展，毛入学率由 1998 年的 8％迅速增长到 2010 年的 25％，已经进入到大众的发展阶段，这其中，高等职业教育对实现"形成全民学习、终身学习的学习型社会"、"构建终身教育体系"的宏伟目标，发挥着其他教育形式不可替代的作用。

质量是职业教育的生命，社会需求是职业教育发展的终极动力。新颁布的《国家中长期教育改革和发展规划纲要》特别强调通过推进教育教学改革来提高质量。《纲要》要求通过课程、教材、教学模式和评价方式的创新，推进就业创业教育，实现人才培养方式转变，着力提高学生的职业道德、职业技能和就业创业能力。

实际上，为了适应我国高等职业教育的发展，全面提高教育教学质量，教育部主管部门先后启动了"国家精品课程建设"和"国家示范性高等职业院校建设计划"，经过四年的建设，无论是办学条件、人才培养模式，还是学生的就业质量都取得了显著进步；同时，也涌现出了一批高水平的优秀课程和优秀教材，为传播优秀教学理念、教学方法和教学内容起到了重要作用，为提高教学质量奠定了坚实基础。

为进一步深化教育教学改革和精品课程建设，进一步挖掘优秀的课程和教材，推广优秀的教育成果，扩大精品课程的受益面，在教育部高等学校高职高专计算机类专业教学指导委员会的指导下，中国人民大学出版社组织召开了计算机类专业的教材研讨会，并成立了教材编审委员会，计划在未来两三年内陆续推出百种高职高专计算机系列精品教材。

　　此套教材的作者大都是有着丰富的职业教育教学经验和较高专业学术水平的专家和教授。教材内容的选择克服了追求理论"大而全"的不足，做到了少而精，有针对性，突出了能力的训练和培养；教材体例的安排突出了学习使用的弹性和灵活性，形成文字教材和多媒体教程相结合的立体化教材，加强了教师对学生学习过程的指导和帮助，形象生动、灵活方便，更能适应学员在职、业余自学，或配合教师讲授时使用，相信会起到很好的教学效果。为满足教师在实际教学中的需求，本套教材在编写体例形式上不拘一格，具备"任务引领型"、"案例型"、"项目实训型"等写作特点，其目的是让学生在学中练、练中学，在实际动手练习中掌握理论知识的专业技能。

　　我们期待，这套高职高专计算机精品教材能够为促进我国高校 IT 职业教育的教学质量做出积极的贡献；我们也相信，这套教材必将在实践中日臻完善、追求卓越！

教育部高等学校高职高专计算机类专业教学指导委员会　主任委员

大连东软信息学院院长　温涛教授

二〇一〇年六月

前　言

　　C语言是一种被广泛学习、普遍使用的计算机程序设计语言。它的高级语言形式、低级语言功能具有特殊的魅力。由于C语言具有完整的编程语言特点，因而被作为典型的教学语言。在计算机等级考试、全国计算机应用证书考试等多种计算机知识考试中都有C语言。另一方面，C语言又作为一门实用的、功能强大的程序设计语言，被程序设计人员广泛使用。因此，C语言是一门十分重要的程序设计语言。

　　在多年的教学实践中我们体会到，要真正掌握C语言，学习者的难度较大。其原因一方面是C语言自身的难度，另一方面是现有的教材以学习C语言要掌握的知识为重点，不能很好地将教学过程中出现的知识、技能与实际软件开发所需要的知识、技能结合起来，学习者的积极性和主动性不能得到充分的发挥。我们在开展该课程的教学活动中，以"职业活动导向、任务驱动、项目载体"，结合C语言的特点，通过"班级学生成绩管理系统"项目的开发，使学习者掌握C语言程序设计的知识：数据类型、分支控制、循环控制、函数的定义及调用、结构体及数组、指针、文件操作、编译预处理等，使学习者学会用C语言程序解决实际问题的能力。

　　"班级学生成绩管理系统"共设计了四个功能，如下图所示。

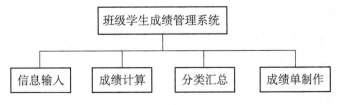

"班级学生成绩管理系统"包含如下项目：

- 项目 1　项目菜单设计
- 项目 2　学生成绩的输入与计算
- 项目 3　项目菜单的选择执行
- 项目 4　项目的整体框架设计
- 项目 5　项目中数组的应用
- 项目 6　项目中指针的应用
- 项目 7　项目中自定义数据类型
- 项目 8　项目中学生数据的存储与重用

我们将这 8 个项目作为本书的 8 个章标题，"班级学生成绩管理系统"采用"循序渐进"的原则，分为 21 个任务实施。各项目以 1～4 个任务为驱动，围绕完成任务设计必备的知识与理论进行讲解，使学习与应用融为一体。通过学习的深入逐步完善程序的功能，最后形成一个较为完整的程序。随着学习的逐步深入，学习者也可以自己增加新的模块，使程序逐步完善、实用。项目开发中的任务如下：

- 任务 1：用输入/输出函数初步设计项目菜单
- 任务 2：学生成绩的输入/输出
- 任务 3：总分与平均分的计算
- 任务 4：用 if 语句实现菜单的选择执行
- 任务 5：用 switch 语句实现菜单的选择执行
- 任务 6：用循环语句实现菜单的选择执行
- 任务 7：整体项目菜单函数
- 任务 8：子项目菜单函数
- 任务 9：系统实现的主函数
- 任务 10：使用数组查找学生最高、最低成绩
- 任务 11：使用数组查找成绩不合格的学生
- 任务 12：使用数组对学生的成绩进行排序
- 任务 13：使用指针查找学生最高、最低成绩
- 任务 14：使用指针查找成绩不合格的学生
- 任务 15：使用指针对学生的成绩进行排序
- 任务 16：学生记录的增加
- 任务 17：学生记录的删除
- 任务 18：学生记录的修改
- 任务 19：学生记录的显示

● 任务 20：学生信息的保存
● 任务 21：学生信息文件的打开

程序设计课程的教学是引导学习者利用计算机进行解题能力的培养过程。本书的项目和例题选择了比较典型的问题，强调对问题的分析过程，其目的在于通过对典型问题的分析，使学习者能举一反三，不断积累解决复杂问题的能力。

本书的实例、项目任务、习题都用 VC++6.0 调试通过。

除通过本书的项目开发可以培养学习者项目开发的技能外，本书各章后包含的大量习题，可使学习者很好掌握所学知识与技能。习题的形式采用与全国计算机等级考试类似的题型，因此该书也可作为全国计算机等级考试（二级 C 语言）的参考书目。

本书由吕新平老师主编，副主编孟祥瑞、邱发林、池云等老师对本书提出了许多建设性的建议，并设计了本书的项目，李超燕、沈宇平、邱斌等老师设计并调试了本书的项目，并编写了本书的课后习题。由于作者的水平和能力有限，书中难免有不当之处，恳请读者批评指正。

作 者

2010 年 9 月

目　录

项目 1   项目菜单设计

 技能目标

- 能进行数据的运算并能编写输出数据的程序；
- 能使用 Microsoft Visual C++6.0 进行 C 程序的开发。

 知识目标

- 了解 C 语言的特点和 C 语言的开发步骤；
- 初步了解 C 程序的组成结构和主函数的作用；
- 掌握五种基本算术运算符的使用：＋、－、＊、/、％，了解优先级与结合性；
- 理解 C 语言中各种运算的运算规则，由运算符和相关数据组成表达式的方法；
- 能够使用 printf( ) 函数进行信息的输出；
- 能编写简单程序。

 项目任务与解析

建立班级学生成绩管理系统的菜单。

本项目包含 1 个任务：

- 用输入/输出函数初步设计项目菜单。

1.1   任务 1：用输入/输出函数初步设计项目菜单

1. 问题描述

现在要开发一套用于班级学生成绩管理的程序，该系统的功能包括信息输入、成绩计算、分类汇总以及成绩单制作。

根据 C 语言提供的输出函数，编写出一个显示功能菜单的主函数。

2. 具体实现

```
#include<stdio.h>
```

```
int main(void)
{
    /* 显示菜单 */
    printf(" ===== 班级学生成绩管理系统 ===== \n");
    printf(" ------------------------------ \n");
    printf("         1. 信息输入                    \n");
    printf("         2. 成绩计算                    \n");
    printf("         3. 分类汇总                    \n");
    printf("         4. 成绩单制作                  \n");
    printf(" ------------------------------ \n");
    return 0;
}
```

3. 知识分析

选择 C 语言作为程序的开发语言，那么首先就要了解这种语言的特点、特征以及运行环境等。

1.2 必备知识与理论

1.2.1 计算机程序设计语言

现代计算机可以自动完成计算过程，但必须要编制相应的程序。程序实际上是一个非常普通的概念，就是按照一定顺序安排的工作步骤。可以说，做任何事情都有相应的程序。做的事情不同，要求的效果不同，程序也就不同。例如，用同样的原料，采用不同的程序，会做出不同的菜肴来。

计算机程序需要用某种形式(语言)来描述。例如，用算盘进行计算，程序语言是用口诀来描述的。现代计算机的程序则是用计算机程序设计语言来描述的。程序(program)是由一系列指令组成的，是为解决某一具体问题而设计的一系列排列有序的指令的集合。设计及书写程序的过程称为程序设计。从计算机诞生到现在，程序设计语言也在伴随着计算机技术的进步不断升级换代。

使用计算机解决问题就需要编写程序，编写计算机程序就必须掌握计算机的程序设计语言。程序设计语言分为三类：机器语言、汇编语言和高级语言。

1. 机器语言

一台计算机中所有指令的集合称为该计算机的指令系统，这些指令就是机器语言，它是一种二进制语言。

由于计算机的机器指令和计算机的硬件密切相关，所以用机器语言编写的程序具有充分发挥硬件功能的特点，程序简洁、运行速度快。其缺点是编写的程序不直观、难懂、难记、难写，并且难以修改和维护。另外，机器语言是每一种计算机所固有的，不同类型计算机的指令系统和指令格式是不同的，因此机器语言没有通用性，是"面向机器"的语言。

2. 汇编语言

鉴于机器语言的缺点，人们用符号(称为助记符)来代替机器语言中的二进制代码，设计了"汇编语言"。汇编语言与机器语言基本上是一一对应的，但采用助记符来代替操作码，用符号来表示操作数地址(地址码)。这些助记符通常使用命令功能英文单词的缩写，便于记忆，如用 ADD 表示加法、MOVE 表示传送等。

用汇编语言编写的程序具有质量高、执行速度快、占用内存少的特点，因此常用来编写系统软件、实时控制程序等。汇编语言同样是"面向机器"的语言，机器语言所具有的缺点，汇编语言也都有，只不过程度上不同而已。

3. 高级语言

高级语言与汇编语言相比，具有下面的优点：接近于自然语言，一般用英语单词表达语句，便于理解、记忆和掌握；语句与机器指令不存在——对应的关系，一条语句通常对应多个机器指令；通用性强，基本上与具体的计算机无关，编程者无须了解具体的机器指令，可以把精力集中于解题思路和方法上去。

由于高级语言程序主要是描述计算机的解题过程，即描述复杂的加工处理过程，所以也称这种高级语言为"面向过程"的语言。

用高级语言编写的程序称为"源程序"。计算机不能直接运行源程序，通常有解释方式和编译方式两种方法在计算机上执行源程序。

解释方式，即让计算机运行解释程序，解释程序逐句取出源程序中的语句，对它作解释执行，输入数据，产生结果。解释方式的主要优点是计算机与人的交互性好，调试程序时，能一边执行一边直接改错，能较快得到一个正确的程序。其缺点是逐句解释执行，运行速度慢。

编译方式，即先运行编译程序，从源程序一次翻译产生计算机可直接执行的二进制程序（称为目标程序）；然后让计算机执行目标程序，输入数据，产生结果。编译方式的主要优点是计算机运行目标程序快，缺点是修改源程序后必须重新编译以产生新的目标程序。现在学习的 C 语言就采用编译方式运行。

也有将上述两种方式结合起来的，即先编译源程序，产生计算机不能直接执行的中间代码，然后让解释程序解释执行中间代码，如 Java 程序。这样做的好处首先是比直接解释执行快；更大的好处是中间代码独立于计算机，只要有相应的解释程序，就可在任何计算机上运行。

1.2.2　高级程序设计语言的开发过程

1. 分析问题、建立模型

一个具体的问题要涉及许多方面，这是问题的复杂性所在。为了便于求解，往往要忽略一些次要方面。这种通过忽略次要方面而找出解题规律的方法，就称为建立模型。

2. 表现模型

表现模型就是用一种符号语言系统来描述模型。模型的表现会随着对问题抽象程度的加深和细化，不断由领域特色向计算机可解释、可执行靠近，中间也可能采用一些其他的符号系统，如流程图等，直到最后用一种计算机程序设计语言描述出来。

3. 源程序的编写

源程序的编写就是在集成开发环境下，用具体的程序设计语言书写并修改程序的过程。为此就要掌握一种计算机程序设计语言。

4. 程序的编译与连接

写出一个高级语言程序后，并不是就可以立即执行。要让机器执行，还要将它翻译成由机器可以识别的机器语言程序。为区别它们，把用高级语言编写的程序（文件）称为源程序（文件），把机器可以直接辨认并执行的程序（文件）称为可执行程序（文件）。这一过程一般分为以下两步：

步骤 1： 在程序编辑过程中输入到源文件中的是一些字符码，但是机器可以直接处理的是 0、1 信息。为此，首先要将源程序文件翻译成用 0、1 码表示的信息，并用相应的文件保存。这种保存 0、1 码信息的文件称为目标程序文件。由源文件翻译成目标文件的过程称为编译。在编译过程中，还要对源程序中的语法和逻辑结构进行检查。编译任务由编译器（compiler）完成。编译后的目标程序文件还不能被执行，它们只是一些目标程序模块。

步骤 2： 将目标程序模块以及程序所需的系统中固有的目标程序模块（如执行输入/输出操作的模块）连接成一个完整的程序。经正确连接所生成的文件才是可执行文件。完成连接过程的软件称为连接器（linker）。

程序在编译、连接过程中，也可能发现错误。这时要重新对源程序进行编辑。

5. 程序的测试与调试

经编译、连接的程序文件，生成可执行文件，就可以让计算机执行了。但并不是一定会得到预期的结果，因为程序仍然可能存在某些错误。因此在程序交付用户使用前，需要测试一下。

测试是找出程序中可能存在的错误并加以改正。因此，应该测试程序在不同情况下运行的结果。输入不同的数据可以检测出程序在不同情况下运行的结果。测试的数据应是以"程序是会有错误的"为前提精心设计出来的，而不是随心所欲地乱凑而成的。它不仅应包含被测程序的输入数据，而且还应包括程序执行它们后的预期结果。每次测试都要把实际结果与预期结果相比较，以检验程序是否出错。

1.2.3　C 语言标准

C 语言在 1978 年由美国电话电报公司（AT&T）贝尔实验室正式发表。同时由 B. W. Kernighan 和 D. M. Ritchit 合著的《The C Programming Language》一书对 C 语言作了详细的描述。在此之后，由美国国家标准学会（ANSI）制定了一个 C 语言标准，于 1989 年发表，通常称之为 ANSI C（简称 "C89"）。国际化标准组织在 1990 年制定的 C 标准，通常称为 "C90"。从 1995 年开始，国际化标准组织着手对 C 标准作全面的修订，并于 1999 年形成正式的 C 语言标准，简称 "C99"。

本书主要介绍 ANSI C，同时也会介绍 C99 中新增加的一些功能。C++、Visual C++、Java、C♯ 这些程序设计语言都是在 C 语言的基础上产生的。

1.2.4　C 语言的特点

C 语言的优点主要可以概括为以下几个方面：

（1）既有高级语言的程序思想与设计方法，又有低级语言的操作能力，所以它也被称为"中级语言"。

（2）结构化的体系。层次清晰，便于按模块化方式组织程序，易于调试和维护。

（3）在处理能力上具有丰富的运算符和数据类型，便于实现各类复杂的数据结构。可以直接访问内存的物理地址。

（4）在可移植性上可以方便地移植到不同的软、硬件环境中。

（5）代码效率高。

1.2.5　使用 Microsoft Visual C++ 6.0 开发 C 语言程序

目前可用于 C 语言的集成开发环境有很多，如 Turbo C、Borland C++、Microsoft Visual C++ 等。Microsoft Visual C++ 6.0 是一个功能强大的可视化软件开发工具，在全国计算机等级考试二级的 C 语言考试中就采用这种开发环境，因此本书采用 Microsoft Visual C++6.0 作为 C 语言的集成开发环境。下面说明在 Microsoft Visual C++6.0 环境中开发 C 语言程序的过程。

（1）启动 Microsoft Visual C++6.0。选择"开始｜程序｜Microsoft Visual C++6.0｜Microsoft Visual C++6.0"菜单命令，启动 Microsoft Visual C++6.0。

（2）新建项目。在 Microsoft Visual C++6.0 IDE 环境中，选择"File｜New"菜单命令，打开"New"对话框。

在"New"对话框中，选择"Project"选项卡（如图 1—1 所示），在其中的列表框中选择"Win32 Console Application"选项；在"Location"文本框中，输入或选择项目要保存的路径；在"Project name"文本框中输入项目的名称；单击"OK"按钮。

在出现的向导对话框中，单击"Finish"按钮完成新建项目。

（3）新建文件。在"New"对话框中，选择"File"选项卡（如图 1—2 所示），在其中的列表框中选择"C++ Source File"选项；在"Location"文本框中，输入或选择文件要保存的路径（一般与项目文件保存在相同的路径中）；在"File"文本框中输入文件的名称；单击"OK"按钮。

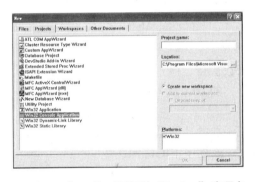

图 1—1　"New"对话框的"Project"选项卡

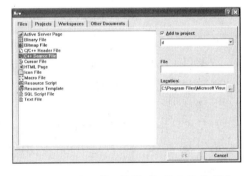

图 1—2　"New"对话框的"File"选项卡

（4）在出现的文本窗口中输入例 1—1 中的程序。

【例 1—1】输出字符串的简单程序。

```
#include⟨stdio.h⟩
int main(void)                    /* 主程序名 */
{                                 /* 表示函数的开头 */
    printf("Hello,World!\n");     /* 函数体 */
    return 0;
}                                 /* 表示函数的结束 */
```

（5）编译并运行程序。单击工具栏上的"运行程序"按钮￼，若程序没有错误，就会在弹出的 MS-DOS 窗口中显示出"Hello，World!"文字；若运行程序有错误，返回到步骤（3）对程序进行修改，直至得到正确的结果。

1.3　扩展知识与理论

这里介绍一些 C 源程序的结构特征。

1.3.1 函数

C源程序通常是由一个或多个函数组成的文件。该文件通常以 .c 为扩展名（在 Microsoft Visual C++ 中为 .cpp）。

对于例 1—1，需要说明下述几点。

1. 主函数

这里

```
int main(void)
{
    ......
}
```

是一个名为 main 的函数。这个名字是专用的，表示这个函数是"主函数"。所谓主函数，就是执行这个程序时，由操作系统直接调用的函数。每一个 C 语言程序必须也只能有一个主函数。

2. 函数参数

函数名后面的圆括号用于表示参数。一般来说，用函数进行计算，需要给定参数。但广义的计算也可以没有参数而只执行一个过程。在 C 语言程序中，参数部分写为 void，表示该函数没有参数，只执行一个过程。void 可以缺省，如程序第一行可写为：

```
int main( )
```

在许多程序中，可以常常见到这种形式的主函数首行。但是，C 标准建议写上 void，使含义清晰。在本书的程序中都是写成 main(void) 形式的。

3. 函数体

一对花括号中的部分称为函数体，用来表明该函数的功能是如何实现的。通常，函数体用一些语句表述。C 语言规定语句必须用分号结束。该程序中的语句：

```
printf("Hello,World!\n");
```

其功能是调用编译系统提供的函数库中的一个函数 printf( )，用来输出后面的一串字符。

4. 函数值的类型

函数名前面的 int 表明函数的返回值是一个整数。有的操作系统（如 UNIX）要求在执行一个程序后应向系统返回一个整数值，如程序正常执行和结束，应返回 0；否则返回一个非 0 值。因此，需要将 main 函数指定为 int(整型)，同时在函数体的最后写一返回语句：

```
return 0;
```

其功能是向调用者（操作系统）返回 0 值，表示主函数正常结束（也就是程序正常执行结束）。此语句必须写在函数体的最后一个可执行语句才有意义，因为只要执行到这条语句，就表示程序正常结束，向操作系统返回一个 0 值；如果程序未执行到这个返回语句就非正常结束了，就不会向操作系统返回 0 值。操作系统会据此做出相应的处理。

有的操作系统（如 DOS、Windows）并无程序必须返回整数的要求，因此可以不指定 main 函数为整型。这时可在 main 函数的前面加上 void，例如：

void main(void)或 void main( )表示 main 函数是无类型的，不返回任何类型的值。显然，在 main 函数的最后也不必写返回语句"return 0;"。

以上两种用法都是合法的、有效的，编程者可以根据情况决定。本书一律采用第一种形式。

5. 预处理命令

程序最前面的

```
# include〈stdio. h〉
```

是一种在程序编译之前要处理的内容，称为编译预处理命令。编译预处理命令以"#"开头，并且不用分号结束，所以不是 C 语言的语句。这里的编译预处理命令称为文件包含命令，它的作用是在编译之前把程序中需要使用关于系统定义的函数 printf( )的一些信息文件 stdio.h 包含进来。用".h"作为扩展名的文件称为头文件。

6. 程序注释

"/∗…∗/"中的文字用于做一些说明或注释，让读程序的人容易理解。注释不被编译，也不被执行。

例 1—1 中的程序只由一个函数组成(在主函数中又调用了库函数 printf( ))。

【例 1—2】 求阶乘 f(n)＝n!

```
# include 〈stdio. h〉
int f(int);                      /∗声明将要使用的函数 f( )∗/
int main(void)
{
    int p;                       /∗声明将要使用的变量 p 是整型的∗/
    p = f(5);                    /∗调用 f( )进行计算,并将结果赋给变量 p∗/
    printf("5!=%d",p);          /∗输出变量 p∗/
    return 0;
}
int f(int n)                     /∗函数 f( )的定义∗/
{
    int i,j;                     /∗定义变量 i,j∗/
    j = 1;
    for(i = 1;i<= n;i ++ )       /∗计算 n!∗/
        j = j ∗ i;
    return j;                    /∗返回 n!的值∗/
}
```

下面结合图 1—3 分析该程序的执行过程。

若将该源程序保存为 ex1_2.c，经过编译、连接后的 C 语言程序就成为一个可执行文件 ex1_2.exe。执行该程序，操作系统从调用主函数开始，经过下面的步骤：

（1）主函数的第一条语句是：

```
p = f(5);
```

这个语句的执行要分如下步骤才能完成：

步骤 1：调用函数 f( )，同时将数据 5 传送给函数 f( )中的变量 n；

步骤 2：使用循环计算 n!，结果放在变量 j 中；

步骤 3：用 return 语句将 j 的值返回函数 f( )的调用处；

步骤 4：将函数 f( )的返回值送给主函数中的变量 p。

7

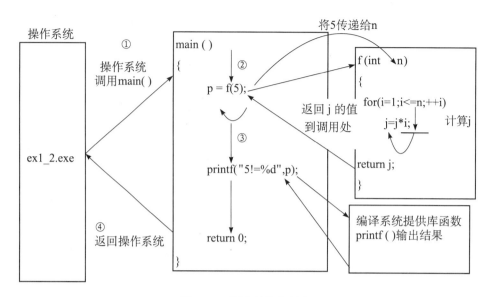

图1—3 程序的执行过程

（2）执行函数 printf（），输出下面的内容：

5!= 120;

这个语句的执行也需要如下步骤：

步骤1： 圆括号中的引号中的"5!＝"照原样输出。

步骤2： 圆括号中的引号中的"％"表示后面的字符"d"是一个格式字符，要求将双引号后面的表达式的值，按照整型数据输出。

步骤3： 函数 printf（）将流程返回到调用处。printf（）也有返回值（成功返回输出的字符个数；失败时，返回一个负整数），但是一般不用。

（3）执行 main（）中的返回语句 return，用"0"向操作系统送回程序正常执行的信号。

7. 变量及其类型

本例中的 p、i、j 都称为变量。变量是程序中被命名的数据实体，并且它的值是可以改变的。同时，为了便于计算与存储，C语言程序中所使用的每个数据都被规范化了。这种数据的规范称为数据类型。

本例中使用语句"int p"和"int i,j"就是为了声明三个变量 p、i 和 j 的名字和类型（用 int 表明它们是整型数据）。变量在使用之前都要先行声明。声明和语句是 C 语言函数体的两种元素，由于声明也用分号结束，常被称为声明语句。

8. 函数的声明

本例中的 int f(int) 称为函数声明。函数声明的作用是让编译器知道该函数的原型（包括返回类型、参数个数和类型），以便对调用语句进行语法检查。如果定义在调用前，从定义可以直接获得这些信息，就可以不写声明；如果调用在定义之前，则需要一个原型声明说明这些信息。

对于编译系统提供的库函数，它们的定义不在程序中，因此需要给出相应的原型声明。为了方便使用，系统把某些类型的库函数的原型声明写在某个头文件中，程序员只要把要求的头文件用文件包含命令写在函数调用之前，就等于把原型声明写在了函数调用之前。这就是使用函数 printf( )，必须在其前写一条♯include⟨stdio. h⟩的原因。

9. 关于 printf( )函数的参数

printf( )函数的参数有两部分：前面的用双引号引起的部分称为"控制串"。控制串由一些字符组成。这些字符可以分成两类：第一类字符可以直接显示出来；第二类字符作为格式说明符使用。或者说，除了格式说明符之外的字符，都是可以直接显示的。格式说明符由"％"开头，后面是格式码。本例中的"d"就是格式码，它后面输出的数据按照带符号十进制输出。

10. 关于赋值运算

在 C 语言中，符号"＝"称为赋值运算符，它的作用是把后面(右面)的值，赋给前面(左面)的变量(左值)。一定不要将赋值运算符当做等号，在 C 语言中，等号为"＝＝"。

【例 1—3】求余弦。

```
#include⟨stdio. h⟩                    /＊包含标准库函数＊/
#include⟨math. h⟩                     /＊包含数学库函数＊/
int main(void)                        /＊主函数＊/
{                                     /＊函数开头＊/
    double x,s;                       /＊定义两个实型变量,被后面程序使用＊/
    printf("input number:\n");        /＊显示提示信息＊/
    scanf("％lf",&x);                 /＊从键盘输入一个实数 x＊/
    s = cos(x);                       /＊求 x 的余弦,并把它赋给变量 s＊/
    printf("cos of %lf is %lf\n",x,s); /＊输出程序结果＊/
    return 0;
}                                     /＊函数结尾＊/
```

本程序的功能是从键盘输入一个数，输出此数的余弦值。运行本程序时，首先在屏幕上给出提示串"input number："，这是由执行部分的第一行完成的。用户从键盘上输入一个数，按回车键，接着在屏幕上输出结果。

cos 函数是数学函数，其头文件为 math. h，因此在程序的主函数前用 include 命令包含 math. h。

由以上例子可以看出，编写一个 C 的源程序，就是编写函数。

无论主函数在什么位置，程序的执行总是从主函数开始，当主函数中的语句执行完毕，整个程序就结束了。可以在主函数中调用其他函数。其他函数之间也可互相调用。

通常，C 函数分为两大类：一类是系统提供的标准库函数；另一类是自定义函数。

C 系统提供了极其丰富的库函数。它的使用方法比较简单，在需要的地方调用它即可(带上必要的参数)。此时，值得注意的是，要使用哪类函数，应在程序开头用包含语句把相应的头文件包括进来。如果使用数学库函数，则应在文件头加上以下命令，如例1—3中的♯include⟨math. h⟩。

自定义函数是程序员自己编写的函数，如例 1—2 中的函数 f( )。

因此，在编写一个 C 源程序的过程中，需编写适当的自定义函数并充分利用库函数。同时，应尽量编写小的、功能单一的函数，并由这些函数组成大的函数。这样，可以单独编译、调试这些小的函数。

11. C 语言源程序的书写要求

C 语言源程序在书写格式方面有自己的要求，这些要求有些是强制性的，有些是非强制性的(是建议性的,但往往是程序员经验的积累)。

(1) 源程序通常使用小写字母,只有符号常量或其他特殊用途的符号才大写。

(2) 不使用行号,通常按语句顺序执行。

(3) 用分号作为语句的结束符,不可省略(即便是最后一个语句也不能省略),但预处理命令,函数头和花括号"}"之后不能加分号。

(4) 可以一个语句占一行,也可多个语句占一行(此时要用分号分隔各个语句)。

(5) 不指定语句在一行中的起始位置,但建议同一层次的语句应左对齐。

(6) 用花括号对"{ }"表示各个结构层次的范围,可以表示函数、也可表示循环体等。

(7) 一个语句中不同成分之间应使用空格隔开,标识符、关键字之间必须至少加一个空格以示间隔;若已有明显的间隔符,也可不再加空格来间隔。

(8) 程序中的空白行不影响程序的执行,可以为了程序清晰而加上,但不要在一个语句中间加空行。

(9) 建议多使用注释信息,以增加程序的可读性。

(10) 源程序中可以有预处理命令(include 命令仅为其中的一种),预处理命令通常应放在源文件或源程序的最前面。

12. C语言的字符

字符是组成语言的最基本的元素。C语言字符集由字母、数字、空格、标点和特殊字符组成。在字符常量、字符串常量和注释中还可以使用汉字或其他可表示的图形符号。

C语言中可使用的字符如表1—1所示。

表1—1 C语言中使用的字符

类 别 名 称	符 号	个 数
大写字母	A~Z	26
小写字母	a~z	26
数 字	0~9	10
标点符号	, ' " : . ? ;	7
空白字符	(空格)、制表符、换行符	2
括 号	( )、{ }、[ ]	6
特殊符号	$、%、!、#、|、&、_	7

1.3.2 函数的组成部分

函数定义的一般形式为:

函数返回值类型 函数名(参数表)
{
　　数据说明部分;
　　执行语句部分;
}

函数名小括号中的"参数表"可以根据需要存在,可能有,也可能没有。若有多个,之间应用逗号隔开。若没有参数,则参数表部分可以省略。但函数名后的一对圆括号则不能省略。

函数名与参数表部分统称为函数说明部分。一对花括号中间所包含的全部内容叫做函数体。

1.3.3 语句

由前面的例子可以看出，在 C 语言程序中，函数的组成单位是语句。在 C99 中，基本的语句有表达式语句、流程控制语句和块语句。

1. 表达式语句

C 语言程序的具体计算过程是由表达式完成的。表达式由运算符(如例题中的＋，＝等)、变量(如例题中 p，i，j 等) 和常量(如例题中的 5 等)组成。前面使用过的 p＝f(5)，j＝j＊i，x＝cos(x)都是表达式。表达式加上语句结束符(分号)就构成表达式语句。学习 C 语言程序设计，必须掌握正确的使用变量、常量和运算符的表示方法和使用规则。

变量和常量的使用涉及它们的数据类型、表示(命名)规则等，后面要专门介绍。C 语言中的运算符种类很多，正确地使用这些运算符有三点需要注意：

(1) 含义：特别要区分一个运算符符号在 C 语言中和在普通数学中的意义的不同。如"＝"。

(2) 优先级：即在一个表达式中存在多个运算符时，进行运算的先后顺序。

(3) 结合性：即在一个表达式中有多个优先级别相同的运算符时，先进行哪个运算符的运算。例如，在表达式 2＊3/5 中，先进行除法，还是先进行乘法，对运算结果没有影响。

2. 流程控制语句

一般说来，程序中的语句是按照书写顺序执行的。但是，有些情况下，需要改变程序的执行顺序。如图 1—4(a)所示，要从两个或多个语句中挑选一个语句执行；如图 1—4(b)所示要重复执行某一个语句或语句块。前者称为选择控制，后者称为重复控制。有关流程控制语句在项目 3 和项目 4 中介绍。

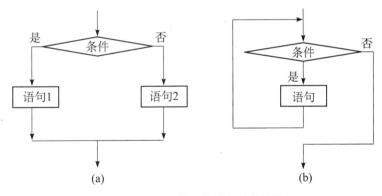

图 1—4 两种基本的流程控制结构

3. 块语句

块语句也称为复合语句，就是用一对花括号将一组语句括起来。在一个块语句中可以包括若干声明和若干语句。块语句在语法上相当于一条语句。因此，当语法上需要一个语句，而一个语句又不能满足需要时，就必须使用块语句。

1.3.4 名字与声明

1. 标识符

在程序中使用的变量名、函数名、标号等统称为标识符。标识符只能是由字母(A～Z，a～z)、数字(0～9)、下画线(＿)组成的字符串，并且第一个字符必须是字母或下画线。例如，标识符 a、x、y3、test1、sum8 是合法的。

以下标识符是非法的：

6t　　　　　　　　以数字开头；

kk*t　　　　　　　出现非法字符 *；

count−1　　　　　出现非法字符 −（减号）。

在使用标识符时还必须注意以下几点：

(1) 尽管标准 C 并不限制标识符的长度，但它受各种版本的 C 语言编译系统限制（C89 的长度为 31 个字符，C99 的长度为 63 个字符），同时也受到具体机器的限制。

(2) 在标识符中，大小写字母不同。例如，test 和 TEST 是两个不同的标识符。

(3) 虽然标识符可以由程序员随意定义，但因为标识符是用于标识某个量的符号。因此，命名时应尽量考虑表示出相应的意义，以利于阅读理解，做到"见名识义"。

(4) 尽量避免使用容易混淆的字符，如表 1—2 所示。

表 1—2　　　　　　　　　　　　　　容易混淆的字符

字符	含义	字符	含义	字符	含义
0	数字	O	大写字母	o	小写字母
1	数字	I	大写字母	i	小写字母
2	数字	Z	大写字母	z	小写字母

(5) 名字不要太短，一般函数名尽量使用动宾结构，如 PrintCalendar、IsPrime 等。

(6) 一些 Windows 程序员还采用匈牙利人 Charles Simonyi 提出的将类型作为变量名前缀的命名方法，通常称为匈牙利命名法。表 1—3 所示为部分常用匈牙利前缀。

表 1—3　　　　　　　　　　　　　　部分常用匈牙利前缀

匈牙利前缀	数 据 类 型	变量名举例
a 或 ar	数组	arAge
b	BULL（布尔值）	bDone, b
by	BYTE（无符号字符）	byCount, by
c 或 ch	char	c, ch
d 或 dbl	double	d, dbl, dCost, dblCost
dw 或 w	无符号整数	wNumber
f 或 fl	float	f, fl, fCost, flCost
h	句柄	hWnd
L 或 l	long	L, l, lCount
m	类的数据成员	
n 或 i	int	n, i, nCount, iCount
p	指针	pInt, pWnd
s	字符串	sName
sz	"0" 结束的字符串	sz, szMystring
x, y	无符号整型或坐标	

2. 关键字

关键字是由 C 语言规定的具有特定意义的字符串，通常也称为保留字。用户定义的标识符不能与关键字相同。C 语言的关键字分为以下几类：

（1）类型说明符：用于定义和说明变量、函数或其他数据结构的类型，如 int。

（2）语句定义符：用于表示一个语句的功能，如条件语句中的 if 语句定义符。

（3）预处理命令字：用于表示一个预处理命令，如 include。

以下是 C99 中不能作为标识符的关键字与特定字：

auto	_Bool	break	case	char
_Complex	const	continue	default	do
double	else	enum	extern	float
for	goto	if	_Imaginary	inline
int	long	register	restrict	return
short	signed	sizeof	static	struct
switch	typedef	union	unsigned	void
volatile	while			

3. 声明

在程序中，有许多东西是需要系统为其开辟存储空间的，如变量、函数类型定义等。它们都有自己的名字，并且要在内存中独立存储，因此可以将它们称为程序实体。声明的作用就是建立它们的名字与实体之间的关联。

声明也称为说明，其作用如下：

（1）告诉编译器，一个名字是与哪个实体联系，不能张冠李戴。

（2）告诉编译器，也要程序员明白这个实体的类型。

（3）告诉编译器，这个实体建立的时间以及使用范围。

前面已经使用过变量和函数的声明。例如，"int p；"就是建立变量名 p 与它的实体之间的关联。

在一个语句块中关于声明的进一步用法，后面还将陆续介绍。目前要牢记的是，在使用一个程序实体之前，一定要让编译器知道该程序实体的属性。

在 C99 之前，对变量和函数的声明不作为语句（尽管它们也是用分号结尾），它们必须出现在 C 语句的前面（声明的位置必须集中写在语句之前）。C99 改变了这一做法，它吸取了 C++ 的做法，声明不必集中放在执行语句之前，可以出现在程序中的任意行。这样，C 语句就有执行语句和非执行语句之分。声明是非执行语句，表达式语句和流程控制语句是执行语句。

1.3.5　变量及其赋值

1. 变量

在程序运行过程中其值可以改变的量。它们可与数据类型结合起来分类。例如，可分为整型变量、实型变量、浮点变量、字符变量、数组变量、指针变量、结构变量、联合变量等。在程序中，常量是可以不经说明而直接引用的，而变量则必须先说明后使用。

每一个变量都应该有一个名字，变量的命名应符合标识符的规定，通常使用小写字母。

每一个变量都使用存储单元来存储其值。当程序需要处理该变量时，就到存储单元中读取其值（读取操作并不改变存储单元的内容）。为了便于存储管理，给每个存储单元分配一个序号，这个序号叫做地址。对变量的操作依据地址进行（可读可写）。若变量在一个存储单元存不下，则可以使用多个存储单元。当使用多个存储单元时，则第一个存储单元的地址（首地址）就作为变量的地址。

例如，变量 x 的值为 8，而 x 的地址为 1800H（十六进制），则 1800H 号存储空间中存储的内容就是数值 8。

2. 变量的赋值运算

在 C 语言中，符号"＝"称为赋值运算符，它连接了左、右两个操作数（即运算量）。右操作数也称为右值，可以是一个表达式；左操作数也称为左值（lvalue），只能是变量。赋值操作的过程是把右操作数的值先转换成左操作数（变量）的类型，并把该值存放到左操作数（变量）中。例如：

```
int a;
a = 4.7;
printf("%d",a);
```

输出结果为：

```
4
```

这是因为计算机在执行上述语句时，首先将 4.7 舍去小数部分截尾（truncation）成整型，赋值给变量 a。

应当注意，赋值运算符是"＝"，这个符号不是等号。例如：

```
int a = 3,b = 2;
a = a + b;
```

以上操作是把表达式 a＋b 的值（3＋2）送到（赋值给）变量 a，变量的 a 的值由 3 变为 5。图 1—5 表明这一操作过程：先计算 a＋b 的值，然后把这个结果送到变量 a 中。于是，变量 a 的值由 3 变为 5。

赋值运算符具有"自右至左"的结合性，例如：

```
int a = 0,b = 0,c = 0;
a = b = c = 5 + 3;
```

相当于

```
int a,b,c;
a = (b = (c = (5 + 3)));
```

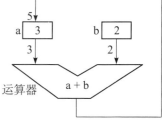

图 1—5 a＝a＋b 的计算过程

即先计算 5＋3 的值，得 8，赋值给变量 c；再把变量 c 的值（8）赋值给变量 b；最后把变量 b 的值（8）赋值给变量 a。执行的结果，a、b、c 三个变量中的值均为 8。也就是说，从一个变量向另一个变量赋值后，原来变量中的值并不会消失或改变。所以，赋值操作相当于复制，而不是移动。

1.3.6 算术运算

算术运算是一切计算的基础，也是每个人非常熟悉的。但是对于高级程序设计语言尤其是 C 语言中的算术运算符，还需要一个再学习的过程。C 语言中的算术运算符与普通数学中的算术运算符的区别是：运算符符号有所不同；种类有所不同；结合性可能会破坏交换率。

1. C 语言的基本算术运算符

C 语言的基本算术运算符用于各类数值运算，包括加（＋）、减（－）、乘（＊）、除（/）、求余(％)或称模运算。它们是双目运算符，在使用时需要两个运算量参与运算。

因为算术运算符 ＊、／、％的优先级高于＋、－，并且它们都比赋值运算符的优先级别高，所以，若在一个表达式中既有赋值运算符，又有算术运算符时，可不使用圆括号，先进行算术运算，后进行赋值运算。这几个算术运算符均为"自左至右"。

注意： 两个整数相除和模运算的结果都是整数。

【例 1—4】 分析下面程序的执行结果。

```c
#include<stdio.h>
int main(void)
{
    printf("300 * 2/3 = %d\n",300 * 2/3);
    printf("2/3 * 300 = %d\n",2/3 * 300);
    return 0;
}
```

观察上面的程序，从数学的角度来看，根据交换率，似乎它们的计算结果应该相同。但在 C 语言中其计算结果完全不同：第一个输出为 200，第二个输出为 0。原因在于在 C 语言中算术运算符具有自左至右的结合性，即对于第一个表达式语句，执行的顺序为：

$300 * 2 = 600$，$600/3 = 200$

对于第二个表达式语句，执行的顺序则为：

$2/3 = 0$（注意：是整数相除），$0 * 300 = 0$

因此，使用整数除，应当特别注意。

2. 自反算术赋值运算符

对于前面介绍过的赋值表达式 a＝a＋b，C 语言提供了一种简洁形式 a＋＝b。这样，就可以用一个复合运算符代替原来的两个运算符。这种复合运算符称为自反算术赋值运算符。除自反加以外，还有自反算术赋值运算符：－＝（自反减赋值）、＊＝（自反乘赋值）、／＝（自反除赋值）和％＝（自反模赋值）。自反算术赋值的结合方向与赋值运算符一样，为自右向左。另外，它的优先级别较低，与赋值是同一级别。例如，表达式语句：

```c
c = b * = a + 2;
```

相当于如下两个表达式语句：

```c
b = b * (a + 2);
c = b;
```

3. 自加和自减运算

自反算术赋值运算中有两种特殊的情况：i＝i＋1(即 i＋＝1)和 i＝i－1(即 i－＝1)，这是两种常用的操作。把 i 称为计数器，用来记录完成某一工作的次数。C 语言为它们专门提供了两个更简洁的运算符：i++(或++i)和 i－－(或－－i)。

i++ 和 i－－ 称为后缀形式；++i 和 －－i 称为前缀形式。它们都被称为自加或自减运算符。例如，下面两段程序执行的结果 i 值都为 6，y 的值也都为 6。

```c
int i = 5;
x = i ++ ;               /* 相当于  x = i;i = i + 1; */
y = i;
```

15

运行结果：x = 5，y = 6，即后缀方式是"先引用后增值"。

```
int i = 5;
x = ++ i;                    /* 相当于  x = i = i + 1; */
y = i;
```

运行结果：x = 6，y = 6，即前缀方式是"先增值后引用"。

自加和自减运算符的结合方向是"自右至左"，其运算对象只能是整型变量而不能是表达式或常数。例如，5++或(x + y)++是错误的。

4. 正负号运算符

正负号运算符为+和−，是一元运算符，其优先级别高于*和/。它的结合方向为自右至左。例如，− a * b先使a变为负号再乘以b，− a 相当于a＝0 − a，− a * b相当于(0 − a) * b。

综上所述，凡赋值运算符，包括自反算术赋值运算符、自加自减运算符和正负号运算符，它们的结合方向都是自右至左的。

项目小结

通过项目1中的任务——用输入/输出函数初步设计项目菜单，我们学习了计算机程序设计基础，包括计算机程序设计语言、高级程序设计语言的开发过程、C语言标准、C语言的特点、使用Microsoft Visual C++6.0开发C语言程序；了解了C语言的构成——函数和语句，以及C语言基础——函数的组成、标识符及其命名、变量的声明、变量的赋值、各种算术运算符等；使用学习的输出函数编写了显示班级成绩管理程序的主函数，从而达到了我们制定的技能目标：能使用Microsoft Visual C++6.0进行C程序的开发，并进行数据的运算、编写输出数据的程序。

习 题 1

一、选择题

1. 以下说法中正确的是（   ）。

A. 执行C程序时不是从 main( )函数开始的

B. main( )函数必须放在程序的开始部分

C. C程序总是从 main( )函数开始执行

D. C程序的书写格式有严格限制，一行内必须写一个语句，并要有行号

2. 在 ASCII 码表中英文大写字母比它相应的小写字母的 ASCII 码值（   ）。

A. 小 32   B. 小 64   C. 大 32   D. 一样大

3. 以下正确的说法是（   ）。

A. 在 C 程序中所有的变量必须先定义后使用

B. 在程序中 APH 和 aph 是两个相同的变量

C. 若a和b类型相同，在执行了语句 "a＝b;" 后，a中的值将放入b中，b中的值不变

D. 当输入数值型数据时，对于整型变量只能输入整型值；对于实型变量只能输入实型值

4. 语句 "int m, j＝5; m＝(j++)+(++j)+(j++);" 执行后，m和j的值是（   ）。

A. 18，8   B. 10，7   C. 20，8   D. 14，7

5. 以下提供的C语言合法的关键字是（   ）。

A. if　　　　　　　　B. option　　　　　　C. swith　　　　　　D. function

6. 组成 C 语言程序的是（　　）。

A. 子程序　　　　　　B. 过程　　　　　　　C. 函数　　　　　　　D. 主程序和子程序

7. 在 C 语言中，要求运算数中必须为整型数据的运算符是（　　）。

A. %　　　　　　　　B. /　　　　　　　　C. *　　　　　　　　D. !

8. 下述标识符中，合法的用户标识符是（　　）。

A. A#C　　　　　　　B. getch　　　　　　C. void　　　　　　　D. ab *

9. C 语言中，每个语句和数据定义的结束符号是（　　）

A. 逗号　　　　　　　B. 引号　　　　　　　C. 分号　　　　　　　D. 句号

10. 下面程序的输出是（　　）。

```
#include<stdio.h>
main( )
{printf(" % d",NULL);}
```

A. 0　　　　　　　　B. 变量无定义　　　　C. -1　　　　　　　D. 1

11. 以下叙述不正确的是（　　）。

A. 一个好的程序应该有详尽的注释

B. C 程序中的 # include 和 # define 均不是 C 语句

C. 在 C 程序中，赋值运算符的优先级最低

D. 在 C 程序中，"j++" 是一条赋值语句

12. 下列标识符中，不合法的用户标识符为（　　）。

A. pAd　　　　　　　B. a _ 10　　　　　　C. CHAR　　　　　　D. a≠b

二、填空题

1. 一个 C 源程序至少包含一个_____，即_____。

2. C 语言中，变量指的是_____。

3. 一个函数由两部分组成，它们是_____和_____。

4. 函数体的范围是_____。

5. 若 x 和 n 均是 int 型变量，且 x 的初值为 10，n 的初值为 5，则执行 "x%=(n%2);" 语句后，x 的值为_____。

6. 若 a 是 int 型变量，则执行 "a=25/3%3;" 语句后 a 的值为_____。

7. C 源程序的基本单位是_____。

8. C 语言中，用来标识函数名、变量名、符号常量名、文件名、数组名、类型名的有效字符序列称为_____。

9. 在 C 语言中，算术运算符的结合性是_____。

10. 若 x 和 n 均是 int 型变量，且 x 和 n 的初值均为 5，则执行 "x += n++;" 后，x 的值为_____，n 的值为_____。

11. 若 a 是 int 型变量，且 a 的初值为 6，则执行语句 " a += a -= a * a" 后，a 的值为_____。

12. 若有定义 int m = 5，y = 2，则执行语句 "y += y -= m = y" 后，y 的值是_____。

项目 2　学生成绩的输入与计算

 技能目标

- 能够定义各种简单类型的常量和变量；
- 能正确定义和使用数值常量、字符常量和符号常量；
- 初步学会利用 C 语言中的运算符和表达式解决现实中的相关问题；
- 能进行不同数据类型之间的混合运算；
- 能编写输入/输出数据的程序。

 知识目标

- 能够正确理解数据类型及其特征；
- 能够正确定义、输入/输出并使用常用数据类型：整型、实型、字符型；
- 掌握常量的正确使用方法；
- 理解字符数据在内存中的存储方式；
- 能够正确使用 printf( )和 scanf( )进行各种数据正确格式的输入/输出。

 项目任务与解析

实现班级学生成绩管理系统的基本功能，如系统中用到的数据、学生成绩的输入/输出、总分与平均分的计算等。

本项目包含以下任务：

- 任务 2：学生成绩的输入/输出。
- 任务 3：总分与平均分的计算。

2.1　任务 2：学生成绩的输入/输出

1. 问题描述

一个班进行了一次考试，现要将几个学生的成绩输入计算机，并按要求输出。

假定这个班有三个学生，考试成绩均为整数。

2. 具体实现

```
# include⟨stdio. h⟩
int main(void)
{
    int x,y,z;                                  /*定义三个变量x,y,z*/
    printf("请输入三个学生的成绩");
    scanf("%d%d%d",&x,&y,&z);                    /*输入三个学生的成绩*/
    printf("输出三个学生的成绩");
    printf("x＝%d,y＝%d,z＝%d\n",x,y,z);          /*输出三个变量x,y,z的值*/
}
```

说明：输入时，三个成绩之间，空格、制表符、回车这三个空白符中的任何一个均可以作为分隔符。

3. 知识分析

在学习 C 语言输入/输出函数前，必须首先了解 C 语言中的数据类型、常量与变量的使用方式、计算时数据类型的转换方式等。

2.2　任务 3：总分与平均分的计算

1. 问题描述

一个班进行了一次考试，现要将学生的成绩输入计算机，并计算他们的平均分及总分，然后按要求输出。

假定这个班有三个学生，考试成绩均为整数，计算出的平均分为实数。

2. 具体实现

```
#include⟨stdio. h⟩
int main(void)
{
    int x,y,z;
    float sum,avg;                              /* 定义实型变量sum,avg */
    printf("请输入三个学生的成绩");
    scanf("%d%d%d",&x,&y,&z);                    /*输入三个学生的成绩*/
    sum＝x＋y＋z;                                 /*将x＋y＋z的值赋给sum*/
    avg＝sum/3. ;                                /*将sum/3的值赋给avg*/
    printf("请输出三个学生的总成绩及平均分");        /*输出提示*/
    printf("总成绩为:%.2f,平均分为:%.2f\n",sum,avg); /*输出总成绩与平均分*/
}
```

3. 知识分析

在学习了 C 语言输入/输出函数后，就可以使用 C 语言中提供的输入/输出函数对输入的成绩进行总分和平均分的计算。

2.3　必备知识与理论

程序中使用的各种变量都应预先加以定义，即先定义，后使用。对变量的定义可以包括数据类型、存储类型、作用域三个方面。

本章只介绍数据类型，存储类型和作用域在项目 4 中陆续介绍。

数据类型是对程序所处理数据的一种“抽象”，通过类型名对数据赋予一些约束，以便进行高效处理与词法检查。这些约束包括：

(1) 取值范围。每种数据类型对应不同的取值范围。也就是说，数据类型是数值的一个集合。

(2) 存储空间大小。每种数据类型对应不同规格的存储空间。

(3) 运算方式。数据类型是一个数据集合及其运算的集合。

图 2—1 为 C 语言提供的数据类型。由此可以看出，C 语言的数据类型是极其丰富的。本章只介绍基本的数据类型。

C 语言提供的基本数据类型包括字符型(char)、整型(int)、实型(float、double)，并且还可以通过使用 short、long、signed、unsigned 修饰 char 和 int，用 long 修饰 double，形成更多的类型。下面说明这些基本数据类型的特征。

- 数据类型
  - 基本类型
    - 字符型
    - 整型
    - 实型（浮点型）
    - 枚举类型
  - 构造类型
    - 数组类型
    - 结构体类型
    - 共用体类型
  - 指针类型
  - 空类型

图 2—1　C 语言的数据类型

2.3.1　定点数与浮点数的表示

定点数表示和浮点数表示是 C 语言基本数据类型的重要特征。为了说明什么是“定点”，什么是“浮点”，先看 π 值的几种表示形式，如表 2—1 所示。

对于数值 π 有不同的指数表达形式，原因是指数形式用浮点数来表示，即用数字(尾数)和指数(阶码)两部分表示一个数。如 31.4159e−1，尾数是 31.4159，阶码是 −1。由于阶码大小的不同而使尾数部分的小数点位置不同。也就是说，小数点的位置可以是“浮动的”，所以称为浮点数形式。通常指数部分用 10 的幂来表示，而在 C 语言中用 e 或 E 加减一个指数来表示。

表 2—1　　**π 值的几种表示形式**

日常的表示法	C 语言中的表示形式
3.14159×10^{0}	3.14159e0
0.314159×10^{1}	0.314159e+1
0.0314159×10^{2}	0.0314159e+2
31.4159×10^{-1}	31.4159e−1
3141.59×10^{-3}	3141.59e−3

说明：在计算机内部，凡实数都以浮点数形式存储。不带指数部分的数称为定点数，整数都是定点数。

2.3.2　整数的有符号类型与无符号类型

内存中的数是以补码的形式存储的。所有负数的二进制补码的最高位是 1。在 C 语言中可以使用无符号数，其二进制补码的最高位是 0。显然，同样长度的内存单元存储数据时，无符号整数的最大值为有符号整数的最大值的两倍加 1。例如，一个有符号的 1B 整数的最大值为 127，而一个无符号的 1B 整数的表示范围是 0～255。

在 C 语言中，有符号的整数用 signed 修饰，无符号整数用 unsigned 修饰，并且有符号的整数的定义可以将符号修饰符省略。例如：

```
signed int a, b;            /* a,b 为有符号整数 */
int a,b;                    /* a,b 为有符号整数 */
unsigned int a, b;          /* a,b 为无符号整数 */
```

2.3.3　类型宽度与取值范围

C 语言对不同类型的数据分配不同长度的存储空间，典型的存储空间长度有 1 字节（8位）、2 字节（16 位）、4 字节（32 位）、8 字节（64 位）和 10 字节（80 位）几种。显然，不同的长度，对应数据的取值范围是不同的，如表 2—2 所示。当然，同样长度的取值范围还与有无符号、是定点表示（整型）还是浮点表示（实型）有关，另外还取决于所用的编译系统。大多数编译系统对一个带符号整数的数值范围处理为 $-2^{n-1} \sim 2^{n-1}-1$。其中 n 为该整数所占的位数。若一个整数所占的位数为 16，则该整数的范围为 $-32\ 768 \sim 32\ 767$。

表 2—2　　　　　　　　　　　　不同长度整型数据的取值范围

数据长度/比特	取 值 范 围	
	signed	unsigned
8	$-128 \sim 127$	$0 \sim 255$
16	$-2^{15} \sim 2^{15}-1$	$0 \sim 65\ 535$
32	$-2^{31} \sim 2^{31}-1$	$0 \sim 2^{32}-1$
64	$-2^{63} \sim 2^{63}-1$	$0 \sim 2^{64}-1$ （18 446 744 073 709 551 615）

整型数据可以分为以下 5 种类型：
（1）char（字符型）：至少 1 字节。
（2）short（短整型）：至少 2 字节。
（3）int（整型）：至少 2 字节，在 32 位计算机中为 4 字节。
（4）long（长整型）：至少 4 字节。
（5）long long（超长整型）：至少 8 字节。

C 标准没有规定各类数据所占内存字节数。通常，一个 int 型数据所占内存与计算机字长大小相同，为 16 位或 32 位，short 型数据通常占 16 位，long 型数据是 32 位。每种编译器可以为硬件选择适合的长度，如 short 和 int 型数据至少占 16 位，long 型数据至少占 32位，short 型数据不能超过 int 型数据的字节数，而 int 型数据不能超过 long 型数据。

表 2—3 为不同长度的实型数据的取值范围和数字精度（有效位数）。

表 2—3　　　　　　　　　　不同长度的实型数据的取值范围和数字精度

宽度/比特	数据类型	机内表示（位数）			取值范围	有效数字和精度
		阶码	尾数	符号		
32	float	8	23	1	$\|3.4e-38\| \sim \|3.4e+38\|$	7 位十进制有效数字，7 位精度
64	double	11	52	1	$\|1.7e-308\| \sim \|1.7e+308\|$	16 位或 17 位十进制有效数字，7 位精度
80	long double	由具体实现确定			$\|1.2e-4932\| \sim \|1.2e+4932\|$	18 位十进制有效数字，7 位精度

C 语言提供了一个测定某一种类型数据所占存储空间长度的运算符 sizeof。语法格式如下：

sizeof（类型标识符或数据）

当不了解所使用的编译器中的某数据类型的宽度时，可以使用该运算符。

【例2—1】用sizeof运算符计算所用的C系统中各种类型数据的长度。

```
#include〈stdio.h〉
int main(void)
{
    int i = 0;
    printf ("char: %d bytes\n",sizeof(char));
    printf ("short: %d bytes\n",sizeof(short));
    printf ("int: %d bytes\n",sizeof(short));
    printf ("long: %d bytes\n",sizeof(long));
    printf ("long double: %d bytes\n",sizeof(long double));
    printf ("float: %d bytes\n",sizeof(float));
    printf ("double: %d bytes\n",sizeof(double));
    printf ("long double: %d bytes\n",sizeof(long double));
    printf ("i: %d bytes\n",sizeof (i));              /* 计算变量i所占的字节数 */
    printf ("1.23456: %d bytes\n",sizeof(1.23456));   /* 计算常量所占的字节数 */
    return 0;
}
```

在Visual C++6.0中编译并运行，得到的输出结果如下：

```
char: 1 bytes
short: 2 bytes
int: 4 bytes
long: 4 bytes
long double: 8 bytes
float: 4 bytes
double: 8 bytes
long double: 8 bytes
i: 4 bytes
1.23456: 8 bytes
```

2.3.4　整型常量

在程序运行过程中值不变的量叫做常量，可分为整型常量、实型常量、字符常量等。下面介绍数据的常量表示形式。

整型常量就是整常数。在C语言中，使用的整常数有八进制、十六进制和十进制三种。在程序中是根据前缀来区分各种进制数的。

1. 八进制整常数

八进制整常数必须以0开头，即以0作为八进制数的前缀。数码取值范围为0～7。八进制数通常是无符号数。下面是合法的八进制整型常量：

010007 表示八进制正整数，等于十进制数4103；

0177777 表示八进制正整数，等于十进制65535。

下面是不合法的八进制整型常量：

09876 为非八进制数，因为有数字8和9。

2. 十六进制整常数

十六进制整常数的前缀为 0X 或 0x，数码取值范围为 0～9、A～F（或 a～f）。下面是合法的十六进制整型常量：

0XFFFF 表示十六进制正整数，等于十进制数 65535；

0xA3 表示十六进制正整数，等于十进制数 163。

下面是不合法的十六进制整型常量：

20fa 表示非十六进制数，因为不是以 0x 开头。

3. 十进制整常数

十进制整常数没有前缀，数码取值范围为 0～9。C 语言中的十进制常数的表示方法与数学上的表示方法是一致的。

4. 整型常量的后缀

在 C 语言中整数可以进一步分为 short、int、long 和 long long 等类型。对于一个常数分辨其类型的原则如下所述。

(1) 默认原则：在没有任何特别标志的情况下，可以按照常数所在的范围，决定其类型。例如，在 16 位的机器中，当一个整常数的值在十进制 -2^{15}～$2^{15}-1$（八进制数 0～0177777、十六制数 0x0～0xFFFF）范围内，则被看做一个 short int 或 int 型整数。超出上述范围的整常数，则被看做 long 型整数（32 位）。例如，234、32766、0177776、0xFFFE 等被看做是 int 型，而 -32769、32768、0200000、0x10000 等被看做是 long 型。

(2) 后缀字母标识法：用 L 或 l 表示 long 型整数。例如，十进制长整常数 158L（十进制为 158）、369000L（十进制为 369000），八进制长整常数 012L（十进制为 10）、0200000L（十进制为 65536），十六进制长整常数 0X15L（十进制为 21）、0X10000L（十进制为 65536）；用 LL 或 ll 表示 long long 型整数；用 U 或 u 表示 unsigned 型。

长整常数 158L 和基本整常数 158 在数值上并无区别。但对 158L，因为是长整型量，C 编译系统将为它分配 4 字节的存储空间；而对 158，因为是基本整型，只分配 2 字节的存储空间。因此在运算和输出格式上要予以注意，避免出错。

2.3.5 实型常量

实型常量也称为浮点型常量。

1. 实型常量的形式

在 C 语言中，实数只采用十进制。它有以下两种形式：

(1) 十进制数形式：由数码 0～9 和小数点组成，如 0.0、.25、5.789、0.13、300.、-267.8230。

(2) 指数形式：由十进制数加阶码标志"e"或"E"以及阶码（只能为整数，可以带符号）组成。其一般形式为"a E n"。其中，a 为十进制数；n 为十进制整数（表示乘方）。

2. 实型常量的类型

C 语言将实型数据分为 float、double 和 long double 三种类型，并且默认的实型数据是 double 类型。因此，对于带小数点的常量，C 语言编译器会将之作为 double 类型看待。如果要特别说明某带小数点的常量是 float 类型或 long double 类型，可以使用后缀字母 f 或 F 来表示 float 类型，如 123.45f、1.2345e+2F；用 l 或 L 表示 long double 类型，如 1234.5l、1.2345E+3L。

2.3.6 字符类型及其常量

1. 可打印字符

字符类型的数据在内存中以相应的 ASCII 码存放。例如，字符 A 的 ASCII 码为 65，在内存中的二进制存储形式为 0100 0001。

可打印字符是指在 ASCII 码表中其 ASCII 码值在 32～127 的这 95 个字符。这些字符在打印时可以采用十进制整数输出（用"%d"，输出的是 ASCII 码值），也可采用输出字符的格式码（用"%c"，输出的是 ASCII 码符号）。

【例 2—2】将字母与 ASCII 码对应输出。

```
#include<stdio.h>
    int main(void)
    {
        char ch;
        int i;
        ch = 'a';
        ch = ch - 32;
        i = ch;
        printf("%d is %c\n",i,ch);/* 注意格式码 */
        printf("%c is %d\n",ch,ch);/* 注意格式码 */
        return 0;
    }
```

程序运行结果如下：

```
65 is A
A is 65
```

由此可以看出，字符数据可以用数值形式输出；反之，一个整数（只限于与字符相应的整数）也可以用字符形式输出，所以一般把字符类型作为整型的一种。字符数据还可以作为整数参与运算，如'a'-32 相当于 97-32，得到 65。

2. 字符常量

ASCII 字符分为可打印字符和不可打印字符两种。在 C 语言程序中，可打印字符常量是用一对单引号括起来的一个字符。例如，'a'、'b'、'='、'+'、'?'都是合法的字符常量。在 C 语言中，字符常量有以下特点：

（1）字符常量只能用单引号括起来，不能用双引号或其他括号。单引号只是字符与其他部分的分隔符，或者说是字符常量的定界符，不是字符常量的一部分，当输出一个字符常量时不输出此单引号。

（2）字符常量只能是单个字符，不能是字符串。

（3）数字被定义为字符型之后就不再作为数字，不能参与数值运算。

（4）单引号内不能是单引号或"\"，如'\'不是合法的字符常量。

3. 转义字符

转义字符是一种特殊的字符常量。转义字符以反斜线"\"开头，后跟一个或几个字符。转义字符具有特定的含义，不同于字符原有的意义，故称"转义"字符。例如，在前面各例题中 printf 函数的格式串中用到的"\n"就是一个转义字符，其意义是"回车换行"。转义字符主要用来表示那些用一般字符不便于表示的控制代码（ASCII 中的不可打印字符）。转义字符如表 2—4 所示。

表 2—4　　　　　　　　　　　　　　转义字符一览表

转义字符形式	意　　义	转义字符形式	意　　义
\ n	回车换行	\ t	水平制表
\ v	垂直制表	\ b	退格
\ r	回车	\ f	走纸换页
\\	反斜线符（\）	\ '	单引号
\ a	鸣铃	\ ddd	1～3 位八进制数所代表的字符
\ "	双引号	\ xhh	1～2 位十六进制数所代表的字符

表中的 ddd 和 hh 分别为八进制和十六进制的 ASCII 代码。C 语言字符集中的任何一个字符均可用转义字符来表示。如 \101 表示字母 A，\102 表示字母 B，\134 表示反斜线，\X0A 表示换行等。

【例 2—3】打印人民币符号"¥"。

```c
#include<stdio.h>
int main(void)
{
    printf("Y\b = \n");
    return 0;
}
```

该程序运行时先打印一个字符"Y"。这时打印头已走到下一个位置，用控制代码"\b"使打印头回退一格，即回到原先已打印好的 Y 位置再打印字符"="，两字符重叠形成人民币符号"¥"。当然，这一输出只能在打印机上实现，而不能在显示器上实现。因为显示器无此重叠显示功能（在显示后一字符时原在该位置上的字符消失）。

转义字符除用来形成一个外设控制命令外，还用来输出不能直接从键盘上输入或不能用字符常量书写出的 ASCII 字符（超级 ASCII 码）。这时要在反斜杠 \ 后跟一个代码值，这个代码值最多用三位八进制码数（不加前缀）或两位十六进制数（以 x 作前缀）表示。

4. 字符串常量

字符串常量是由一对双引号括起的字符序列，如"Computer"、"program－1"。字符串常量与字符常量之间主要有以下区别：

（1）引用符号不同：字符常量由单引号括起来，字符串常量由双引号括起来。

（2）容量不同：字符常量只能是单个字符，字符串常量则可以含一个或多个字符。

（3）赋给变量不同：可把一个字符常量赋予一个字符变量，但不能把一个字符串常量赋予一个字符变量。在 C 语言中没有相应的字符串变量。要存放一个字符串常量可以使用字符数组。

（4）占用内存空间大小不同：字符常量占 1 字节的内存空间。字符串常量占的内存字节数等于字符串中字节数加 1。增加的 1 字节中存放字符"\0"（ASCII 码为 0），这是字符串结束的标志。例如，字符常量 b 和字符串常量 b 虽然都只有一个字符，但占用的内存空间不同。

2.3.7　符号常量

用一个标识符来表示的常量称为符号常量。符号常量在使用之前必须先定义，其一般形式为：

```
#define  常量名  常量值
```

该预编译命令把常量值赋给常量名。常量值可以是整型、实型及字符型。注意：该语句后不使用分号（;）。

一个#define命令只能定义一个符号常量。一经定义，以后在程序中所有出现该常量名的地方均代之以该常量值。这样的好处是：如果要修改程序中的某个常量时，只要修改其定义命令即可。这可使程序有更大的灵活性。

注意：符号常量不是变量，它所代表的值在程序运行中不能再改变，不能再用赋值语句对它重新赋值。符号常量从字面上不能直接看出其类型和值。

习惯上，符号常量的标识符用大写字母，变量标识符用小写字母，以示区别。

【例2—4】计算并输出圆的面积。

```
#include〈stdio.h〉
#define PI 3.14159
#define RI 5.5
int main(void)
{
    float s;
    s = PI * RI * RI;
    printf("Area = % f\n",s);
    return 0;
}
```

本程序在主函数之前由宏定义命令定义PI为3.14159、定义半径RI为5.5。若要修改半径值，重新修改程序则比较方便。

2.3.8　变量的定义

变量是存储数据的值的空间，或者说变量是指在程序的运行中，其值可以改变的量。一个变量应该有一个名字，在内存中占据一定的存储单元，在该存储单元存放变量的值。变量定义必须放在变量使用之前。一般放在函数体的开头部分。

变量的定义采用下面的格式：

```
类型标识符  变量名[,变量名,……];
```

在定义变量后，程序在连接时由系统为该变量在内存中开辟（分配）存储空间。存储空间的大小是由类型标识符确定的。

1. 整型变量的类型

整型变量的类型由基本类型（int）、有符号（signed）、无符号（unsigned）、短整型（short）、长整型（long）及其组合来表示，包括以下类型：

有符号短整型：short、short int、signed short、signed short int。

无符号短整型：unsigned short、unsigned short int。

有符号整型：int、signed、signed int。

无符号整型：unsigned、unsigned int。

有符号长整型：long、long int、signed long、signed long int。

无符号长整型：unsigned long、unsigned long int。

2. 实型变量的类型

实型变量可分为单精度(float)、双精度(double) 和长双精度(long double)。

2.3.9　变量的初始化

在定义变量的同时给变量直接赋值，其格式为：

类型标识符　变量名 = 初值[,变量名 = 初值,……];

在定义变量时可以对全部变量初始化，也可以对部分变量初始化。但要注意：初值的类型与变量的类型要一致。

例 2—2 中的 "char ch" 和 "ch ='a'" 是在变量 ch 定义后，在 ch 使用前进行赋值，这两句也可以写成一句 "char ch='a'"，这是在变量的定义时进行初始化。

2.3.10　数据类型的自动转换

不同类型的数据在计算机所占的内存字节数是不同的，那么不同类型的数据在进行算术运算时，其结果若取所占字节数少的数据类型，显然会丢失精度，只有取所占字节数多的数据类型才可以保证其计算结果的精度。

在下列情况下，C 语言编译器可以将数据从一种类型转换成另一种类型。

（1）强制类型转换：使用转换表达式进行强制类型转换。

（2）自动类型转换：在编译系统自动完成的类型转换。这些转换包括：

① 当二元运算符两端的操作数类型不同时进行的转换(本项目讨论)。

② 函数参数传递中的数据类型转换(后续项目讨论)。

③ 函数返回时的数据类型转换(后续项目讨论)。

④ 其他情形(后续项目讨论)。

整型、单精度型、双精度型的不同数值类型可以进行混合运算。因为字符型数值可以被看做整型，因此整型、实型(包括单精度型与双精度型)及字符型之间可进行混合运算。这样一来，字符型数也纳入了数值运算体系之中。但是，在运算时，不同类型数值必须转换为同一类型数值。其转换规律是：自动转换(由系统自动进行，无须干预)，就高不就低(把低级类型转换为高级类型，再进行运算。所谓高级、低级指的是数据类型占用字节数较多的是高级类型，否则是低级类型)。转换等级如下：

低级━━━━━━━━━━━━━━━━━━━━━━▶高级

字符型 ＜ 整型 ＜ 浮点型 ＜ 双精度型

以下是数据类型的自动转换。

1. 赋值转换

C 语言允许通过赋值语句将赋值号右边表达式的值的类型自动转换为左边变量的类型。赋值转换具有强制性，但是由系统自动完成，无须编程者干预。

2. 一般表达式转换

一般表达式转换是指当含有不同类型的常量和变量进行计算时，要把它们按类型由低向高转换成同一类型，通常用于算术运算。

按照优先级顺序将各二元运算符两端的操作数转换成同一类型。转换按照下面的算法进行。

27

IF(一个操作数为 long double)：另一个操作数转换为 long double。

ELSE IF(一个操作数为 double)：另一个操作数转换为 double。

ELSE IF(一个操作数为 float)：另一个操作数转换为 float。

ELSE IF(一个操作数为 unsigned long)：另一个操作数转换为 unsigned long。

ELSE IF(一个操作数为 long)：另一个操作数转换为 long。

ELSE IF(一个操作数为 unsigned)：另一个操作数转换为 unsigned。

一个表达式的转换示例如下：

```
char c;
int i;
float f;
double d;
int result;
……
result = c * i + f/d - (f + i);
```

说明：

（1）计算 f + i 时，i 转换为 float，与 f 进行相加运算。

（2）计算 c * i 时，c 转换为 int 类型，与 i 进行相乘运算。

（3）计算 f/d 时，f 转换为 double 类型，与 d 进行除法运算。

（4）计算 c * i + f/d-(f + i)，将 c * i 从 int 类型转换为 double；将 f + i 从 float 转换为 double，最后进行计算，得到的结果为 double 类型。

（5）将计算的结果(double 类型) 按赋值运算的转换规则转换为 int 类型。

2.3.11 强制类型转换

强制类型转换是通过类型转换运算符来实现的，其一般形式为：

（类型说明符）（表达式）；

功能是把表达式的运算结果强制转换成类型说明符所表示的类型。

例如：语句(float) a 是把 a 转换为实型；语句(int)(x + y) 是把 x + y 的结果转换为整型。

在使用强制转换时应注意以下问题：

（1）类型说明符和表达式都必须加括号(单个变量可以不加括号)，如将语句(int)(x + y)写成(int)x + y,则变成把 x 转换成 int 型之后再与 y 相加了。

（2）无论是强制转换还是自动转换，都只是为了本次运算的需要而对变量的数据长度进行的临时性转换，而不改变数据说明时对该变量定义的类型。

【例 2—5】输出整数和浮点数。

```
#include<stdio.h>
int main(void)
{
    float f = 5.75;
    printf("(int)f = %d,f = %f\n",(int)f,f);
}
```

程序输出结果：

(int)f = 5, f = 5. 750000

2.4 扩展知识与理论

C 语言的输入/输出是由库函数来实现的，因此输入/输出的操作灵活、多样、方便、功能强大。

输入/输出的对象是数据，而数据是以介质为载体的，因此进行输入/输出操作就要与各种外部设备发生联系，要指定从哪个设备(文件)读入数据，将数据输出到哪个设备(文件)上去。本节只讨论从终端(键盘)输入和输出到终端(显示器)的输入/输出函数。通常把这些函数称为控制台输入/输出函数。用得最广泛的有 scanf( )、printf( )、getchar( )和 putchar( )函数等。其中 scanf( )和 printf( )用于格式化输入/输出。

2.4.1 printf( )函数

printf( )函数是一个标准库函数，在使用时可以带两个参数：输出格式控制及输出项序列。printf( )函数调用的一般形式为：

printf("格式控制字符串",输出项序列)

其中格式控制字符串必须用双引号(")括起来，用于指定输出格式。格式控制字符串可由格式字符串和非格式字符串组成。格式字符串是以％开头的字符串，在％后面跟有各种格式字符，以说明输出数据的类型、形式、长度、小数位数等。非格式字符串输出原样，通常用于显示提示信息。输出项序列中包括各个输出项。注意格式字符串和各输出项在数量和类型上必须一一对应。

printf( )函数格式说明字段的结构如下：

％	前缀修饰符	域宽	精度	长度修正符	格式码

下面分别说明它们的意义。

1. 格式码

格式码及其意义如表 2—5 所示。

表 2—5 　　　　　　　　　　printf( )格式码及其意义

格 式 码	意 　义
d/i	以十进制形式输出带符号整数（正数不输出符号）
o	以八进制形式输出无符号整数（不输出前缀 0）
x/X	以十六进制形式输出无符号整数（不输出前缀 0X）
u	以十进制形式输出无符号整数
f	以小数形式输出单、双精度实数
e/E	以指数形式输出单、双精度实数
g/G	以％f％e 中较短的输出宽度输出单、双精度实数
c	输出单个字符
s	输出字符串
p	输出地址，格式由具体实现定义
％	输出％

2. 长度修正符

长度修正符是在基本类型的基础上所进行的长度修正，用于指定是基本类型的 short 还是 long，如表 2—6 所示。

表 2—6　　printf( )长度修正符

长度修正符	可修饰的格式码	参 数 类 型
l	d，i，o，u，x，X	long
ll	d，i，o，u，x，X	long long int，unsigned long long int
h	d，i，o，u，x，X	short，unsigned short
hh	d，i，o，u，x，X	char，unsigned char
L	a，A，e，E，f，g，G	long double

3. 域宽与精度

域宽与精度说明的格式为：m. n。其中，m 为输出域宽，用字符数表示，对实数，包括了一个小数点的位置；n 为精度。

n 的用法有如下几种情形：

(1) 配合格式码 f、e/E 时，指定小数点后面的位数；未指定精度时，默认小数点后为 6 位。

(2) 配合格式码 g/G 时，指定有效位的数目。

(3) 作用于字符串时，精度符限制最大域宽。

(4) 作用于整型数据时，指定必须显示的最小位数，不足时左侧补先导 0。

【例 2—6】

```
#include<stdio.h>
int main(void)
{
    printf("%12.5f\n",123.1234567);
    printf("%12f\n",123.1234567);
    printf("%12e\n",123.1234567);
    printf("%12.5g\n",123.1234567);
    printf("%5.10s%s\n","abcdefghijklm","a");
    printf("%12.8d\n",12345);
    return 0;
}
```

程序的输出结果如图 2—2 所示。

			1	2	3	.	1	2	3	4	6	域宽 12，精度 5
		1	2	3	.	1	2	3	4	5	7	域宽 12，未指定精度，默认 6 位精度
1	.	2	3	1	2	3	e	+	0	0	2	域宽 12，指数格式输出
						1	2	3	.	1	2	域宽 12，有效位 5 位
a	b	c	d	e	f	g	h	i	j	a		最小 5 个字符，最大域宽 10
				0	0	0	1	2	3	4	5	域宽 12，必须至少显示 8 位，不足时左边补 0

图 2—2　输出结果

需要说明的是，输出数据的实际精度并不主要取决于格式说明字段中的域宽和精度，也不取决于输入数据的精度，而主要取决于数据在机器内的存储精度。例如，一般 C 语言系统对 float 型数据只能提供 6 位有效数字(例 2—6 中格式控制"%12.5g \ n"的输出为 6 位，包括小数点在内)，double 型数据只有大约 16 位有效数字。格式说明字段中所指定的域宽再大、精度再长，所得到的多余位数上的数字也是毫无意义的。所以增加域宽与精度并不能提高输出数据的实际精度。

4. 前缀修饰符

前缀修饰符及其意义如表 2—7 所示。

表 2—7　　　　　　　　　　　　　前缀修饰符及其意义

修饰符	意　　义
－	数据在输出域中左对齐显示
0	用"0"而非空格进行前填充
＋	在有符号数前输出前缀"＋"或"－"
空格	对正数加前缀空格，对负数加前缀"－"
♯	在 g 和 f 前，确保输出字段中有一个小数点；在 x 前，确保输出的十六进制数前有前缀 0x
＊	做占位符号

默认时数据输出采用右对齐，使用前缀修饰符"－"可以使输出数据采用左对齐的方式。

【例 2—7】数据输出采用左对齐。

```
# include〈stdio. h〉
int main(void)
{
    printf(" %20d\n",1234567890);
    printf(" %20s\n","abcdefghijk");
    printf(" %- 20d\n",1234567890);
    printf(" %- 20s\n","abcdefghijk");
    return 0;
}
```

程序输出结果为：

```
          1234567890
         abcdefghijk
1234567890
abcdefghijk
```

在采用右对齐时，指定域宽的左边默认使用空格填充，若使用修饰符"0"可以使输出数据指定域宽的左边使用 0 填充。

【例 2—8】数据输出指定域宽的左边使用 0 填充。

```
# include〈stdio. h〉
int main(void)
{
    printf(" %20d\n",1234567890);
    printf(" %20s\n","abcdefghijk");
```

```
    printf("%020d\n",1234567890);
    printf("%020s\n","abcdefghijk");
    return 0;
}
```

程序输出结果为：

```
        1234567890
        abcdefghijk
00000000001234567890
000000000abcdefghijk
```

默认情况下数值数据输出时正数的符号"+"不显示，若要显示可使用"+"修饰符；若使用修饰符空格，则正数加前缀空格，对负数加前缀"−"。

【例2—9】数据输出正数前加上"+"。

```
#include〈stdio.h〉
int main(void)
{
    printf("%20d\n",1234567890);
    printf("%+20d\n",1234567890);
    printf("%20d\n",1234567890);
    return 0;
}
```

程序输出结果为：

```
1234567890
+1234567890
1234567890
```

在十六进制数输出时，默认时没有前缀"0x"，若要加上前缀，使用"#"修饰符。

【例2—10】十六进制数据输出，前面加上"0x"。

```
#include〈stdio.h〉
int main(void)
{
    printf("%x\n",0xA2B5);
    printf("%#x\n",0xA2B5);
    return 0;
}
```

程序输出结果为：

```
a2b5
0xa2b5
```

一般在格式说明字段对输出数据的宽度进行说明，如果没有指定，则在格式说明字段的宽度位置使用占位符"＊"，在输出参数的前面指定宽度。

【例2—11】用占位符指定数据的输出宽度。

```
#include〈stdio.h〉
int main(void)
{
    printf("%*.*f\n",20,8,123.12345);   /*20,8 表示 20.8*/
    printf("%*d\n",20,12345);           /*20 表示正数 12345 的输出占 20 位宽度*/
    return 0;
}
```

程序输出结果为：

123.12345000

12345

注：printf( )中输出表达式的运算顺序是从右向左的，该规则会因编译程序而异。

【例 2—12】输出结果。

```
#include〈stdio.h〉
int main(void)
{
    int a = 1,b = 2;
    printf("x = %d,y = %d\n", ++a + b, ++b + a);
    return 0;
}
```

程序输出结果如下：

x = 5,y = 4

这个结果可能与你想象的不同。这是由于计算的顺序引起的(这里给出的结果是在 Microsoft Visual C++6.0 中运行的)。

2.4.2 scanf( )函数

scanf( )函数的功能是将输入数据送入相应的存储单元。具体地说，它是按格式参数的要求，从终端上把数据传送到地址参数所指定的内存空间中。其原型为：

int scanf(格式控制字符串,地址 1,地址 2,……);

1. 地址参数

C 语言允许编程者间接地使用内存地址。这个地址是通过对变量名"求地址"运算得到的。求地址的运算符为&。例如，对于定义：

int a;   //&a 给出的是变量 a 所占存储空间的首地址

float b;   //&b 给出的是变量 b 所占存储空间的首地址

2. 格式说明字段

scanf( )函数格式说明字段的结构如下：

%	域宽	长度修正	格式码

其中的格式码如表 2—8 所示，域宽与长度修正符如表 2—9 所示。

表 2—8 scanf( )格式码

格式字符	意 义
d, i	以十进制形式输入带符号整数(正数不输入符号)
o	以八进制形式输入无符号整数
x, X	以十六进制形式输入无符号整数
u	以十进制形式输入无符号整数
f	用来输入实数,可以是小数形式或指数形式
e, E, g, G	与 f 作用相同
c	输入单个字符
s	输入字符串

表 2—9 scanf( )域宽与长度修正符

格式字符	意 义
l	用于输入长整型数据(可用于%ld,%lo,%lx)及 double 型数据(%lf 或%le)
h	用于输入短整型数据(可用于%hd,%ho,%hx)
域宽	指定输入数据所占宽度(列数),为正整数
*	表示本输入项在读入后不赋给相应的变量

注意:在输入数据时,格式说明字段中的格式码以及长度修饰符所指定的类型必须与地址参数的类型一致;否则,得不到正确的输入。

【例 2—13】 格式码与输入数据类型要一致。

```
#include<stdio.h>
int main(void)
{
    double a,c;
    scanf("%f",&a);
    printf("\na = %1f\n",a);
    scanf("%lf",&c);
    printf("\nc = %lf\n",c);
    return 0;
}
```

由于 a 为 double 型,第一个输入的格式码为%f,因此 a 得不到输入的值;第二个输入格式码为%lf,与 c 的类型相匹配,就可以得到正确的输入值。

3. 数据输入流的分隔

scanf( )是从输入流中接收非空的字符,再转换成格式项描述的格式,传送到与格式项对应的地址中去。当操作者在终端上输入一串字符时,有以下几种判断数据项的方法:

(1)使用默认分隔符:空格、制表符、换行符。

注意:当从键盘上输入一串字符流后,只有按回车键时,系统才开始执行 scanf( )规定的操作。

【例 2—14】

```
#include<stdio.h>
int main(void)
{
```

```
    int a;
    float b;
    scanf ("%d%f",&a,&b);              /* 格式码之间没有其他符号 */
    printf ("a = %d,b = %f",a,b);
    return 0;
}
```

若运行时输入 15　230，则输出为 a＝15，b＝230.000000。

（2）根据格式项中指定的域宽分隔出数据项。

【例 2—15】

```
# include⟨stdio. h⟩
int main(void)
{
    int a;
    float b;
    scanf ("%3d%6f",&a,&b);
    printf ("a = %d,b = %f",a,b);
    return 0;
}
```

若运行时输入 123456789，则输出为 a＝123，b＝456789.000000。

（3）根据格式字符的含义从输入流中取得数据，当输入流中数据类型与格式字符要求不符时，就认为这一数据项结束。

【例 2—16】

```
# include⟨stdio. h⟩
int main(void)
{
    int a;
    char b;
    float c;
    scanf("%d%c%f",&a,&b,&c);
    printf ("a = %d,b = %c,c = %f",a,b,c);
    return 0;
}
```

若运行时输入 123N456789，则输出为 a＝123,b＝N,c＝456789.000000。

（4）格式控制字符串中的非空白字符。

在 scanf( )中的格式控制字符串中，除了格式说明字段中的字符外，所出现的其他字符都必须在输入数据流时照样输入（一般用空格和逗号）。

【例 2—17】

```
# include⟨stdio. h⟩
int main(void)
{
    int a;
```

```
        char b;
        float c;
        scanf("%d, %c, %f",&a,&b,&c);
        printf ("a = %d,b = %c,c = %f",a,b,c);
        return 0;
    }
```

若运行时输入 123，N，456789，则输出为 a＝123,b＝N,c＝456789.000000。

4. scnaf( )与输入缓冲区

在输入数据时，实际上并不是输入完一个数据项就送给一个变量，而是在输入一行字符并按回车键后才被输入，这一行字符先放在一个缓冲区中，然后按 scanf( )格式说明的要求从缓冲区中读数据。如果输入的数据多于一个 scanf( )所要求的个数，则余下的数据可以为下一个 scanf( )接着使用。

如在例 2—17 中，输入一行字符"123，N，456789"并按回车键后，这一行字符放在缓冲区，scanf( )从缓冲区读入数据，并赋给相应的变量。

5. scanf( )用于字符输入

scanf( )用于字符输入有以下两点说明：

（1）由于所有空白字符、转义字符都将作为有效字符被接收，所以不能再使用空白或其他字符进行数据项的分隔。

【例 2—18】

```
# include〈stdio. h〉
int main(void)
{
    int c1,c2,c3;
    scanf("%c %c %c",&c1,&c2,&c3);
    printf("c1 = %c,c2 = %c,c3 = %c",c1,c2,c3);
    return 0;
}
```

若运行时输入 a b，则输出为 c1＝a,c2＝ ,c3＝b。

（2）当定义有字段宽度时，scanf( )将在缓冲区中的输入流上，按宽度间隔地挑取字符。

【例 2—19】

```
# include〈stdio. h〉
int main(void)
{
    int c1,c2,c3;
    scanf(" %3c %3c %3c",&c1,&c2,&c3);
    printf ("c1 = %c,c2 = %c,c3 = %c",c1,c2,c3);
    return 0;
}
```

若运行时输入 a＝3b＝4c＝5，则输出为 c1＝a,c2＝b,c3＝c。

6. scanf( )的停止与返回

从上面的例子中，可以知道 scanf( )函数具有如下作用：

（1）首先从缓冲区中提取需要的数据。

（2）如果缓冲区中没有需要的数据，则要求从键盘输入一个数据流。输入操作以回车操作结束。

（3）遇到下面的情形终止执行：

①格式参数中的格式项用完——正常结束。

②发生格式项与输入域不匹配时——非正常结束，例如从键盘输入的数据数目不足。

（4）执行成功，返回成功匹配的项数；执行失败，返回 0。

2.4.3 字符输入/输出函数 getchar( )与 putchar( )

为了方便字符的输入/输出，标准 C 还提供了两个简单的库函数：getchar( )和 putchar( )。它们的原型分别为：

```
int getchar(void);
int putchar(int c);
```

运行程序时 getchar( )等待用户击键操作，然后返回一个字符值，并自动把击键结果回显在屏幕上。它虽然被定义为返回 int 类型，但由于所读取的字符被保存在低字节中，所以可以赋值给一个 char 型变量。读取失败，返回—1。

putchar(c)函数是将字符变量 c 中的字符输出到标准输出设备(一般也是用户终端) 上。

【例 2—20】

```
# include〈stdio. h〉
int main(void)
{
    char ch1,ch2,ch3;
    ch1 = getchar( );
    ch2 = getchar( );
    ch3 = getchar( );
    putchar(ch1);
    putchar(ch2);
    putchar(ch3);
    putchar('\n');
    return 0;
}
```

若运行时输入 abcdef，则输出为 abc。

注意： 在执行 getchar( )时，虽然是读入一个字符就回显一个字符，但并不是从键盘按一个字符，该字符就被立即送给一字符变量，而是等到一个回车键后才将一行字符输入缓冲区，然后 getchar( )函数从缓冲区中取一个字符给一个字符变量。这种情况称为行缓冲。

项目小结

根据项目 2 中的两个任务——学生成绩的输入/输出、总分与平均分的计算，我们学习了 C 语言中的数据类型，其内容包括数值表示方式、常量的表示方法、变量的定义与初始化、计算时数据类型的转换，以及在编写程序时最常用的函数 printf( )和 scanf( )的使用。综合所学过的知识，完成了学生成绩的输入/输出、总分与平均分的计算这两个任务，从而达到了我们制定的技能目标——常量和变量的使用，学会利用 C 语言中运算符和表达式解决现实中的相关问题，能进行不同数据类型之间的混合运算，能编写输入输出数据的程序。

习　题　2

一、选择题

1. 设 e 为字符变量，下列表达式正确的是(　　)。

A. e＝28　　　　　　B. e＝'m'　　　　　　C. e＝"m"　　　　　　D. e＝"gw1"

2. 与数学公式 $\sqrt{|\cos(x)|}$ 等价的 C 语言表达式是(假定其中 x 的单位是角度且不考虑 π 值的精度)(　　)。

A. sqrt(cos(x))　　　　　　　　　　　B. sqrt(abs(cos(x＊3.14/180)))

C. sqrt(abs(cos(x＊1/180)))　　　　　D. sqrt(fabs(x＊3.14/180))

3. C 语言中，最简单的数据类型包括(　　)。

A. 整型，实型，字符型　　　　　　　　B. 共同体类型，枚举型

C. 实型，结构体类型　　　　　　　　　D. 空类型，数组类型，实型

4. 设 int 类型的数据长度为 2 字节，则 unsigned int 类型数据的取值范围是(　　)。

A. 0～255　　　　B. 0～65535　　　　C. －32768～32767　　　D. －256～255

5. 表达式(int)5.28328 的值为(　　)。

A. 5　　　　　　　B. 5.2　　　　　　　C. 5.3　　　　　　　D. 0

6. 若有以下类型说明语句：char w、int x、float y、double z，则表达式 w＊x＋z－y 的结果数据类型为 (　　)。

A. float　　　　　　B. char　　　　　　C. int　　　　　　D. double

7. 在 C 语言中，字符型数据在内存中的存放形式是(　　)。

A. 原码　　　　　　B. BCD 码　　　　　C. 反码　　　　　　D. ASCII 码

8. 下列哪一个常量是合法的 C 常量(　　)。

A. －0　　　　　　B. '101'　　　　　　C. 'my'　　　　　　D. 10＋6

9. 字符串"\\\" ABC \"\\" 的长度是(　　)。

A. 11　　　　　　　B. 7　　　　　　　　C. 5　　　　　　　　D. 3

二、填空题

1. C 语言基本数据类型包括_____、_____、_____和_____。

2. C 语言中，字符串常量是用_____括起来的字符序列。

3. C 语言中，整型变量可分为_____、_____、_____和_____四种，分别用_____、_____、_____和_____表示。

4. C 语言中，系统在每一个字符串的结尾自动加一个_____字符，表示字符串的结束。

5. C 语言的四大数据类型分别为_____、_____、_____和_____。

6. 在 C 语言中，字符型数据和整型数据之间可以通用，一个字符型数据既能以_____输出，也能以_____输出。

7. 已知字母 a 的 ASCII 码为十进制数 97，且设 ch 为字符型变量，则表达式 ch ='a'+'8'-'3'的值为_____。

8. 若 x 和 y 都是 double 型变量，且 x 的初值为 3.0，y 的初值为 2.0，则表达式 pow(y,fabs(x)) 的值为_____。

9. 表达式 8/4 * (int)2.5/(int)(1.25 * (3.7＋2.37)) 的数据类型为_____。

10. 若定义 "int x＝2；double y；y＝(int)(float)x；"，则变量 x 的数据类型是_____。

11. 若有定义 "int e＝1,f＝4,g＝2；float m＝10.5,n＝4.0,k；"，则执行赋值表达式 k＝(e＋f)/g＋sqrt((double))n) * 1.2/g＋m 后，k 的值是_____。

12. 实数的两种表示形式为_____和_____。

13. C 语言在定义变量的同时说明变量的_____，这样系统在编译时就能根据变量定义及其_____为它分配相应大小的存储空间。

14. C 语言中，符号 & 是_____运算符，变量 x 现在内存中的地址用_____表示。

15. 设 x 为 float 型变量，y 为 double 型变量，a 为 int 型变量，b 为 long 型变量，c 为 char 型变量，则表达式 x＋y * a/x＋b/y＋c 的结果为_____类型。

16. 表达式 25 ＋'a'＋2.5－0.5 * 'B' 的结果是_____。

17. 以下程序的输出结果是_____。

```
main( )
{printf(" * %f,%4.3f * \n",3.14,3.1415);}
```

18. 若有定义 "char c＝'\010';"，则变量 c 中包含字符个数为_____。

三、程序编写题

1. 已知一个英文字符，编写一个 C 程序，在屏幕上显示出其前后相连的三个字符。

2. 已知三角形的三条边：a＝3，b＝4，c＝5，按公式：

$$area=\sqrt{s(s-a)(s-b)(s-c)} \left(s=\frac{a+b+c}{2}\right)$$ 计算三角形的面积并输出。

3. 从键盘上输入正方形的边长（实型数），求其面积及周长，并输出。

4. 若 a，b 是整型变量，从键盘上输入 a 和 b 的值，计算并输出 $a^2＋b^2$ 的值。

项目3 项目菜单的选择执行

 技能目标

- 会画程序的流程图或 N-S 结构图；
- 会用 if…else 实现分支结构和多分支结构的程序设计；
- 会用条件运算符进行分支结构的程序设计；
- 会用 switch 语句实现多分支结构的程序设计；
- 会用 for 语句、while 语句、do…while 语句进行循环结构程序设计；
- 会用 break 语句和 continue 语句。

 知识目标

- 掌握 if…else 语句的用法；
- 掌握条件运算符的使用；
- 掌握 switch 语句的用法；
- 掌握 for 语句、while 语句和 do…while 语句的使用；
- 掌握循环的嵌套使用；
- 掌握 break 和 continue 语句的使用。

 项目任务与解析

在班级学生成绩管理系统中用 if 语句实现菜单的选择执行、用 switch 语句实现菜单的选择执行、用循环语句实现主菜单的选择执行。

本项目包含以下任务：

- 任务 4：用 if 语句实现菜单的选择执行。
- 任务 5：用 switch 语句实现菜单的选择执行。
- 任务 6：用循环语句实现主菜单的选择执行。

3.1　任务 4：用 if 语句实现菜单的选择执行

1. 问题描述

对显示的菜单，选择要执行的菜单序号，并显示要执行的菜单名。

2. 具体实现

```
#include〈stdio.h〉
int main(void)
{
    /*显示菜单*/
    int number;
    printf("====班级学生成绩管理系统====\n");
    printf("----------------------\n");
    printf("        1.信息输入        \n");
    printf("        2.成绩计算        \n");
    printf("        3.分类汇总        \n");
    printf("        4.成绩单制作       \n");
    printf("----------------------\n");
    printf("\t请选择要执行的序号:");           /*提示选择菜单*/
    scanf("%d",&number);                     /*输入序号*/
    if(number==1)
        printf("信息输入\n");                  /*显示输入的菜单名*/
    else if(number==2)
        printf("成绩计算\n");                  /*显示输入的菜单名*/
    else if(number==3)
        printf("分类汇总\n");                  /*显示输入的菜单名*/
    else if(number==4)
        printf("成绩单制作\n");                 /*显示输入的菜单名*/
    else
        printf("输入错误\n");
    return 0;
}
```

3. 知识分析

在多数情况下顺序结构的程序是很少的，一般还包括分支和循环结构。分支结构包括 if…else 结构和 switch 结构。在学习分支结构前先了解一些算法的概念，以及关系运算符和逻辑运算符的使用。

3.2　必备知识与理论

3.2.1　算法的概念

1. 算法

当编写一个程序时，首先要想好这个程序的作用、实现的方法、处理的步骤以及所处理的数据格式。遇到一些复杂的问题，可能还需要考虑采用数学方法。这一切都涉及一个专业名词——算法。

算法就是程序处理问题的步骤与方法。

很多时候，程序设计者所面临的问题就是寻找一个合适的算法。例如，一个熟练的程序员，要设计一个下"五子棋"的游戏程序，对他而言，C语言的编程规则已经清楚。所面对的核心问题是寻找一种可以模拟人下棋的算法。因此，算法在软件设计中具有重要的地位。正如著名的计算机科学家沃思(Nikiklaus Wirth)所指出的公式：程序＝数据结构＋算法。他认为，程序就是在数据的某些特定表示方式和结构的基础上对抽象算法的具体表述。Wirth试图用这个公式来对程序进行一个概括性的定义。虽然从今天的观点来看，它只能是对过程化程序的一个抽象定义，对面向对象的程序而言则不尽然。不过，对学习像C语言这样的面向过程的程序设计语言而言，是完全适用的。也就是说，面向过程的程序有两大要素：算法和数据结构。数据结构是程序所处理的对象——数据的表示和组织形式。数据类型就是其重要内容。关于数据结构的概念在学习完数组、指针、结构和联合后，才会有较深的体验。

2. 算法的特性

简单地说，算法就是进行操作的方法和操作步骤。例如，菜谱实际上是做菜肴的算法，乐谱实际上是演奏的算法，计算机程序是用某种程序设计语言描述的解题算法。一个方法要成为可以在程序设计中所使用的算法，需要具备如下特征：

(1) 有穷性。一个算法要在有限的步骤内解决问题(这里所说的步骤是指计算机执行步骤)。计算机程序不能无限地运行下去(甚至不能长时间地运行下去)，所以一个无限执行的方法不能成为程序设计中的"算法"。

例如，求某一自然数 N 的阶乘：

$$N!=1\times2\times3\times\cdots\times N$$

这是一个算法。因为对任何一个自然数而言，无论这个数多大，总是有限的。用这个公式计算 N! 总是需要有限的步骤。

但是，以下计算公式则不能作为算法，因为其计算步骤是无限的：

$$SUM=1+1/1+1/2+1/3+\cdots+1/n+\cdots$$

事实上，有穷性是指在合理范围之内的计算。比如，设计了一个算法是有限的，但按照目前计算机发展的水平要计算 100 年才能完成，这样的算法没有实际意义，可以视为无穷。

实际上，在计算机的许多加密算法中，可以解密的方法不是不存在，而是要执行这样的解密算法需要极其大量的时间。这样就实现了保密。所谓保密就是让信息在一定的时间内不被他人知晓。

(2) 确定性。算法中操作步骤的顺序和每一个步骤的内容都应当是确定的，不应当是含糊不清的。它也不能有不同的解释存在，即不能具有"二义性"，不应当产生两种或多种以上的含义。

确定性的另一重意义：

①操作序列只有一个初始动作，序列中每一动作仅有一个后继动作。

②序列终止表示问题得到解答或问题没有解答，不能没有任何结论。

(3) 有零个或多个输入。输入就是从外界取得必要的信息。一个算法可以有零个或多个输入，如输入一个年份，判断其是否是闰年；同时，一个算法也可以没有输入，如计算出 5！。

（4）有一个或多个输出。算法的目的是求解，"解"就是想要得到的最终结果。输出是同输入有着某些特定关系的量。一个算法得到的最终结果就是输出。没有输出的算法是没有意义的。

（5）可执行性。一个算法应当是可以由计算机执行的，算法中描述的操作都可以通过计算机的运行来实现。

3. 算法设计的要求

在设计算法时一般应保证以下几个方面的要求。

（1）正确性。一个算法应当能够解决具体问题。其"正确性"包括以下方面：

- 不含逻辑错误。
- 对于几组输入数据能够得出满足要求的结果。
- 对于精心选择的典型、苛刻的输入数据都能得到要求的结果。
- 对于一切合法的输入都能输出满足要求的结果。

（2）可读性。算法应该可以用能够被人理解的形式表示。太复杂的、不能被程序员所理解的算法难以在程序设计中采用。

（3）健壮性。健壮性是指算法具有抵御"恶劣"输入信息的能力。当输入非法数据时，算法也能适当地做出反应或进行处理，而不会产生莫明其妙的输出结果。例如，当输入三条边的长度值来计算三角形的面积时，一个有效的算法在三个输入数据不能构成一个三角形时，应报告输入的错误，返回一个表示错误或错误性质的值并中止执行。

（4）效率与低存储量的需求。高效率和低存储量是优秀程序员追求的目标。效率指的是算法的执行时间，对于一个问题，如果有多个算法可以解决，执行时间短的算法效率高；存储量需求指算法执行程序所需要的最大存储空间。效率与低存储量需求这两者都与问题规模有关。占用存储量最小、运算时间最少的算法就是最好的算法。但在实际中，运行时间和存储空间往往是相矛盾的，需要根据具体情况选择更优先考虑哪一个因素。

3.2.2　算法的表示方法

算法的实质是一种逻辑关系。对于这样一种关系，可以用多种方式来表达，常用的有自然语言、流程图（传统的流程图和结构化的流程图）、伪代码、N-S 流程图、计算机语言等。

1. 自然语言表示算法

自然语言是相对于计算机语言而言的，是指人们在日常生活中使用的语言，如汉语、英语等。对于某些程序员来说，自然语言通俗易懂。但是，对于规模大、复杂的算法，使用自然语言来描述，往往很冗长，不直观，而且容易产生歧义。比如对于下面这句话：如果 A 大于 B，就给它加 1。在理解时就可能出现歧义，是给 A 加 1，还是给 B 加 1。

对于以上的这段话，如果用 C 语言进行编程，则为：

```
if(A>B)
    A = A + 1;
```

正是由于自然语言描述算法具有的缺陷，所以在程序设计中很少有人使用。

2. 传统流程图表示法

流程图表示法就是用各种图框表示各种操作，用线表示这些操作的执行顺序。这种表示法的优点是直观、易于理解。图 3—1 所示为一些常用的流程图符号。

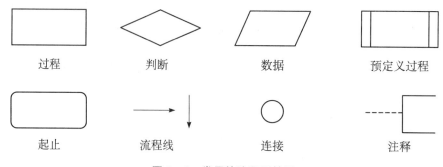

图 3—1 常用的流程图符号

（1）矩形：表示各种处理功能。例如，执行一个或一组特定的操作，从而使信息的值、信息形式或所在位置发生变化。矩形内可注明处理名称或其简要功能。

（2）菱形：表示判断。菱形内可注明判断的条件。它只有一个入口，但有若干个可供选择的出口，在对定义的判断条件求值后，有且仅有一个出口被选择。求值结果可在表示出口路径的流线附近写出。

（3）平行四边形：表示数据，其中可注明数据名称、来源、用途或其他的文字说明。

（4）带有双竖边线的矩形：表示已命名的处理。该处理为在其他地方已得到详细说明的一个操作或一组操作，如库函数或其他已定义的函数等。矩形内可注明特定处理名称或其简要功能。

（5）流程线：直线表示执行的流程。当流程自上向下或由左向右时，流程线可不带箭头，其他情况应加箭头表示流程。

（6）端点：圆角矩形表示转向外部环境或从外部环境转入的端点符，如程序流程的起始点。

（7）注释：注释是程序的编写者向阅读者提供的说明。

用流程图表示程序的三种基本控制结构如图 3—2 所示。

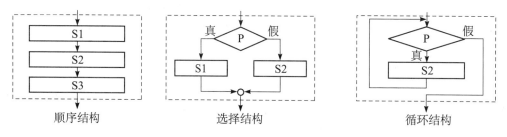

图 3—2 用流程图表示程序的三种基本控制结构

【例 3—1】用流程图描述从三个数中取最大数的算法。

从三个数中取最大数的算法思路是：假定这三个数是 a，b，c，则首先可以比较 a，b 两数，从中选大者；然后再用这个大数与数 c 比较，从中取大者。这时得到的大数，就是三个数中的最大数。这个算法用流程图描述如图 3—3(a) 所示。

通常，求解一个问题的算法不是唯一的，也可以采用另外一种算法，如图 3—3(b)所示。它的基本思路是，先设 max＝第一个数，然后依次输入第 i 个数，每输入一个数，与 max 比较一次，把大的放入 max 中。当输完第 i 个数时，max 中存放的就是这 i 个数中的最大数。这里，i 是一个计数器，用于统计输入数的个数，所以每输入一个数，要执行一次自增操作。这个算法与图 3—3(a)所示算法的不同之处如下：

（1）图 3—3(a)所示算法采用了两个选择结构，而图 3—3(b)所示算法采用了一个循环结构和一个选择结构。

（2）算法的灵活性不同：图 3—3(b)中的算法可以用来求任意个数中的最大数。

用流程图表示算法灵活、自由、形象、直观，可以表示任何算法，它允许用流程线使流程任意转移。但这却是程序设计中的一个隐患，程序中如果允许流程毫无限制地任意转移，就会使程序难以阅读和维护。

结构化程序设计主张限制这种无规律的任意转向，采用三种基本结构作为构成程序的基本单位。这样就必须限制流程线的使用。

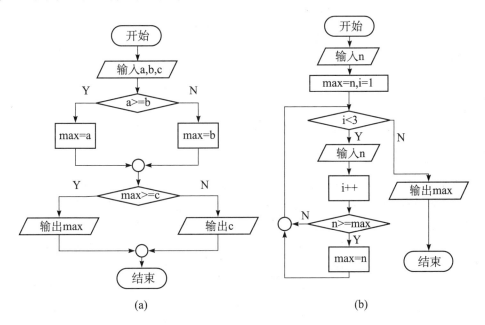

图 3—3　求三个数中最大数的算法

3. 用 N-S 流程图表示算法

1973 年，美国学者 I. Nassi 和 B. Shneiderman 提出了一种无线的流程图。在这种流程图中，完全去掉了带箭头的流程线。全部算法都是在一个矩形框内，该框内还包含其他的从属于它的框，或者说由一些基本的框组成一个大框。这种方法就以这两位学者的名字缩写而成，被称为"N-S 盒图"。

N-S 盒图可以表示以下几种典型结构。

（1）顺序结构。在顺序结构中，算法的步骤是依照先后顺序依次执行的，即执行完第一步骤后，再执行第二步骤，如图 3—4(a)所示。

（2）选择结构。选择结构也叫做条件选择，即根据某一条件选择下一步的执行操作。图 3—4(b)所示为二分支的选择结构。

（3）循环结构。循环结构就是当某一条件满足或不满足时，一直执行某些操作的算法。图 3—4(c)所示为当型循环的结构。

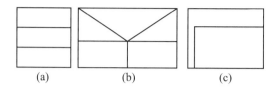

图 3—4　用 N-S 图描述的三种基本流程结构

图 3—5 给出了与图 3—3 相对应的 N-S 结构图。

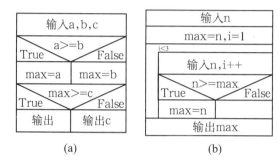

图 3—5　三个数中求最大值的 N-S 结构图

4．用伪代码表示算法

"伪代码"是程序员自己定义的一种"语言体系"，它不同于自然语言（比自然语言简单），也不同于任何一种具体的计算机语言（这样才有广泛性）。它有自己的文字和符号体系，用来描述算法。它比自然语言更接近计算机语言，便于向计算机语言过渡。

并不是每一个程序员都需要也都可以定义"伪代码"。因为定义一套伪代码供自己一个人使用没有太大的意义。一般而言，一个"伪代码体系"是由大的软件公司定义，供全公司的程序员使用。

例如："打印出一个数 x 的绝对值"可以使用以下形式的伪代码表示。

```
if x is positive then
    print x;
else
    print-x;
```

下面是对应图 3—3 算法的伪代码表示。

（1）图 3—3(a)的伪代码。

```
输入 a,b,c
if(a>＝b)
    max = a;
else
    max = b;
if(max>c)
```

```
        输出 max;
else
        输出 c;
```

（2）图 3—3（b）的伪代码。

```
输入 n;
max = n;i = 0;
当(i<3)
{
        输入 n;
        i ++ ;
        if(n> = max)
                max = n;
}
输出 max
```

3.2.3　结构化程序设计

从目前的编程实践看，结构化程序设计的思路已经被绝大多数程序员所接受。人们普遍认为，必须采用结构化的程序设计方法。因为结构化程序具有结构清晰、便于阅读、便于修改和便于维护的优点。

结构化程序设计的基本思路：把一个复杂问题的求解过程分阶段进行，每个阶段处理的问题都控制在人们容易理解的范围之内。采取自顶向下、逐步细化（求精）、模块化设计以及结构化编码的方法保证得到结构化的程序。

采用自顶向下、逐步细化的方法可以使程序的结构清晰、层次分明、容易改写。就像进行房屋设计所采用的步骤一样：先进行整体的规划，画出施工的图纸，再进行各个部分的设计，最后进行细节的设计，如楼宇通信系统、安全设施的装备、办公系统、室内的装修等。

结构化程序具有如下特征：

- 一个程序单元由顺序、分支和循环这三种基本结构组成。
- 一个大的程序由若干不同功能的小模块组成。
- 每一个小模块只有一个入口和一个出口。

3.2.4　命题与 C 语言中的逻辑值

对结构化程序设计中的选择结构、循环结构来说，流程的改变都是由判断决定的，即需要根据判断决定选择哪一条执行路径，根据判断决定是否继续进行循环。通常，判断是针对命题的"真"、"假"进行。如下面是一些命题：

（1）汽车行驶中遇到前面的交通信号灯是绿色的。

（2）$a \geqslant b$。

（3）$a \leqslant b \leqslant c$，即 $a \leqslant b$ 且 $b \leqslant c$。

（4）$a \leqslant b$ 或 $c \leqslant b$。

（5）如果 a 不能被 b 整除。

这些命题的值都只能是一个逻辑（布尔）值："真"或"假"。

在早期的 C 语言中没有专门的逻辑（布尔）类型，用非 0 值表示"真"，用 0 值表示

"假"。这样，对任何表达式，只要其值为非 0(包括负数)，就是"真"；只要其值为 0，就是"假"，从而给判断带来很大的灵活性。

在 C99 中，增加了 _Bool 类型，并增加了头文件 stdbool.h，在其中定义了宏 bool、true 和 false，用 true 表示 1，用 false 表示 0。

C 语言中描述命题的两种基本形式是关系表达式和逻辑表达式。

3.2.5 关系运算符与关系表达式

1. 关系运算符及其优先级

关系运算是指对两个表达式值的大小比较。C 语言中提供有如下 6 个关系运算符，如表 3—1 所示。

表 3—1　　　　　　　　　　　　　　　　关系运算符

运 算 符	含 义	运 算 符	含 义
>	大于	<=	小于或等于
>=	大于或等于	==	等于
<	小于	!=	不等于

前四个运算符的优先级相同，后两个运算符的优先级相同，但小于前四个的优先级。关系运算符的优先级都低于算术类运算符，但高于赋值类运算符，并且它们的结合方向都是从左向右。

2. 关系表达式

用关系运算符将两个表达式(可以是算术表达式、关系表达式、逻辑表达式、赋值表达式、字符表达式等)连接起来的表达式，称为关系表达式。

关系表达式的值只有两个：关系表达式成立，即为"真"(1)；关系表达式不成立，即为"假"(0)。

由于关系表达式的值是整型数 0 或 1，故也可以将其看成是一种整型表达式。

对于字符数据的比较是按其 ASCII 码值进行比较的，如 a>0 的值为 1。

在判定两个浮点数是否相等时，由于存储上的误差，会得出错误的结果。如关系表达式 $1.0/3.0 * 3.0 == 1.0$，在数学上显然应该是一个恒等式，但由 $1.0/3.0$ 得到的值的有效位数是有限的，并不等于 1/3，因此上面关系表达式的值为 0(假)，并不为 1(真)。所以应避免对两个实数表达式作"相等"或"不相等"的判别。可以将上式改写为 $fabs(1.0/3.0 * 3.0 - 1.0) < 1e-5$。fabs 是求绝对值函数。只要 $1.0/3.0 * 3.0$ 与 1.0 之间的差小于 10^{-5}(或一个其他的很小的数，就是数学上的无穷小量 ε)，就认为 $1.0/3.0 * 3.0$ 与 1.0 相等。

例如，对于声明"int x=2，y=4，z=3"，则关系表达式 x==y 的值为 0；而表达式 x<y 的值为 1。又如，计算表达式 x<z<y 的值，按照数学的观点，该表达式是成立的，也就是该关系表达式的值应为 1。但按照 C 语言中关系运算的优先级及结合方向，首先计算 x<z，其值为 1，这时关系表达式就变为 1<z，对于该关系表达式来说，其值为 0。因此整个关系表达式的值为 0，这与数学是不同的，要使得在 C 语言中的结果与数学中的结果一致，就要用到下面讲解的逻辑运算符。

3.2.6　逻辑运算符与逻辑表达式

1. 逻辑运算符及其优先级

数学上的逻辑或、逻辑与、逻辑非在 C 语言中用逻辑运算符来表示，如表 3—2 所示。

表 3—2　　　　　　　　　　　　　　逻辑运算符

运算符	意　义
&&	逻辑与
||	逻辑或
!	逻辑非

&& 和 || 是二元运算符，结合方向为自左至右；! 为一元运算符，结合方向为自右至左。
! 的优先级高于 &&，&& 的优先级高于 ||。

&& 和 || 的优先级低于关系运算符，而! 的优先级高于关系运算符。

2. 逻辑表达式

用逻辑运算符将关系表达式或逻辑量连接起来的表达式就是逻辑表达式。逻辑表达式的值应该是一个逻辑量"真"或"假"。例如，表达式!3>1，按照优先级应先计算!3，得 0；再计算 0>1，得 0。

在逻辑表达式的求解中，并不是所有的逻辑运算符都要被执行，这称为短路原则。例如，a&&b&&c，当只有 a 为真时，才需要判断 b 的值，只有 a 和 b 都为真时，才需要判断 c 的值。

又如：a||b||c，只要 a 为真，就不必判断 b 和 c 的值；只有 a 为假，才判断 b；只有 a 和 b 都为假，才判断 c。

【例 3—2】用逻辑表达式来表示闰年的条件，满足下列条件之一：

- 能被 4 整除，但不能被 100 整除。
- 能被 4 整除，又能被 400 整除。

若用 year 表示年份，则逻辑表达式为：

(year % 4 == 0&&year % 100!= 0)|year % 400 == 0

3.3　扩展知识与理论

选择型程序描述了一种求解规则：在不同的条件下所应进行的相应操作。C 语言中用来实现选择结构的有三种语句，下面分别介绍。

3.3.1　if（表达式）语句

这种语句的结构是：

```
if(表达式)
    语句;
```

它的执行流程是，当表达式的值为真时，执行"语句"，否则执行 if 后面的语句。

【例 3—3】输入两个实数，按代数值由小到大的顺序输出这两个数，其 N-S 图如图 3—6 所示。

程序如下：

```
# include〈stdio. h〉
int main(void)
{
    float a,b,t;
    scanf("%f, %f", &a,&b);
    if(a>b)
    {
        t = a;
        a = b;
        b = t;
    }
    printf("%5. 2f, %5. 2f\n",a,b);
    return 0;
}
```

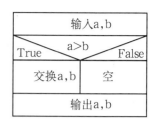

图 3—6　由小到大排列两个数的 N-S 结构图

【例 3—4】输入三个数 a、b、c，要求按由小到大的顺序输出。

只要把最小的数放到 a 上：先将 a 与 b 进行比较，如果 a＞b，则将 a 与 b 的值进行交换；然后再用 a 与 c 进行比较，如果 a＞c，则将 a 与 c 的值进行交换，这样能使 a 最小。对剩下的两个数，从小到大排序就容易了。该程序的 N-S 结构图如图 3—7 所示。

程序如下：

```
# include〈stdio. h〉
int main(void)
{
    float a,b,c,t;
    scanf("%f, %f, %f", &a,&b,&c);
    if(a>b)
    {
        t = a;
        a = b;
        b = t;
    }
    if(a>c)
    {
        t = a;
        a = c;
        c = t;
    }
    if(b>c)
    {
        t = b;
        b = c;
        c = t;
    }
    printf("%5. 2f,%5. 2f, %5. 2f\n",a,b,c);
    return 0;
}
```

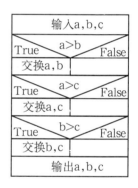

图 3—7　将三个数由小到大 排序的 N-S 结构图

3.3.2 if…else 结构

if…else 构造了一种二路分支的选择结构，它的格式如下：

```
if (表达式)
    语句1
else
    语句2
```

这里，语句 1 和语句 2 就是二路分支。执行这个结构，首先对表达式进行判断，若为"真"（非零），就执行 if 分结构（语句 1）；否则（值为 0），就执行 else 分结构（语句 2）。

【例 3—5】求一个数的绝对值。

$$|x| = \begin{cases} x & x \geqslant 0 \\ -x & x < 0 \end{cases}$$

这是一个典型的二路分支，设计一个函数实现。

```
/* * * * * *  求绝对值函数  * * * * * */
double abstr(double x)
{
    if(x<0.0)
        x =- x;
    else
        x = x;
    return(x);
}
```

下面是函数 abstr 被调用的主函数：

```
#include<stdio.h>
int main(void)
{
    double a,abstr(double a);
    printf ("Enter real number a please:");
    scanf ("%lf",&a);
    printf ("abstr(%lf) = %lf\n",a, abstr(a));
    return 0;
}
```

程序运行结果如下：

```
Enter real number a please: - 18.7654
abstr( - 18.765400) = 18.765400
```

若用条件表达式的第一种形式，abstr( )函数可以改写为：

```
double abstr(double x)
{
    if(x<0.0)
    x = - x;
    return (x);
}
```

这种结构称为不平衡 if 结构，它不如平衡的 if 结构容易理解和清晰。

（1）不平衡的 if…else 结构会增加阅读和理解程序的困难。

（2）正确的缩进格式（即锯齿形书写格式）可以帮助人们理解程序，但错误的缩进格式反而会使人迷惑。

（3）不要太相信自己的判断，要严格按语法关系检查程序。在不易弄清的地方可以加花括号来保证自己构思的逻辑关系的正确性。

【例 3—6】求一元二次方程 $ax^2+bx+c=0$ 的根。

算法设计：一元二次方程式的根有下列情况：

● 当 $a=0$，$b=0$ 时，方程无解；

● 当 $a=0$，$b \neq 0$ 时，方程只有一个实根 $-c/b$；

● 当 $a \neq 0$ 时，方程的根为 $x=(-b \pm \sqrt{b^2-4ac})/2a$。其中，当 $\sqrt{b^2-4ac} \geq 0$ 时有两个实根；当 $\sqrt{b^2-4ac} < 0$ 时，有两个虚根。

图 3—8 所示为上述算法的 N-S 结构图，它把上述逻辑关系表示得更为清晰。

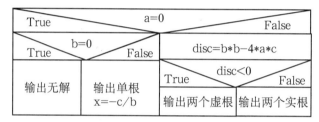

图 3—8　求一元二次方程根的 N-S 结构图

程序如下：

```
#include⟨math.h⟩
#include⟨stdio.h⟩
void solv_quadr_equa(float a,float b,float c)
{
    if(a==0.0)
        if(b==0.0)
            printf("方程无解!\n");
        else
            printf("方程的单根为:%f\n", -c/b);
    else
    {
        double disc,twoa,term1,term2;
        disc=b*b-4*a*c;
        twoa=2*a;
        term1=-b/twoa;
        term2=sqrt(fabs(disc))/twoa;
        if(disc<0.0)
            printf("复数根:\n实数部分=%f,虚数部分=%f\n",term1, term2);
        else
            printf("实数根:\n第一个根=%f,第二个根=%f\n",term1+term2,term1-term2);
    }
}
```

对该函数编写一个主函数，输入一元二次方程的系数，调用 solv _ quadr _ equa（）函数，就可以求任意一个一元二次方程的解。

3.3.3 if···else if 结构

if···else if 是一种多分支选择结构，用 N-S 结构图描述如图 3—9 所示，C 语言中的格式如下：

```
if(表达式1)
    语句1
else if(表达式2)
    语句2
    ……
else if(表达式n)
    语句n
else
    语句n+1
```

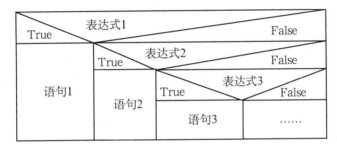

图 3—9 if···else if 结构的 N-S 结构图

在选择型结构程序中，else 总是与它上面的、最近的、同一复合语句中的、未配对的 if 语句配对。当 if 和 else 数目不同时，可以加花括号来确定配对关系。

【例 3—7】根据百分制分数决定成绩的等级：

（1）90 分及以上为 A 级；

（2）80 分及以上，90 分以下，B 级；

（3）70 分及以上，80 分以下，C 级；

（4）60 分及以上，70 分以下，D 级；

（5）60 分以下，E 级。

图 3—10 所示为用 if···else if 结构描述的上述规则。

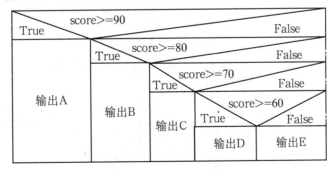

图 3—10 根据分数确定成绩等级的 N-S 结构图

程序如下:

```
/ * * * * * *    按成绩分等    * * * * * */
# include〈stdio. h〉
int main(void)
{
    float score;
    printf("输入一个分数:");
    scanf("%f",&score);
    if(score > = 90)
        printf("%f 是 A 等\n",score);
    else if(score > = 80)
        printf("%f 是 B 等\n",score);
    else if(score > = 70)
        printf("%f 是 C 等\n",score);
    else if(score > = 60)
        printf("%f 是 D 等\n",score);
    else
        printf("%f 是 E 等\n",score);
    return 0;
}
```

可以看到,if…else if 是通过一系列的判断来寻找问题的解的。它排列了一系列操作,每一种操作都是在相应的条件下才能执行的。该结构开始执行后,便依次去对各个条件进行判断测试,符合某一条件,则转去执行该条件下的操作,其他部分将被跳过;如无一条件满足,就执行最后一个 else 所指定的操作,这个 else 可以被看作"其他"。若最后一个 else 不存在,并且所有条件的测试均不成功,则该 else if 结构将不执行任何操作。

3.4 任务5:用 switch 语句实现菜单的选择执行

1. 问题描述

对显示的菜单,选择要执行的菜单序号,并显示要执行的菜单名。

2. 具体实现

```
# include〈stdio. h〉
int main(void)
{
/ * 显示菜单 * /
int number;
printf(" =====班级学生成绩管理系统 ===== \n");
printf(" ------------------------ \n");
printf("            1. 信息输入            \n");
printf("            2. 成绩计算            \n");
printf("            3. 分类汇总            \n");
printf("            4. 成绩单制作          \n");
printf(" ------------------------ \n");
```

```
printf("\t 请选择要执行的序号:");          /* 提示选择菜单 */
scanf("%d",&number);                    /* 输入序号 */
switch(number)
{
    case 1:printf("信息输入\n");          /* 显示输入的菜单名 */
        break;
    case 2:printf("成绩计算\n");          /* 显示输入的菜单名 */
        break;
    case 3:printf("分类汇总\n");          /* 显示输入的菜单名 */
        break;
    case 4:printf("成绩单制作\n");        /* 显示输入的菜单名 */
        break;
    default:printf("输入错误\n");         /* 显示错误 */
        break;
    }
}
```

3. 知识分析

分支结构程序设计除 if…else 结构外，还包括 switch 结构。switch 结构是一种多路分支的选择结构。

3.5　必备知识与理论

switch 是一种多路分支选择结构，其形式如下:

```
switch(表达式)
{
  case 常量表达式 1:
      语句序列 1
  case 常量表达式 2:
      语句序列 2
    ......
  case 常量表达式 n:
      语句序列 n
  default:
      语句序列 n+1
}
```

其 N-S 结构图如图 3—11 所示。

表达式				
常量表达式1	常量表达式2	……	常量表达式n	default
语句序列1	语句序列2	……	语句序列n	语句序列 n+1

图 3—11　switch 语句的 N-S 结构图

switch 结构也称为标号分支结构，它用花括号括起了一系列 case 子结构。每个 case 子结构都以一个常量表达式作为标志的标号，并按照下面的规则匹配：计算 switch 的判断表达式，并以此值去依次找与之相等的 case 标号值，找到后就将流程转到该标号处，执行后面各语句；如果找不到符合的 case 子结构，就只执行 default 子结构中的语句序列。default 子结构对于 switch 结构不是必须的。当没有 default 子结构，并且没有相符合的 case 时，该 switch 结构将不被执行。

但要注意：如果 switch 的判断表达式的值与 case 常量表达式 i 的值相等（称为匹配），在执行后面的语句序列 i 之后，并不立即退出 switch 结构，而是继续执行语句序列 i+1，语句序列 i+2，……，语句序列 n，语句序列 n+1。这种流程往往不是编程者所希望的。编程者希望在执行匹配的常量表达式后面的语句序列 i 后，立即退出 switch 结构。为了解决这一问题，可以在各语句序列后面加一条 break 语句，使流程脱离 switch 结构。

```
switch(表达式)
{
case 常量表达式 1:
        语句序列 1
        break;
case 常量表达式 2:
        语句序列 2
        break;
        ……
case 常量表达式 n:
    语句序列 n
    break;
default:
    语句序列 n+1
    break;
    }
```

这里，break 语句的作用是中断该 switch 结构，即将流程转出 switch 结构。所以，执行 switch 语句就相当于只执行与判断表达式相匹配的一个 case 子结构中的语句。其实，可以将 break 看成语句序列中必要的成分（位置在语句序列中的最后）。

【例 3—8】编写函数测试输入的是数字、空白还是其他字符的函数（假设测试的对象只限于这几种字符）。

编写的函数如下：

```
/******    测试字符类型    ******/
void test_char( int c)
{
switch(c)
    {
        case '0':
        case '1':
        case '2':
```

```
        case '3':
        case '4':
        case '5':
        case '6':
        case '7':
        case '8':
        case '9':
            printf ("it\'s a digit\n");
            break;
        case ' ':
        case '\n':
        case '\t':
            printf ("it\'s a white\n");
            break;
        default:
            printf("it\'s a char\n");
            break;
    }
}
```

这个函数的执行过程如下：switch 的条件表达式是一个已有整数值的 c(来自形参的值，现假定 c='2')，于是从上至下找各 case 后的常数'0'，'1'，'2'，从 case'2'入口开始执行下面的语句。case'2'后面没有语句就执行 case'3'，……，一直到 case'9'后面的 printf( )语句，然后遇到 break 语句时跳出 switch 结构。当测试都失败时，即 default 以上的各 case 都不匹配，default 则囊括了"除上述各 case 之外的一切情形"，于是执行 default 子结构，直到遇到 break 退出 switch 结构。从语法上讲，default 子结构中的 break 语句并不是必须的，执行完 default 子结构中的各语句后，后面已无可执行的语句，会自动退出 switch 结构。这里使用了一个 break 语句是为了排列上的整齐及理解上的方便。

default 子结构考虑了各 case 所列出的情形以外的其他情形。这样就能在进行程序设计时，把出现频率低的特殊情形写在 case 的后面，而将其余情况写在 default 后面作"统一处理"。如果只考虑个别情况的处理，则可将各个情况分别写在各个 case 后面，此时 default 子结构可以省略。

【例 3—9】将一周的星期数字转换为英文名称，编写的实现函数为：

```
/ * * * * * *　　　输出星期名称　　　* * * * * */
void weekDay( int day)
{
    switch(day)
    {
        case 0: printf("Sunday\n");break;
        case 1: printf("Monday\n");break;
        case 2: printf("Tuesday\n");break;
        case 3: printf("Wednesday\n");break;
        case 4: printf("Thursday\n");break;
```

```
        case 5: printf("Friday\n");break;
        case 6: printf("Saturday\n");break;
    }
}
```

在这个例子中，每一个 case 子结构的最后一个语句都是 break。

【例 3—10】简单的计算器程序。用户输入运算数和四则运算符，输出计算结果。输入方式为 3+5。程序如下：

```
/* * * * * *  简单计算器  * * * * * */
#include<stdio.h>
int main(void)
{
    float a,b,s;
    char c;
    printf("输入计算表达式:a+(-,*,/)b\n");
    scanf("%f%c%f",&a,&c,&b);
    printf("a=%f,c=%c,b=%f\n",a,c,b);
    switch(c){
        case'+': printf("%f+%f=%f\n",a,b,a+b);break;
        case'-': printf("%f-%f=%f\n",a,b,a-b);break;
        case'*': printf("%f*%f=%d\n",a,b,a*b);break;
        case'/': printf("%f/%f=%f\n",a,b,a/b);break;
        default: printf("输入错误\n");
    }
    return 0;
}
```

【例 3—11】根据百分制分数决定成绩的等级：

（1）90 分及以上为 A 级；

（2）80 分及以上，90 分以下，B 级；

（3）70 分及以上，80 分以下，C 级；

（4）60 分及以上，70 分以下，E 级；

（5）60 分以下，E 级。

用 switch 结构编写的程序如下：

```
/* * * * * *  按成绩分等  * * * * * */
#include<stdio.h>
int main(void)
{
    float score;
    int grade;
    printf("输入一个分数:");
    scanf("%f",&score);
    grade=score/10;
```

```
switch(grade)
{
    case 10:
    case 9:printf("A\n");break;
    case 8:printf("B\n");break;
    case 7:printf("C\n");break;
    case 6:printf("D\n");break;
    case 5:
    case 4:
    case 3:
    case 2:
    case 1:
    case 0:printf("E\n");break;
}
return 0;
}
```

这里使用 grade＝score/10 将成绩分成 0、1、2、…、9、10，共 11 个等级（以符合 switch 结构使用的要求），然后再使用 switch 结构对成绩进行分等。

使用 switch 结构须注意以下几点：

（1）一个 switch 结构的执行部分是一个由一些 case 子结构与一个可缺省的 default 子结构组成的复合语句，它们位于一对花括号之中。

（2）switch 的判断表达式只能对整数求值，可以使用字符或整数，但不能使用浮点表达式。case 表达式应当是整型常量表达式，不能含有变量与函数。

（3）一个 switch 结构中不允许出现两个具有相同值的常量表达式。

（4）switch 的匹配测试，只能测试是否相等，不能测试关系或逻辑。

（5）switch 结构允许嵌套。

3.6　扩展知识与理论

条件运算符是 C 语言独有的，它根据条件是否成立而赋予变量不同的值。它有效地增加了程序的效率。

条件运算符是 C 语言中唯一的三目运算符，即有三个参数参与运算。由条件运算符组成条件表达式的一般形式为：

表达式 1？表达式 2：表达式 3

求值规则为：如果表达式 1 的值为真，则把表达式 2 的值作为该条件表达式的值；否则把表达式 3 的值作为该条件表达式的值。

条件运算符的优先级很低，仅仅比赋值操作符的级别高。结合方式与赋值运算符一样是从右至左的。因此，表达式 max＝a＞b？a:b 相当于：

max = (a＞b?a:b);

例如，下面求两个数最小值的程序段：

```
if(a<b)
    min = a;
else
    min = b;
```

可用下面的条件语句来代替：

```
min = (a<b)?a:b;
```

3.7　任务6：用循环语句实现菜单的选择执行

1. 问题描述

对显示的菜单，选择要执行的菜单序号，并显示要执行的菜单名。

2. 具体实现

（1）用 for 语句实现。

```
#include<stdio.h>
int main(void)
{
    /* 显示菜单 */
    int i,number;
    printf("=====班级学生成绩管理系统=====\n");
    printf("------------------------\n");
    printf("          1. 信息输入          \n");
    printf("          2. 成绩计算          \n");
    printf("          3. 分类汇总          \n");
    printf("          4. 成绩单制作          \n");
    printf("------------------------\n");
    for(i = 0;i<4;i++)
    {
        printf("\t请选择要执行的序号:");        /* 提示选择菜单 */
        scanf("%d",&number);                     /* 输入序号 */
        switch(number)
        {
            case 1:printf("信息输入\n");          /* 显示输入的菜单名 */
                break;
            case 2:printf("成绩计算\n");          /* 显示输入的菜单名 */
                break;
            case 3:printf("分类汇总\n");          /* 显示输入的菜单名 */
                break;
            case 4:printf("成绩单制作\n");        /* 显示输入的菜单名 */
                break;
            default:printf("输入错误\n");         /* 显示输入错误 */
                break;
        }
    }
}
```

该循环规定了循环的执行次数。

（2）用 while 语句实现。

```c
#include<stdio.h>
int main(void)
{
    /* 显示菜单 */
    int number;
    printf("=====班级学生成绩管理系统=====\n");
    printf("------------------------\n");
    printf("            1. 信息输入          \n");
    printf("            2. 成绩计算          \n");
    printf("            3. 分类汇总          \n");
    printf("            4. 成绩单制作        \n");
    printf("------------------------\n");
    printf("\t请选择要执行的序号:");                    /* 提示选择菜单 */
    scanf("%d",&number);                               /* 输入序号 */
    while(number<5 && number>0)
    {
        switch(number)
        {
            case 1:printf("信息输入\n");               /* 显示输入的菜单名 */
                    break;
            case 2:printf("成绩计算\n");               /* 显示输入的菜单名 */
                    break;
            case 3:printf("分类汇总\n");               /* 显示输入的菜单名 */
                    break;
            case 4:printf("成绩单制作\n");             /* 显示输入的菜单名 */
                    break;
        }
        printf("\t请选择要执行的序号:");                /* 提示选择菜单 */
        scanf("%d",&number);                           /* 输入序号 */
    }
}
```

（3）用 do…while 语句实现。

```c
#include<stdio.h>
int main(void)
{
    /* 显示菜单 */
    int number;
    printf("=====班级学生成绩管理系统=====\n");
    printf("------------------------\n");
    printf("            1. 信息输入          \n");
    printf("            2. 成绩计算          \n");
    printf("            3. 分类汇总          \n");
    printf("            4. 成绩单制作        \n");
    printf("------------------------\n");
```

```
    do
    {
        printf("\t 请选择要执行的序号:");              /* 提示选择菜单 */
        scanf("%d",&number);                        /* 输入序号 */
        switch(number)
        {
            case 1:printf("信息输入\n");              /* 显示输入的菜单名 */
                    break;
            case 2:printf("成绩计算\n");              /* 显示输入的菜单名 */
                    break;
            case 3:printf("分类汇总\n");              /* 显示输入的菜单名 */
                    break;
            case 4:printf("成绩单制作\n");            /* 显示输入的菜单名 */
                    break;
        }
    }while(number<5 && number>0);
}
```

3. 知识分析

循环结构程序设计包括 while、do…while 和 for 循环三种结构，对已知循环次数的循环多采用 for 结构；对循环次数不确定，循环首先执行一次的循环多采用 do…while 结构，而需要根据循环条件来确定循环是否要执行的，多采用 while 结构。

3.8　必备知识与理论

循环结构是程序中一种很重要的结构，其特点是在给定条件成立时，反复执行某程序段，直到条件不成立为止。给定的条件称为循环条件，反复执行的程序段称为循环体。C 语言提供了多种循环语句，可以组成各种不同形式的循环结构：while 语句、do…while 语句、for 语句。

3.8.1　while 语句

while 语句的一般形式为：

while(表达式)语句

其中表达式是循环条件，语句为循环体。

while 语句的语义是：计算表达式的值，当值为真(非 0) 时，执行循环体语句；否则跳过循环体，而执行后面的语句。在进入循环体后，每执行完一次循环体语句，再对判断表达式进行一次计算和判断。当发现判断表达式的值为 0 时，便立即退出循环。

【例 3—12】兔子繁殖问题。

意大利著名数学家 Fibonacci 曾提出一个有趣的古典数学问题：设有一对新生兔子，从第三个月开始它们每个月都生一对兔子。按此规律，并假设没有兔子死亡，一年后共有多少对兔子。

人们发现每月的兔子数组成如下数列：

1，1，2，3，5，8，13，21，34，…

并把它称为 Fibonacci 数列。

Fibonacci 数列的规律是：从第三个数开始，每一个数都是其前面两个相邻数之和。这是因为，在没有兔子死亡的情况下，每个月的兔子数由两部分组成：上一月的老兔子数，这一月刚生下的新兔子数。上一月的老兔子数即其前一个数。这一月刚生下的新兔子数恰好为前两个月的兔子数。因为上一月的兔子中有一部分到这个月还不能生小兔子，只有前两个月已有的兔子才能每对生一对小兔子。

上述算法可以描述为

$$fib_1 = fib_2 = 1 \tag{3—1}$$
$$fib_n = fib_{n-1} + fib_{n-2} \quad (n \geqslant 3) \tag{3—2}$$

其中，式(3—1)为赋初值；式(3—2)为迭代公式。

这是一个典型的迭代问题。迭代是一个不断用新值取代变量的旧值，或由旧值递推出变量的新值的过程。迭代与初值、迭代公式、迭代次数或迭代终止标志有关。

Fibonacci 数列计算的 N-S 结构图如图 3—12 所示。

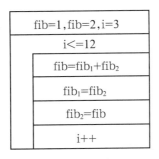

图 3—12 Fibonacci 数列计算的 N-S 结构图

这里，fib_1 和 fib_2 不再仅代表第一个月和第二个月的兔子数，而作为中间变量，代表前两个月的兔子数，fib 表示当前月的兔子数。

编写的程序为：

```
/******  计算 Fibonacci 数列  ******/
# include<stdio.h>
int main(void)
{
    int fib1 = 1,fib2 = 1,fib,i = 3;
    while(i< = 12)
    {
        fib = fib1 + fib2;
        fib1 = fib2;
        fib2 = fib;
        i++;
    }
    printf("一年后的兔子数为:%d\n",fib);
    return 0;
}
```

【例3—13】百钱买百鸡问题。公元前5世纪，我国古代数学家张丘建在《算经》一书中提出了"百鸡问题"：鸡翁一值钱五，鸡母一值钱三，鸡雏三值钱一。百钱买百鸡，问鸡翁、母、雏各几何。

这是一个有名的不定方程问题，若设可买的鸡翁数为cocks，可买的鸡母数为hens，可买的鸡雏数为chicks，则：

$$cocks+hens+chicks=100 \tag{1}$$
$$5*cocks+3*hens+chicks/3=100 \tag{2}$$

对不定方程可采用穷举法进行求解，也就是对问题的所有可能状态一一测试，直到找到解或将全部可能状态都测试过为止。

由问题中给出的条件，很容易得到三个变量的取值范围：

（1）cocks：0～19中的整数（因为每只鸡翁5钱，因此它不可能超过19只）。

（2）hens：0～33中的整数。

（3）chicks：0～100中的整数。

基本的解题思路是：依次取cocks值域中的一个值，然后求其余两数（同样依次取hens值域中的一个值，直至最后一个数），看是否合乎题意，合乎者为解。其N-S结构图如图3—13所示。

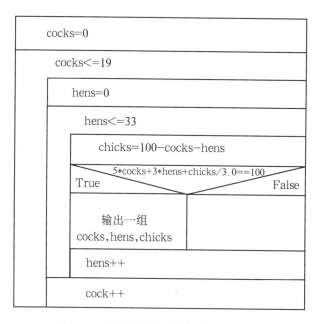

图3—13 百钱买百鸡算法的N-S结构图

编写的程序如下：

```
/******  百钱买百鸡问题  ******/
#include<stdio.h>
int main(void)
{
    int cocks = 0;
    printf("%8s %8s %8s\n","cocks","hens","chicks");
```

```
    while(cocks< = 19)
    {
        int hens = 0;
        while(hens< = 33)
        {
            int chicks;
            chicks = 100 - cocks - hens;
            if(5 * cocks + 3 * hens + chicks/3. 0 = = 100)
                printf("%8d%8d%8d\n", cocks,hens,chicks);
            hens ++ ;
        }
        cocks ++ ;
    }
    return 0;
}
```

从上面的几个例子中可以看出，要使一个循环最终可以结束，应在判断表达式或循环体中包含改变判断表达式值的操作，使流程经过有限次的重复后跳出循环结构，否则将导致死循环。

3.8.2 do…while 结构

do…while 语句的一般形式为：

```
do
    语句
while(表达式);
```

这个循环与 while 循环的不同在于：它先执行循环中的语句，然后再判断表达式是否为真，如果为真则继续循环；如果为假，则终止循环。因此，do…while 循环至少要执行一次循环语句。

【例 3—14】用牛顿迭代法计算一个正实数 a 的平方根，精确到 $\varepsilon = 10^{-5}$。

求解过程分析：

(1) 建立迭代关系式，由题意可以写出：$x = \sqrt{a}$ 或 $x^2 = a$。于是得到方程：$f(x) = x^2 - a = 0$，$f'(x) = 2x$。根据牛顿迭代公式 $x = x - f(x)/f'(x) = x - (x^2 - a)/2x = 1/2(x + a/x)$，即 $x = (x + a/x)0.5$。

这就是要建立的迭代关系式。

(2) 给定初值。设 $\sqrt{a}$ 的初值为 a（当然也可以为其他值）。

(3) 给定精度（误差）为 ε。精度是迭代控制的条件，当误差大于 ε 时，要继续迭代。如何计算误差呢？本来应该用 $|x - \sqrt{a}|$ 来表示误差，即把求出的 x 与真正的 $\sqrt{a}$ 相比，计算出其误差，但是现在 $\sqrt{a}$ 并不知道，因此可换一种方法来表示误差，用 $|x * x - a|$（因为要求 $x = \sqrt{a}$，即 $x^2 = a$，x 与 a 的差距可以通过 x^2 与 a 的差距反映出来）。于是得到循环结构的控制条件：$|x^2 - a| \geqslant \varepsilon$，即 $fabs(x * x - a) \geqslant \varepsilon$。

编写的计算正数的平方根的函数如下：

```
/ * * * * * *   计算平方根   * * * * * * /
# include〈math.h〉
# define E0 0.00005
double sq_root(double a)
{
    double x;
    x = a;
    do
        x = (x + a/x) * 0.5;
    while(fabs(x * x - a)>= E0);
    return x;
}
```

【例 3—15】编写输入多个数，输出其中最大者的 C 程序。

首先输入一个数，将这个数作为最大数；依次输入其余的数；穷举这些输入的数，每输入一个数，把最大数与刚输入的数进行比较，把大者作为新的最大数。其 N-S 结构图如图 3—14所示。

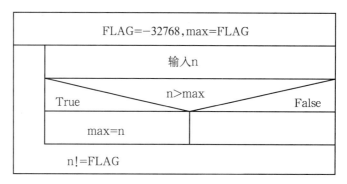

图 3—14 求最大数的 N-S 结构图

编写的求多个数中最大值的程序如下：

```
/ * * * * * *   求多个数中的最大值   * * * * * * /
# include〈stdio.h〉
# define FLAG - 32768
int main(void)
{
    int max = FLAG, n;
    do
    {
        printf("请输入一个整数:");
        scanf("%d",&n);
        if(n>max)
            max = n;
    }while(n! = FLAG);
    printf("最大数是:%d\n",max);
    return 0;
}
```

3.8.3　for 结构

在 C 语言中，for 语句的使用最为灵活。它的一般形式为：

for(表达式 1;表达式 2;表达式 3)语句

它的执行过程如下：

（1）先求解表达式 1。注意在整个循环中它只执行一次。

（2）求解表达式 2，若其值为真(非 0)，则执行 for 语句中指定的内嵌语句，然后执行下面的语句；若其值为假(0)，则结束循环，转到步骤(5)。

（3）求解表达式 3。

（4）转到步骤(2)继续执行。

（5）循环结束，执行 for 语句下面的语句。

其执行过程可用图 3—15 来表示。

图 3—15　for 语句的执行过程

1. for 语句的最简单形式

for 语句最简单的形式也是最容易理解的形式如下：

for(循环变量赋初值;循环条件;循环变量增量)语句

其中，循环变量赋初值总是一个赋值语句，它用来给循环控制变量赋初值；循环条件是一个关系表达式，它决定退出循环的时间；循环变量增量，定义循环控制变量每循环一次后变化的方式。这三个部分之间用 ";" 分开。

例如，计算 $1+2+\cdots+100$ 的程序段：

```
int sum = 0;
for(i = 1; i< = 100; i++ )
sum = sum + i;
```

先给 i 赋初值 1，判断 i 是否小于或等于 100，若是则执行语句，之后值增加 1，再重新判断，直到条件为假，即 i>100 时，结束循环。

【例 3—16】兔子繁殖问题，用 for 结构编写的程序为：

```
/＊＊＊＊＊＊　计算 Fibonacci 数　＊＊＊＊＊＊/
♯include〈stdio. h〉
int main(void)
{
    int fib1 = 1,fib2 = 1,fib,i;
```

```
for(i = 3;i< = 12;i + + )
{
    fib = fib1 + fib2;
    fib1 = fib2;
    fib2 = fib;
}
printf("一年后的兔子数为: %d\n",fib);
return 0;
}
```

【例 3—17】百钱买百鸡问题，用 for 结构编写的程序如下：

```
/ * * * * * *  百钱买百鸡问题  * * * * * */
# include〈stdio. h〉
int main(void)
{
    int cocks;
    printf("%8s %8s %8s\n","cocks","hens","chicks");
    for(cocks = 0;cocks< = 19;cocks + + )
    {
        int hens;
        for(hens = 0;hens< = 33;hens + + )
        {
            int chicks;
            chicks = 100 - cocks - hens;
            if(5 * cocks + 3 * hens + chicks/3. 0 = = 100)
                printf("%8d %8d %8d\n",cocks,hens,chicks);
        }
    }
    return 0;
}
```

【例 3—18】输出乘法九九表。乘法九九表共有 9 行，所以首先考虑一个打印 9 行的算法：

```
for(i = 1;i< = 9;i + + )
{
    打印第 i 行
    打印换行符
}
```

下面进一步考虑如何"打印第 i 行"。因为每行都有 9 个表达式，故"打印第 i 行"可以写为：

```
for(j = 1; j< = 9;j + + )
    打印第 j 个表达式
```

打印第 j 个表达式（每个表达式包括被乘数、乘数、等号、积），具体的程序语句为：

```
printf(" %d * %d = %2d ",i,j,i * j);
```

这里，积采用"%2d"的格式是因为积最多为两位数。

按照这种方式编写出来的程序，其乘法九九表总共有 81 个表达式，实际上数学中没有右上三角的表达式，这可以将"for(j=1;j<=9;j++)"修改为"for(j=1;j<=i; j++)"来解决。完整的输出乘法九九表的程序如下：

```
/ * * * * * *  输出乘法九九表  * * * * * * /
# include〈stdio. h〉
int main(void)
{
    int i,j;
    for(i = 1;i< = 9;i ++ )
    {
        for(j = 1;j< = i;j ++ )
            printf("%d*%d=%2d",i,j,i * j);
        printf("\n");
    }
    return 0;
}
```

2. for 语句使用中应当注意的问题

(1) for 循环中的"表达式 1(循环变量赋初值)"、"表达式 2(循环条件)"和"表达式 3(循环变量增量)"都是可选项，可以省略，但";"不能省略。

(2) 省略了"表达式 1(循环变量赋初值)"，表示不对循环控制变量赋初值。

(3) 省略了"表达式 2(循环条件)"，则循环体中不做其他处理时就成为死循环。例如循环语句"for(i=1;; i++)sum=sum+i;"，没有循环结束条件，循环成为死循环。

(4) 省略了"表达式 3(循环变量增量)"，则不对循环控制变量进行操作，这时可在语句体中加入修改循环控制变量的语句，以使循环可以结束。

(5) 省略了"表达式 1(循环变量赋初值)"和"表达式 3(循环变量增量)"。在循环体中修改循环结束条件。

(6)"表达式 1"可以是设置循环变量的初值的赋值表达式，也可以是其他表达式。

【例 3—19】用梯形法求数值积分。

$\int_a^b f(x)dx$ 的几何意义就是求曲线 f(x) 与直线 y=0,x=a,x=b 所围成的曲顶梯形的面积。当能找到 f(x) 的原函数 F(x) 时，利用牛顿-莱布尼兹公式：

$$\int_a^b f(x)dx = F(b) - F(a)$$

可以精确地求出数值积分的值。但 f(x) 的原函数一般不容易求出，这时可借助数值方法近似地求出定积分的值。

用数值方法计算定积分有两个关键点：

(1) 将连续的对象分割为容易求解的一些子对象。

(2) 用迭代法对迭代表达式反复计算。

　　下面用梯形法将连续的面积分解为一些小的梯形。如图 3—16 所示，所围成的面积可以分割为许多小的宽为 h(h＝(b−a)/n)的曲顶梯形。

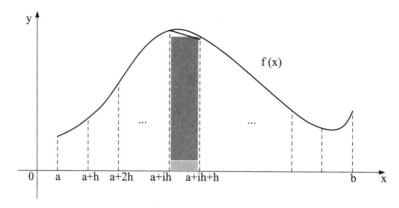

图 3—16　梯形法求数值

　　当 h 很小时，每个小的曲顶梯形都可以被近似地看做梯形，第 i 个小曲顶梯形的面积近似为

$$s_i＝h/2\{f(a＋ih)＋f(a＋(i＋1)h)\}$$

　　于是定积分的值（曲线所围成的面积）：

$$S \approx \sum_{i=0}^{n} \frac{h}{2}\left[f(a＋ih)＋f(a＋(i＋1)h)\right]$$
$$＝h/2\{f(a)＋f(a＋h)＋f(a＋h)＋f(a＋2h)＋\cdots＋f[a＋(n−1)h]$$
$$＋f[a＋(n−1)h]＋f(b)\}$$
$$＝h/2[f(a)＋f(b)]＋h\sum_{i=1}^{n-1} f(a＋ih)$$

　　当 n→∞时，就能准确地求出定积分 S。在现实中，只有取足够大的 n，使误差小于要求的值，就可以近似地计算出定积分 S。

　　用迭代形式描述为：

```
for(i＝1;i＜＝n−1;i＋＋)
{
    s＝0.5＊h＊(f(a)＋f(b))
    s＝s＋h＊f(a＋i＊h)
}
```

　　最后计算的结果就是函数 f(x)的定积分。下面是计算 f(x)＝$\sqrt{4−x}$定积分的程序。

```
/＊＊＊　用梯形法求积分　＊＊＊/
#include〈stdio.h〉
double f(double x);
int main(void)
{
    float a,b;
    double s,h;
    int n,i;
```

```
    printf ("输入计算的区间[a,b]");
    scanf("%f, %f",&a,&b);
    printf ("输入迭代的次数");
    scanf("%d",&n);
    h = (b - a)/n;
    s = 0.5 * h * (f(a) + f(b));
    for(i = 1;i< = n - 1;i + + )
        s + = f(a + i * h) * h;
    printf("函数 f(x)在区间[%.2f, %.2f]间的定积分值约为:%f\n",a,b,s);
    return 0;
}


# include<math. h>
double f(double x)
{
    return sqrt(4.0 - x);
}
```

3.9　扩展知识与理论

3.9.1　break 语句

break 语句通常用在循环语句和开关语句中。当 break 用于开关语句 switch 中时，可使程序跳出 switch 而执行 switch 以后的语句；如果没有 break 语句，则顺序执行下一个 case 中的语句，直至遇到 break 语句，退出 switch 语句，或执行完所有的 case 语句，结束 switch 语句。

当 break 语句用于循环结构的循环体时，可使程序终止循环而执行循环结构后面的语句。通常，break 语句总是与 if 语句连在一起，即满足条件时便跳出循环。

【例 3—20】验证素数。

验证一个大于 2 的整数是否为素数，一个最直观的方法是，看是否有 2～n/2 中的整数 m 能将 n 整除。若 m 存在，则 n 不是素数；若找不到 m，则 n 为素数。这是一个穷举验证算法。

这个循环结构用下列表达式控制：

● 初值：m＝2；

● 循环条件：m＜＝n/2；

● 修正：m++。

这是一个 for 结构，它的作用是穷举 2～n/2 中的各 m 值。循环体判断 n 是否可以被 m 整除。显然，在这个过程中，一旦找到一个 m 可以整除 n，则用该 m 后面的各数去验证已经没有意义了，需要退出循环结构。

下面是验证素数的函数：

```
/ * * * * * *   验证素数   * * * * * * /
int isPrime(int n)
{
    int flag = 1, i;                 / * flag:设置素数标志 * /
```

71

```
    for(i = 2;i< = n/2;i ++ )
        if(n % i == 0)
        {
            flag = 0;                /* 设置非素数标志 */
            break;                   /* 一旦找到一个 m,断定该 n 非素数,不需再验证 */
        }
    return flag;
}
```

3.9.2 continue 语句

continue 语句的作用是跳过循环体中剩余的语句而强行执行下一次循环。continue 语句只用在循环结构的循环体中,常与 if 条件语句一起使用,用来加速循环。

【例 3—21】输出 3～1 000 之间的所有素数。

这个程序可以在例 3—20 的基础上进行。在循环结构中对于非素数要跳过输出语句,进入对下一个数的测试。

```
/* * * * * *   输出 3～1 000 之间的素数   * * * * * */
# include<stdio. h>
int isPrime(int);
int main(void)
{
    int i,flag;
    for(i = 3;i<1 000;i ++ )
    {
        flag = isPrime(i);
        if(flag == 0)
            continue;
        printf("%d,",i);
    }
    return 0;
}
```

项目小结

根据项目 3 中的任务——用 if 语句实现菜单的选择执行,我们学习了选择结构程序设计,内容包括程序设计算法基础、结构化程序设计基础、命题与 C 语言中的逻辑值、关系与逻辑运算符及其表达式、各种 if 语句。综合所学过的知识,完成了用 if 语句实现菜单的选择执行的程序。

根据项目 3 中的任务——用 switch 语句实现菜单的选择执行,我们学习了选择程序结构程序设计,内容包括 switch 语句、break 语句、条件运算符等。综合所学过的知识,完成了用 switch 语句实现菜单的选择执行的程序。

根据项目 3 中的任务——用循环语句实现主菜单的选择执行,我们学习了循环程序设计,内容包括 while 循环、do…while 循环和 for 循环等。综合所学过的知识,完成了用循环语句实现主菜单的选择执行,包括用 while 循环、do…while 循环、for 循环。

　　根据这些知识的学习和任务的完成，达到了我们制定的技能目标：画程序的流程图或 N-S 结构图、分支结构程序设计（包括 if 语句和 switch 语句）、循环结构程序设计（包括 while 语句、do…while 语句和 for 语句）。

习　题　3

一、选择题

1. 以下程序的输出结果是(　　　)。

```
#include〈stdio.h〉
int main( )
{
    char c = 'z';
    printf ("%c", c - 25);
    return 0;
}
```

A. a　　　　　　　　B. z　　　　　　　　C. z - 25　　　　　　　　D. y

2. 若执行以下程序时从键盘上输入 9，则输出结果是(　　　)。

```
#include〈stdio.h〉
int main( )
{
    int n;
    scanf("%d", &n);
    if(n ++ <10)
        printf ("%d\n", n);
    else
        printf ("%d\n", n -- );
    return 0;
}
```

A. 11　　　　　　　　B. 10　　　　　　　　C. 9　　　　　　　　D. 8

3. 定义变量 "int n=10;"，则下列循环的输出结果是(　　　)。

```
while(n>7)
{
    n -- ;
    printf (" %d\n", n);
}
```

A. 10　　　　　　B. 9　　　　　　C. 10　　　　　　D. 9
　 9　　　　　　　 8　　　　　　　 9　　　　　　　 8
　 8　　　　　　　 7　　　　　　　 8　　　　　　　 7
　　　　　　　　　　　　　　　　　 7　　　　　　　 6

4. 以下程序的输出结果是(　　　)。

```
# include〈stdio. h〉
int main( )
{
    int a = -1,b = 4,k;
    k = ( ++ a<0)&&! (b-- < = 0);
    printf ("%d%d%d\n",k,a,b);
    return 0;
}
```

A. 1   0   4   B. 1   0   3   C. 0   0   3   D. 0   0   4

5. 若有以下定义和语句：

```
int u = 010,v = 0x10,w = 10;
printf (" %d, %d, %d\n",u,v,w);
```

则输出结果是(   )。

A. 8，16，10   B. 10，10，10   C. 8，8，10   D. 8，10，10

6. 有以下程序：

```
# include〈stdio. h〉
int main( )
{
    int a,b,c = 246;
    a = c/100 % 9;
    b = (-1)&&(-1);
    printf (" %d, %d\n",a,b);
    return 0;
}
```

输出结果是(   )。

A. 2，1   B. 3，2   C. 4，3   D. 2，-1

7. 若有以下定义和语句：

```
char c1 = 'b', c2 = 'e';
printf (" % d, % c\n",c2 - c1,c2 - 'a' + 'A');
```

则输出结果是(   )。

A. 2，M   B. 3，E   C. 2，E   D. 输出不确定

8. 以下程序的输出结果是(   )。

```
int k = 17;
printf(" %d, % o, % x\n",k,k,k);
```

A. 17，021，0x11 B. 17，17，17   C. 17，0x11，021   D. 17，21，11

9. 若要求在 if 后的一对圆括号中表示 a 不等于 0 的关系，则能正确表示这一关系的表达式为(   )。

A. a<> 0   B. ! a   C. a= 0   D. a

10. 请读程序：

```
# include〈stdio. h〉
int main( )
{
    int x = 1, y = 0, a = 0, b = 0;
    switch(x)
    {
    case 1:
        switch(y)
        {
            case 0:a ++ ;break;
            case 1:b ++ ;break;
        }
        break;
    case 2:
        a ++ ;
        b ++ ;
        break;
    }
    printf ("a=%d, b=%d \n", a, b);
  return 0;
}
```

上面程序的输出结果是(   )。

A. a＝2，b＝1   B. a＝1，b＝1   C. a＝1，b＝0   D. a＝2，b＝2

11. 阅读以下程序：

```
main ( )
{
    int x;
    scanf(" % d",&x);
    if(x -- ＜5)
        printf(" % d\n",x);
    else
        printf(" %d\n",x ++ );
    return 0;
}
```

程序运行后，如果从键盘上输入 5，则输出结果是(   )。

A. 3   B. 4   C. 5   D. 6

12. 请读程序：

```
# include〈 stdio. h 〉
main ( )
{
    float x,y;
    scanf(" %f",&x);
```

75

```
        if(x<0.0)
            y = 0.0;
        else if((x<5.0)&&(x! = 2.0))
            y = 1.0/(x + 2.0);
        else if(x<10.0)
            y = 1.0/x;
        else
            y = 10.0;
        printf(" %f\n",y);
        return 0;
}
```

若运行时从键盘上输入 2.0, 则上面程序的输出结果是(　　　)。

A. 0.000 000　　　　　B. 0.250 000　　　　　C. 0.500 000　　　　　D. 1.000 000

13. 以下程序的输出结果是(　　　)。

```
main ( )
{   int m = 5;
    if(m ++ >5)printf ("%d\n",m);
    else printf("%d\n",m -- );
}
```

A. 7　　　　　　　　　B. 6　　　　　　　　　C. 5　　　　　　　　　D. 4

14. 在执行以下程序时, 为了使输出结果为 t＝4, 则给 a 和 b 输入的值应满足的条件是(　　　)。

```
main( )
{
    int s,t,a,b;
    scanf(" %d, %d",&a,&b);
    s = 1;
    t = 1;
    if(a>0)
        s = s + 1;
    if(a>b)
        t = s + t;
    else if(a == b)
        t = 5;
    else t = 2 * s;
    printf ("t =%d\n",t);
    return 0;
}
```

A. a > b　　　　　　　B. a< b < 0　　　　C. 0 < a < b　　　　　D. 0 > a > b

15. 有如下程序:

```
main( )
```

```
{
    int a = 2, b = - 1, c = 2;
    if(a<b)
        if(b<0)
            c = 0;
        else
            c ++ ;
    printf(" %d\n",c);
    return 0;
}
```

该程序的输出结果是(　　)。

A. 0 　　　　　　　 B. 1 　　　　　　　 C. 2 　　　　　　　 D. 3

16. 以下程序的输出结果是(　　)。

```
main ( )
{int a,b;
  for(a = 1,b = 1;a<= 100;a ++ )
    {if(b>= 10)break;
      if(b % 3 == 1)
      {b += 3;continue;}
    }
  printf(" %d\n",a);
}
```

A. 101 　　　　　　 B. 6 　　　　　　 C. 5 　　　　　　 D. 4

17. 以下程序执行后 sum 的值是(　　)。

```
main( )
{
    int i,sum;
    for(i = 1;i<6;i ++)sum += i;
    printf(" %d\n",sum);
}
```

A. 15 　　　　　　 B. 14 　　　　　　 C. 不确定 　　　　　　 D. 0

18. 有以下程序段：

```
int x = 3;
do
{
    printf(" % d",x -= 2);
}while(!( — x));
```

其输出结果是(　　)。

A. 1 　　　　　　 B. 30S 　　　　　　 C. 1—2 　　　　　　 D. 死循环

19. 以下程序段的执行结果是(　　)。

```
int a, y;
a = 8;
y = 0;
do
{
    a += 2;
    y += a;
    printf("a = %d y = %d\n", a, y);
    if(y>20)
        break;
}while(a = 14);
```

A. a＝10y＝10   B. a＝10y＝10   C. a＝10y＝10   D. a＝10y＝10

   a＝14y＝16   a＝16y＝26   a＝14 y＝26

   a＝16   a＝14 y＝44

   a＝18

20. 以下程序的输出结果是（   ）。

```
int i;
for(i = 'A'; i<'I'; i++, i++)
    printf("%c", i + 32);
printf("\n");
```

A. 编译不通过，无输出   B. aceg

C. acegi   D. abcdefghi

21. 以下程序的输出结果是（   ）。

```
int i;
for(i = 1; i<6; i++)
{
    if(i % 2)
    {
        printf("#");
        continue;
    }
    printf("*");
}
printf("\n");
```

A. #*#*#   B. #####   C. *****   D. *#*#*

22. 以下程序的输出结果是（   ）。

```
int x = 10, y = 10, i;
for(i = 0; x>8; y = ++i)
    printf("%d%d", x--, y);
```

A. 10192   B. 9876   C. 10990   D. 101091

23. 运行以下程序后，如果从键盘上输入 china # 〈回车〉，则输出结果为( )。

```c
#include<stdio.h>
int main( )
{
    int v1 = 0,v2 = 0;
    char ch;
    while((ch = getchar( ))! = '#')
        switch(ch)
        {
            case'a':
            case'h':
            default:v1 ++ ;
            case'0':v2 ++ ;
        }
    printf(" %d, %d\n",v1,v2);
    return 0;
}
```

A. 2，0   B. 5，0   C. 5，5   D. 2，5

24. 在执行以下程序时，如果从键盘上输入 ABCdef〈回车〉，则输出为( )。

```c
#include<stdio.h>
int main( )
{
    char ch;
    while((ch = getchar( ))! = '\n')
    {
        if(ch> = 'A' && ch< = 'Z')
            ch = ch + 32；
        else if(ch> = 'a'&& ch< = 'z')
            ch = ch － 32；
        printf(" % c",ch);
    }
    printf("\n");
    return 0;
}
```

A. ABCdef   B. abcDEF   C. abc   D. DEF

25. 有以下程序：

```c
#include<stdio.h>
int main( )
{
    int x,i;
    for(i = 1;i< = 50;i ++ )
    {
```

```
        x = i;
        if( ++ x %2 == 0)
            if(x %3 == 0)
                if(x %7 == 0)
                    printf(" %d",i);
    }
    return 0;
}
```

输出结果是(　　　　)。

A. 28　　　　　　　　B. 27　　　　　　　　C. 42　　　　　　　　D. 41

26. 假定 a 和 b 为 int 型变量，则执行以下语句后 b 的值为(　　　　)。

```
a = 1;
b = 10;
do
{
    b -= a;
    a ++ ;
}while(b-- <0);
```

A. 9　　　　　　　　B. - 2　　　　　　　　C. - 1　　　　　　　　D. 8

27. 请读程序：

```
# include<math. h>
# include<stdio. h>
int main( )
{
    float x, y, z;
    scanf(" %f%f",&x,&y);
    z = x / y;
    while(1)
    {
        if(fabs(z) > 1. 0)
        {
            x = y;
            y = z;
            z = x/y;
        }
        else
            break;
    }
    printf(" %f\n",y);
    return 0;
}
```

若运行时从键盘上输入 3. 6 2. 4⟨CR⟩(⟨CR⟩表示回车)，则输出结果是(　　　　)。

A. 1.500000   B. 1.600000 0   C. 2.000000   D. 2.400000

28. C 语言中的 while 和 do…while 循环的主要区别是（   ）。

A. do…while 的循环体至少无条件执行一次

B. while 的循环控制条件比 do…while 的循环控制条件严格

C. do…while 允许从外转到循环体内

D. do…while 的循环体不能是复合语句

29. C 语言程序的三种基本结构是（   ）。

A. 顺序结构、选择结构、循环结构   B. 递归结构、循环结构、转移结构

C. 嵌套结构、递归结构、顺序结构   D. 循环结构、转移结构、顺序结构

30. C 语言的 while 循环语句中，while 后的一对圆括号中表达式的值决定了循环体是否进行。因此，进入 while 循环后，一定要有能使此表达式的值为（   ）的操作；否则，循环将无限制地进行下去。

A. 0   B. − 1   C. 1   D. NULL

31. C 语言的循环语句 for，while，do…while 中，其中用于直接中断最内层循环的语句是（   ）。

A. if   B. goto   C. break   D. continue

32. 在 C 语言的 if 语句中，用做判断的表达式是（   ）。

A. 关系表达式   B. 逻辑表达式   C. 算术表达式   D. 任意表达式

33. 以下正确的说法是（   ）。

A. continue 语句的作用是结束整个循环的执行

B. 只有在循环体内和 switch 语句体内使用 break 语句

C. 在循环体内使用 break 语句或 continue 语句的作用相同

D. 在多层循环嵌套中退出时，只能使用 goto 语句

二、填空题

1. 在 C 语言中，表示逻辑值"真"用_____表示，表示逻辑"假"用_____表示。

2. 若用 0～9 之间不同的三个数构成一个三位数，下面程序将统计出共有多少种方法。请填空。

```
# include〈stdio. h〉
int main( )
{
    int i, j, k, count = 0;
    for(i = 1;i< = 9;i ++ )
    for(j = 0;j< = 9;j ++ )
        if(_____)
            continue;
        else for(k = 0;k< = 9;k ++ )
            if(_____)
                count ++ ;
    printf(" %d",count);
    return 0;
}
```

3. 以下程序不用第三个变量，实现两个数进行对换的操作。

```
#include<stdio.h>
int main( )
{
    int a,b;
    scanf("%d%d",&a,&b);
    printf("a=%d b=%d\n",a,b);
    a=_____;
    b=_____;
    a=_____;
    printf("a=%d b=%d\n",a,b);
    return 0;
}
```

4. 以下程序的功能是：输入三个整数给 a，b，c，程序把 b 的值赋给 a，把 c 的值赋给 b，把 a 的值赋给 c，交换后输出 a，b，c 的值。

```
#include<stdio.h>
int main( )
{
    int a,b,c,_____;
    printf("enter a,b,c");
    scanf("%d%d%d",&a,&b,&c);
    _____;
    a=b;
    b=c;
    _____;
    printf("a=%d b=%d c=%d\n",a,b,c);
}
```

5. 下面程序的功能是打印 100 以内个位数为 6，且能被 3 整除的所有数。

```
#include<stdio.h>
int main( )
{
    int i,j;
    for(i=0;_____;i++)
    {
        j=i*10+6;
        if(_____)
            continue;
        printf("%d\n",j);
    }
    return 0;
}
```

6. 下面程序的功能是计算 $1-3+5-7+\cdots-99+101$ 的值。

```
#include〈stdio.h〉
int main( )
{
    int i,t = 1,s = 0;
    for(i = 1;i< = 101;i += 2)
    {
        _____;
        s = s + t;
        _____;
    }
    printf(" %d\n",s);
    return 0;
}
```

7. 下面程序的功能是输出 1~100 之间每位数的乘积大于每位数的和的数。

```
#include〈stdio.h〉
int main( )
{
    int n,k = 1,s = 0,m;
    for(n = 1;n< = 100;n ++ )
    {
        k = 1;
        s = 0;
        _____;
        while(_____)
        {
            k *= m % 10;
            s += m % 10;
            _____;
        }
        if(k>s)
            printf(" %d\n",n);
    }
}
```

8. 补足程序，实现如下功能：从键盘上输入若干学生的成绩，统计并输出最高成绩和最低成绩，当输入负数时结束输入。

```
#include〈stdio.h〉
int main ( )
{
    float m,max,min;
    scanf(" %f",&m);
    max = m;
    min = m;
```

83

```
    while(_____)
    {
        if(m>max)max = m;
        if(_____)min = m;
        scanf(" %f",&m);
    }
    printf("\nThe max score is %f\nmin = %f\n",max,min);
    return 0;
}
```

三、程序编写题

1. 由键盘输入三个数，计算以这三个数为边长的三角形的面积。

2. 设计程序，输出码值为33～127之间的ASCII码码值、字符对照表。

3. 设计程序，验证欧拉公式：

$$a_n = n^2 - n + 41$$

在 $n = -39 \sim 40$ 之间均为素数。

项目 4　项目的整体框架设计

 技能目标

- 学会定义函数的形参与实参；
- 学会设计函数的类型和返回值的类型，使用 return 语句实现数据返回的操作；
- 学会用函数的嵌套调用和递归调用。

 知识目标

- 理解模块化程序设计的思想和函数在模块化程序设计中的地位；
- 掌握函数定义和声明的方法，理解函数声明的必要性；
- 理解函数类型与返回值的关系，理解形参与实参的概念，理解"传值"的特点；
- 理解局部变量与全局变量的概念与定义特点；
- 掌握宏定义的使用；
- 掌握静态局部变量的使用。

 项目任务与解析

使用函数完成整体项目菜单、部分子项目菜单及菜单项的执行，并实现主函数的调用。

本项目包含下面几个任务：

- 任务 7：整体项目菜单函数。
- 任务 8：子项目菜单函数。
- 任务 9：系统实现的主函数。

4.1　任务 7：整体项目菜单函数

1. 问题描述

对项目的菜单，用函数来实现。

2. 具体实现

```
int mainmenu( )                //项目主菜单
{
    int n;
    system("cls");
    printf("\n\n\n");
    printf("\t| *****学生成绩管理系统*****|\n");
    printf("\t| ----------------------- |\n");
    printf("\t|              1. 信息输入        |\n");
    printf("\t|              2. 成绩计算        |\n");
    printf("\t|              3. 分类汇总        |\n");
    printf("\t|              4. 成绩单制作      |\n");
    printf("\t|              0. 退出            |\n");
    printf("\t| ----------------------- |\n");
    printf("\t请选择菜单号(0-4):");
    scanf(" %d",&n);
    return n;                    /* 返回选择的菜单号 */
}
```

3. 知识分析

C语言是由函数组成的，首先应当了解函数是如何构成的。这里将项目的主菜单用函数来实现，便于对项目进行模块化设计。

4.2 任务8：子项目菜单函数

1. 问题描述

对每一个菜单的子菜单，用函数来实现，菜单命令的执行只显示一条信息。

2. 具体实现

```
void InfoInput( )      //信息输入菜单
{
    int n;
    system("cls");
    printf("\n\n\n");
    printf("\t| ****** 信息输入子菜单 ******|\n");
    printf("\t| ------------------------ |\n");
    printf("\t|            1. 个人信息输入     |\n");
    printf("\t|            2. 成绩输入         |\n");
    printf("\t|            0. 返回上级菜单     |\n");
    printf("\t| ------------------------ |\n");
    printf("\t请选择菜单号(0-2):");
    scanf(" %d",&n);
    while(n)
    {
        switch(n)
```

```
        {
            case 1:printf("你选择了第 %d 项菜单!\n",n);
                    getchar( );getchar( );
                    break;
            case 2:printf("你选择了第 %d 项菜单!\n",n);
                    getchar( );getchar( );
                    break;
            case 0:return;
            default:break;
        }
        printf("\t 请选择菜单号(0-2):");
        scanf(" %d",&n);
    }
}


void CompMenu( )      //项目计算子菜单
{
    int n;
    system("cls");
    printf("\n\n\n");
    printf("\t| * * * * * * 成绩计算子菜单 * * * * * * |\n");
    printf("\t| ------------------------- |\n");
    printf("\t|          1. 计算总成绩            |\n");
    printf("\t|          2. 计算平均成绩          |\n");
    printf("\t|          3. 计算最高分            |\n");
    printf("\t|          4. 计算最低分            |\n");
    printf("\t|          0. 返回上级菜单          |\n");
    printf("\t| ------------------------- |\n");
    printf("\t 请选择菜单号(0-4):");
    scanf(" %d",&n);
    while(n)
    {
        switch(n)
        {
            case 1:printf("你选择了第 %d 项菜单!\n",n);
                    getchar( );getchar( );
                    break;
            case 2:printf("你选择了第 %d 项菜单!\n",n);
                    getchar( );getchar( );
                    break;
            case 3:printf("你选择了第 %d 项菜单!\n",n);
                    getchar( );getchar( );
                    break;
            case 4:printf("你选择了第 %d 项菜单!\n",n);
```

```
                getchar( );getchar( );
                    break;
            case 0:return;
            default:break;
        }

        printf("\t 请选择菜单号(0 - 2):");
        scanf(" %d",&n);
    }
}
void SubTotal( )      //分类汇总子菜单
{
    int n;
    system("cls");
    printf("\n\n\n");
    printf("\t| * * * * * * 分类汇总子菜单 * * * * * * |\n");
    printf("\t| ------------------------ |\n");
    printf("\t|          1. 按个人汇总          |\n");
    printf("\t|          2. 按班级汇总          |\n");
    printf("\t|          3. 按课程汇总          |\n");
    printf("\t|          0. 返回上级菜单        |\n");
    printf("\t| ------------------------ |\n");
    printf("\t 请选择菜单号(0 - 3):");
    scanf(" %d",&n);
    while(n)
    {
        switch(n)
        {
            case 1:printf("你选择了第 %d 项菜单!\n",n);
                    getchar( );getchar( );
                    break;
            case 2:printf("你选择了第 %d 项菜单!\n",n);
                    getchar( );getchar( );
                    break;
            case 3:printf("你选择了第 %d 项菜单!\n",n);
                    getchar( );getchar( );
                    break;
            case 0:return;
            default:break;
        }
        printf("\t 请选择菜单号(0 - 2):");
        scanf(" %d",&n);
    }
}
```

```
void ReportMark( )      //成绩单制作子菜单
{
    int n;
    system("cls");
    printf("\n\n\n");
    printf("\t|＊＊＊＊＊成绩单制作子菜单＊＊＊＊＊|\n");
    printf("\t|----------------------|\n");
    printf("\t|          1. 按班级          |\n");
    printf("\t|          2. 按个人          |\n");
    printf("\t|          0. 返回上级菜单        |\n");
    printf("\t|----------------------|\n");
    printf("\t 请选择菜单号(0-2):");
    scanf("%d",&n);
    while(n)
    {
        switch(n)
        {
            case 1:printf("你选择了第 %d 项菜单!\n",n);
                    getchar( );getchar( );
                    break;
            case 2:printf("你选择了第 %d 项菜单!\n",n);
                    getchar( );getchar( );
                    break;
            case 0:return;
            default:break;
        }
        printf("\t 请选择菜单号(0-2):");
        scanf("%d",&n);
    }
}
```

3. 知识分析

对主菜单的各个子菜单也用函数来实现，对子菜单要执行的函数书中并没有给出，学习者可以根据自己的需要来编写相应的函数。这里只要了解函数是如何调用的。

4.3　任务 9：系统实现的主函数

1. 问题描述

实现主函数对主菜单函数、子菜单函数的调用。

2. 具体实现

```
#include<stdio.h>
#include<stdlib.h>
int MainMenu( );              //项目主菜单声明
void InfoInput( );            //信息输入菜单声明
```

```
void CompMenu( );                    //项目计算子菜单声明
void SubTotal( );                    //分类汇总子菜单声明
void ReportMark( );                  //成绩单制作子菜单声明
void main( )                         //项目主函数
{
    int menuItem;
    menuItem = MainMenu( );
    while(menuItem)
    {
        switch(menuItem)
        {
            case 0:exit(0);
            case 1:InfoInput( );
                    break;
            case 2:CompMenu( );
                    break;
            case 3:SubTotal( );
                    break;
            case 4:ReportMark( );
                    break;
            default:break;
        }
        menuItem = MainMenu( );
    }
}
```

3. 知识分析

前面编写了一个主函数，实现对任务 7、任务 8 编写的函数进行调用。这里需要了解一些变量的存储属性、预编译命令等方面的知识。

4.4 必备知识与理论

模块化程序设计是进行大型程序设计的一种有效方法。基本思想是将一个大的程序按功能分割成一些模块，使每一个模块成为功能单一、结构清晰、接口简单、易于理解的小程序。

C 语言提供了一些支持模块化软件开发的功能。

（1）C 语言用函数组织程序，在 C 语言程序中，一个程序由一个或多个程序文件组成，每一个程序文件就是一个程序模块，每一个程序模块由一个或多个函数组成。程序设计的任务就是设计一个个函数，并且确定它们之间的调用关系。在设计函数时要使每个函数都具有各自独立的功能和明显的界面。

（2）通过给变量定义不同的存储类别，控制模块内部及外部的信息交换。

（3）具有编译预处理功能，为程序的调试、移植提供了方便，也支持了模块化程序设计。

4.4.1 设计 C 语言程序就是设计函数

用 C 语言设计程序，其任务就是编写函数，至少也要编写一个 main 函数。执行 C 程序就是执行相应的 main 函数，即从 main 函数的第一个前花括号开始，依次执行后面的语句，直到最后的后花括号为止。

模块化程序设计的原则：每个模块的规模不能太大（一般控制在 40～60 行之间），以便于阅读，检查其中的错误。在 C 语言中，减少主函数规模的一项基本措施是通过调用其他函数来实现主函数需要的一些功能。

C 语言提供了极为丰富的库函数，库函数相当于标准程序。这些库函数可以由编程者在编写程序时随时调用，以便减少程序设计的工作量，同时也提高了程序的可靠性。但编程者还要编写一些自定义函数。

一个 C 程序由一个或多个程序模块组成，每一个程序模块作为一个源程序文件。对于较大的程序，一般不希望把所有内容全放在一个文件中，而是将它们分别放在若干源文件中，再由若干源程序文件组成一个 C 程序。这样便于分别编写、分别编译，提高调试效率。一个源程序文件可以为多个 C 程序共用。

一个源程序文件由一个或多个函数以及其他有关内容（如命令行、数据定义等）组成。一个源程序文件是一个编译单位，在程序编译时是以源程序文件为单位进行编译的，而不是以函数为单位进行编译的。

C 程序的执行从 main 函数开始，如果在 main 函数中调用其他函数，在调用结束后流程返回到 main 函数，在 main 函数中结束整个程序的运行。

4.4.2　函数结构

一个 C 语言函数的结构形式如下：

函数头
{
　　函数体
}

1. 函数头

一个函数的函数头结构如下：

函数类型　函数名(形式参数表)

其中：

(1) 函数类型：指定函数值的类型，即函数返回值的类型。

(2) 函数名：函数名必须采用合法的用户标识符。

(3) 圆括号( )：在函数名后面的一对圆括号是"函数运算符"，表示进行函数运算，函数运算符具有很高的运算优先级别。

(4) 形式参数表：形式参数表由写在一对圆括号(函数运算符)中的一系列参数组成。每一个参数由一个类型符和一个参数名组成。参数名也应当是合法的用户标识符。函数可以没有参数，这时在函数运算符内写一个"void"，也可以空白。

2. 函数体

函数体由一些语句组成，主要有以下三种类型的语句：

(1) 声明语句：声明在函数中要使用的变量等程序实体。

(2) 用来实现函数功能的可执行语句：包括若干流程控制语句和表达式语句。

（3）return 语句：使流程返回到调用处。

return 语句的一般形式为：

return[表达式]

当函数执行到 return 语句时，将停止本函数的执行，将流程返回到调用处，若具有表达式，则将表达式的值返回到调用处，其值的类型就是函数的类型。没有表达式的 return 语句，表示返回到调用函数处，这时 return 语句可以省略。

一个函数中允许有一个或多个 return 语句（每个 return 语句后面的表达式的类型应该相同），程序执行到一个 return 语句时即返回到调用函数处。

C99 规定，对于非 void 类型的函数，必须使用有返回值的 return 语句。

3. 函数中变量的作用域

作用域指的是一个程序段中的代码的作用范围，在一个函数中定义的变量只在本函数中有效，在其他函数中不能使用这个变量，因此该变量的作用域是它所在的函数（从定义该变量的行开始到函数末尾）。即使在不同的函数中定义了同名的变量，它们也是指不同的变量。

【例 4—1】函数的作用域。

```
# include〈stdio. h〉
int func( int x)
{
    x = 5;
    return x + 3;
}
int main(void)
{
    printf("x = %d\n",x);
    return 0;
}
```

编译该程序时，编译程序指出主函数中的变量 x 未定义，函数的形式参数也在函数的作用域范围内。

函数的作用域规则可以使程序员在设计函数时，无须考虑其他函数中使用过哪些变量。

4. 空函数

空函数是一个不产生操作的函数，但它却是一个合法的 C 函数。例如，函数 void null（void）{}就是一个空函数。

空函数多使用在模块化程序的设计或测试中。一般首先写好 main 函数，确定需要调用的函数，然后逐步编写这些函数，如果想对已编好的函数进行调试，可以先用空函数（函数名用将来使用的实际函数名，如 sort( )）放在程序中原定的位置上，这样就可以调试程序的其他部分，等以后再逐步补上。

4.4.3　函数定义与函数声明

1. 函数定义

函数定义是按照 C 语言的语法规则定义新的函数，也就是用户自定义函数。在函数定义中提供的信息包括函数的返回值类型（如果有）、参数的个数及类型和名称、调用函数时要执行的代码、函数的有效性。

谈到函数的有效性，要注意函数定义的外部性：所有函数都是平行的，即在定义函数时是分别进行的，是互相独立的。一个函数并不从属于另一函数，即函数不能嵌套定义。

如下面的函数定义是不允许的：

```
void f1( )
{
    ……
    void f2( )
    {
        ……
    }
……
}
```

而只能写成：

```
void f1( )
{
    ……
}
void f2( )
{
    ……
}
```

函数间可以互相调用，但不能调用 main 函数。main 函数是由系统调用的。一个程序如果用到多个函数，可以把这些函数放在同一个文件中，也可以放在不同的文件中。

2. 函数声明

函数声明是对所用到的函数的特征进行必要的说明（就像对程序中用到的变量进行声明一样）。编译系统以函数声明中给出的信息为依据，对调用表达式进行检测，如形参与实参类型是否一致，使用函数返回值的类型是否正确，以保证调用表达式与函数之间的参数正确传递。

函数声明语句提供的必要信息包括函数名、函数的类型、函数参数的个数、排列次序以及每个参数的类型。函数声明的一般格式为：

类型标识符　函数名(类型标识符 形参名称,类型标识符 形参名称,……);

这里，形参名称是不重要的，重要的是类型标识符。因此上面的函数声明的一般格式可以写成：

类型标识符　函数名(类型标识符,类型标识符,……);

注意：函数声明语句后的";"不能省略，这是与函数定义不一样的。

【例4—2】设有一函数的定义为：

```
float func(float a, int b, char c)
```

93

```
{
    /* 函数体 */
}
```

与之相应的函数声明应为

```
float func(float x, int y, char z);
```

也可以写成

```
float func(float, int, char);
```

但不能写成

```
float func(x, y, z);                    /* 没有形参的类型 */
```

或

```
func(float, int, char);                 /* 没有函数返回值的类型 */
```

或

```
float func(int, float, char);           /* 形参的次序错误 */
```

只有当函数的返回值类型为 int 或 char 时，函数类型标识符才可以省略。

若在同一源程序文件中，函数的定义出现在函数调用前，则函数声明可以省略。这时编译系统已从函数的定义中得到了该函数的相关信息。

但为了便于阅读和理解，应当养成在调用函数之前都做函数声明的习惯。当一个函数被同一个文件中的多个函数调用时，可以将该函数声明写在所有函数之前（所有函数之外）。

【例 4—3】函数声明的位置。

```
float func(float, int, char);           /* 函数 func 声明 */
void func1(void);                       /* 函数 func1 声明 */
void func2(void);                       /* 函数 func2 声明 */
int main(void)                          /* main 函数的定义 */
{
    ......
}
void func1(void)                        /* func1 函数的定义 */
{
    ......
    func(a, b, c);                      /* 调用 func 函数 */
    ......
}
void func2(void)                        /* func2 函数的定义 */
{
    ......
    func(x, y, z);                      /* 调用 func 函数 */
    ......
}
```

```
float func(float x1, int x2, char x3)        /＊定义 func 函数＊/
{
    ......
}
```

4.4.4　函数调用

1. 形式参数与实际参数

在定义函数时，函数名后面括号中的变量名称为"形式参数"（简称"形参"），在调用函数中调用一个函数时，函数名后面括号中的参数（可以是一个表达式）称为"实际参数"（简称"实参"）。实参可以是常量、变量或表达式。

定义函数中指定的形参，在未出现函数调用时，它们并不占内存中的存储单元。只有在发生函数调用时，被调函数中的形参才被分配内存单元。调用结束后，形参所占的内存单元也被释放。

2. 函数的调用与虚实结合

（1）函数的调用。一个函数中的函数体，只有在该函数被调用时才会执行。在函数被调用时，将要进行的操作有：

①将函数调用中的实际参数值传送给函数定义中的形式参数；

②将流程从调用处转到被调用的函数的开头，开始执行函数体中的代码。

这里主要讨论的是形参与实参传递的问题。

（2）函数调用过程中的虚实结合。参数是函数调用时进行信息交换的载体。实参是调用函数中的变量，形参是被调函数中的变量。在函数调用过程中实现实参与形参的结合，这称为"虚实结合"。

【例 4—4】函数调用的数据传送。

```
#include<stdio. h>
int main(void)
{
    int max(int,int);                    /＊ 对 max 函数的声明 ＊/
    int a,b,c;
    scanf("%d, %d",&a,&b);
    c = max(a,b);
    printf("Max is %d\n",c);
}
int max(int x,int y)                     /＊max 函数定义＊/
{
    int z;
    z = x> y? x:y;
    return z;
}
```

当在 main 函数中调用 max 函数时，指定实参为 a，b（假定输入的是 3，5），即

```
c = max(a,b);
```

在调用时，把3传递给形参 x，把5传递给形参 y。

通过该例可以看到，形参开始是没有值的，在函数调用时才从实参得到值。形参的名称并不重要，重要的在于函数被执行时它是如何处理的，调用时它将被实际参数替代。这就是把函数的参数称为形式参数的主要原因。

在函数调用过程中，为了使形参的值正确地传递，形参与实参的个数和类型必须匹配。函数声明(在声明中指定各参数的类型)的作用是为编译系统对参数进行类型检查而提供依据，并且在出现同名函数时，系统将根据类型和形参的不同，对它们加以区别。

程序进行编译时，并不为形式参数分配存储空间。只有在被调用时，形式参数才临时地分配存储空间，其过程如下：

①调用开始时，系统为形参开辟一个临时存储区，形参与实参各占一个独立的存储空间。

②将各实参值传递给形参，这时形参就得到了实参的值。这种虚实结合方式称为"值结合"。

(3) 函数返回时，临时存储区也被撤销。

要特别注意在C程序中实参与形参结合的传值调用(call by value)的特点，即函数中对形参变量的操作不会影响到调用函数中的实参变量，形参值不能传回给实参。

【例4—5】例4—4中参数的传递过程如图4—1(a)所示。

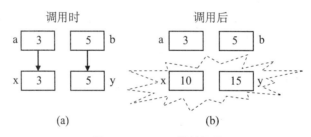

图4—1　max 函数的调用

在调用函数时，给形参分配存储单元，并将实参对应的值传递给形参，调用结束后，形参单元被释放，如图4—1(b)所示，实参单元仍保留并维持原值。因此，在执行一个被调用函数时，形参的值如果发生改变，并不会改变主调函数的实参的值。例如，若在执行函数过程中 x 和 y 的值变为10和15，而 a 和 b 仍为3和5。

4.4.5　函数的递归调用

在C语言中，一个函数可以调用另一个函数。C语言还允许一个函数自己直接或间接地调用自己。于是形成一种特殊的函数结构——递归函数，并且前者称为直接递归函数调用，后者称为间接递归调用函数。

【例4—6】有5个人坐在一起，问第5个人多少岁。他说比第4个人大2岁；问第4个人的岁数，他说比第3个人大2岁；问第3个人，又说比第2个人大2岁；问第2个人，说比第1个人大2岁；最后问第1个人，他说是10岁。请问第5个人多大。

若第 i 个人的年龄用 age_i 表示，则：

$$age_5 = age_4 + 2$$
$$age_4 = age_3 + 2$$
$$age_3 = age_2 + 2$$

$age_2 = age_1 + 2$

$age_1 = 10$

可以用数学公式表述如下：

$age_1 = 10$

$age_i = age_{i-1} + 2 (i = 2, 3, 4, 5)$

上面的递归表达式可以用下面的 age 函数来实现：

```
int age(int n)                    /* 求年龄的递归函数 */
{
    int c;                        /* c 用做存放函数的返回值的变量 */
    if(n == 1)
        c = 10;
    else
        c = age(n - 1) + 2;
    return c;
}
```

递归函数在执行时，将引起一系列的调用和回代。一个递归过程经过有限次的调用之后，开始回代。回代过程是从一个已知值(本例中的 c=10)推出下一个值(c=c+2)，是一个递推过程。为此，在设计递归函数时应当考虑到递归的终止条件。

【例 4—7】 汉诺(Hanoi)塔问题。

Hanoi 塔问题：古代有一个梵塔，塔内有三个座 A、B、C，A 座上有 64 个盘子，盘子大小不等，大的在下，小的在上。有一个和尚想把这 64 个盘子从 A 座移到 C 座，但每次只能允许移动一个盘子，并且在移动过程中，3 个座上的盘子始终保持大盘在下，小盘在上。在移动过程中可以利用 B 座，要求打印移动的步骤。

容易推出，将 n 个盘子移动完成，需要移动 $2^n - 1$ 次。

本题算法分析如下，设 A 上有 n 个盘子。

如果 n=1，则将圆盘从 A 直接移动到 C。

如果 n=2，则：

第 1 步：将 A 上的 n−1(等于 1)个圆盘移到 B 上。

第 2 步：再将 A 上的一个圆盘移到 C 上。

第 3 步：最后将 B 上的 n−1(等于 1)个圆盘移到 C 上。

如果 n=3，则：

第 1 步： 将 A 上的 n−1(等于 2，令其为 n')个圆盘移到 B(借助于 C)，步骤如下：

(1) 将 A 上的 n'−1(等于 1)个圆盘移到 C 上。

(2) 将 A 上的一个圆盘移到 B 上。

(3) 将 C 上的 n'−1(等于 1)个圆盘移到 B 上。

第 2 步： 将 A 上的一个圆盘移到 C 上。

第 3 步： 将 B 上的 n−1(等于 2，令其为 n')个圆盘移到 C(借助 A)，步骤如下：

(1) 将 B 上的 n'−1(等于 1)个圆盘移到 A 上。

(2) 将 B 上的一个盘子移到 C 上。

（3）将 A 上的 n′−1(等于 1)个圆盘移到 C 上。

到此，完成了三个圆盘的移动过程。

从上面分析可以看出，当 n 大于或等于 2 时，移动的过程可分解为三个步骤：

第 1 步：把 A 上的 n−1 个圆盘移到 B 上。

第 2 步：把 A 上的一个圆盘移到 C 上。

第 3 步：把 B 上的 n−1 个圆盘移到 C 上；其中第一步和第三步是类同的。

图 4—2 所示为当 n＝4 时，移动的三个步骤。

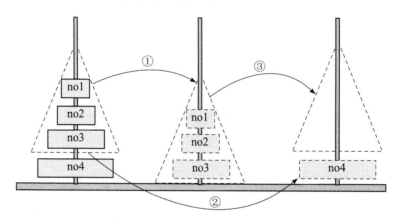

图 4—2　汉诺塔问题的解决方案

显然，这是一个递归过程，据此算法可编程如下：

```
# include〈stdio. h〉
void hanoi(int n,char a,char b,char c);
int main(void)
{
    int n;
    printf ("*********************************\n");
    printf ("* Program for simulating the solution *\n");
    printf ("** of the game of'tower of Hanoi' **\n");
    printf ("*********************************\n");
    printf ("Please enter the number of disks to be moved:");
    scanf(" %d", &n);                                      /*输入要移动的盘子数*/
    hanoi(n,'a','b','c');                                 /*调用 hanoi 函数移动盘子*/
    return 0;
}
void hanoi(int n,char a,char b,char c)                    /***汉诺塔问题***/
{
    if(n>0)
    {
        hanoi(n−1, a,c,b);                                /*第 1 步移动*/
        printf (" Move disc %d from pile %c to %c\n", n,a,c);  /*第 2 步移动*/
        hanoi(n−1,b,a,c);                                 /*第 3 步移动*/
    }
}
```

运行情况如下：

```
* * * * * * * * * * * * * * * * * * * * *
* Program for simulating the solution *
* * of the game of'tower of Hanoi' * *
* * * * * * * * * * * * * * * * * * * *
Please enter the number of disks to be moved:3
    Move disc 1 from pile a to c
    Move disc 2 from pile a to b
    Move disc 1 from pile c to b
    Move disc 3 from pile a to c
    Move disc 1 from pile b to a
    Move disc 2 from pile b to c
    Move disc 1 from pile a to c
```

可以看出，移动 3 只盘子需要 7 次(2^3-1)。移动 64 只盘子需要 $2^{64}-1$ 次，这是一个天文数字，即使一台高性能的计算机每微秒移动一次，也需要几乎 100 万年。而如果每秒移动一次，则需要近 5800 亿年。

4.5 扩展知识与理论

4.5.1 变量的作用域和生存期

变量是对程序中数据存储的抽象，它具有以下属性：

● 变量的数据类型。C 语言程序中的变量都是有类型的。数据类型是变量的运算属性的抽象，它决定了该变量的取值范围和可以施加的运算种类。

● 变量的作用域。变量的作用域是指一个变量在程序中的使用范围。

● 变量的生存期。变量的生存期是指变量生成以及被撤销的时间。

● 变量的存储区。变量的存储区是指存储变量的存储器类型以及存储机制。

变量的作用域、生存期、存储区就是这里要讨论的问题。

1. 局部变量和全局变量

变量的作用域是从空间的角度来看变量，这个变量在程序的哪个域内是可以识别的，也称为可见（或可用）的。大体上可以分为两种：全局可用（全局变量）与局部可用（局部变量）。

局部变量是定义在一个程序块（用一对花括号括起的语句块）内的变量。程序块可能是一个函数体（主函数），也可能是一个循环体或是选择结构中的一个分支语句块，也可以是任何一个用花括号括起的语句块（复合语句）。

全局变量定义在函数之外，不属于任何语句块。

一般说来，定义在什么范围的变量，其作用域就在那个范围，并且在从定义语句开始到这个域结束的范围（域）内被使用，在这个域之外是不可见的。

在 C 语言中，凡是声明在函数内部的变量都是局部变量（包括函数的形参）。

【例 4—8】演示局部变量的作用域。

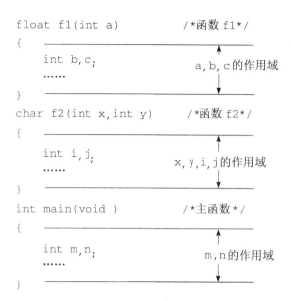

```
float f1(int a)              /*函数 f1*/
{
    int b,c;                          a,b,c的作用域
    ......
}
char f2(int x,int y)         /*函数 f2*/
{
    int i,j;                          x,y,i,j的作用域
    ......
}
int main(void )              /*主函数 */
{
    int m,n;                          m,n的作用域
    ......
}
```

说明：主函数中定义的变量 m，n 只在主函数中有效。主函数也不能使用其他函数中定义的变量；不同函数中可以使用相同名称的变量，它们代表不同的对象，互不干扰。例如，上面在 f1 函数中定义了变量 b 和 c，倘若在 f2 函数中也定义变量 b 和 c，它们在内存中占不同的单元，互不混淆，但在同一作用域内不可定义同名的变量。

【例 4—9】演示全局变量的作用域。

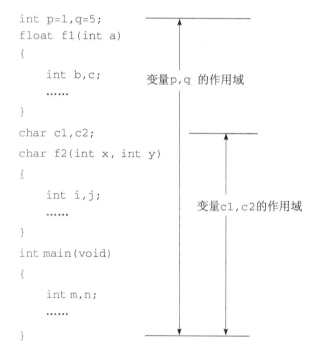

```
int p=1,q=5;
float f1(int a)
{
    int b,c;                    变量p,q 的作用域
    ......
}
char c1,c2;
char f2(int x, int y)
{
    int i,j;                    变量c1,c2的作用域
    ......
}
int main(void)
{
    int m,n;
    ......
}
```

【例 4—10】当局部变量与全局变量同名时的处理。

```
# include<stdio. h>
int a = 3,b = 5;                        /* a,b 为全局变量 */
```

```
int max(int,int);                          /*声明 max 函数*/
int main(void)
{
    int a = 8;                             /*a 为局部变量*/
    printf ("%d", max (a,b));
}
int max(int a, int b)                      /*a,b 为局部变量*/
{
    int c;
    c = a>b?a:b;
    return(c);
}
```

该程序的运行结果为 8。

说明： 当局部变量与全局变量同名时，局部变量会屏蔽全局变量。

建议： 如无必要，不要使用全局变量。一般要求把 C 程序中的函数做成一个封闭体，除了通过"实参-形参"的渠道与外界发生联系外，没有其他渠道。

2. 动态变量与静态变量

从变量值存在的时间（即生存期）角度来分，变量可以分为静态变量和动态变量。

任何一个在内存中运行的程序，内存区都被分成代码区和数据区两大部分，而数据区又被分为静态存储区和动态存储区两部分。

动态存储区中的变量在程序进入所在的程序块时被创建（分配存储空间），结束时被撤销（释放存储空间），当所在的块结束后，各变量的值不再保留。这种分配和释放是动态的。如在一个程序中两次调用同一个函数，分配给此函数中局部变量的存储空间地址可能是不同的。如果一个程序包含若干函数，每个函数中的局部变量的生存期并不等于整个程序的执行周期，它只是程序执行周期的一部分。根据程序执行的需要，动态地分配和释放存储空间，并且这些变量必须由程序员显式地进行初始化，否则它们的初始值是不确定的。

静态存储区是在程序编译时分配的存储区，分配在静态存储区的变量在程序开始执行时被创建并自动初始化（数值变量被初始化为 0），当程序结束时才被撤销，所以常称静态变量。生存期是从程序开始运行到程序结束。全局变量就是被分配在静态存储区的。

【例 4—11】 使用全局变量交换两个变量的值。

```
/* 使用全局变量交换两个变量的值 */
#include"stdio. h"
void swap(void);                           /* 声明函数 */
int a = 3,b = 5;                           /*定义全局变量 */
int main(void)
{
    printf("交换前:a=%d,b=%d\n",a,b);
    swap( );
    printf("交换后:a=%d,b=%d\n",a,b);
    return 0;
}
```

```
void swap(void)
{
    int c;
    c = a;a = b;b = c;
}
```

4.5.2　C语言中变量的存储类型

根据变量的作用域将变量分为全局变量和局部变量，根据变量的生存期将变量分为动态变量和静态变量。因此，C语言根据作用域和生存期将变量整合成四种存储类型。

（1）局部自动类型。在函数内部用标识符 auto 或 register 声明。

（2）静态局部类型。在函数内部，使用 static 声明。

（3）静态全局类型。在函数外部，使用 static 声明，也称为静态外部变量。

（4）全局类型。不需要标识符声明。在函数外部直接声明即可，通常称为外部变量。

1. auto 存储类型和 register 存储类型

auto 声明符的作用就是告诉编译器将变量分配在动态存储区。也就是说，使用 auto 声明的变量是局部变量。其格式为：

[auto] 数据类型 变量名[= 初值表达式], …… ;

其中，方括号表示可省略，auto 是自动变量的存储类别标识符。如果省略 auto，系统默认为此变量为 auto。

函数的参数也是一种自动变量。register 的作用是用来声明寄存器(寄存器就是 CPU 自己的"小内存"，它的特点是容量小、速度快)存储自动变量。这类变量具有局部变量的所有特点。当把一个变量指定为寄存器存储类别时，系统就将它存放在 CPU 的一个寄存器中。通常把使用频率较高的变量(如循环次数较多的循环变量)定义为 register 类别。

函数的形参也可以使用寄存器变量。一个计算机系统中的寄存器数量是有限的，因此不能定义任意多个寄存器变量，而且对于不同的系统来说，所允许使用的最大寄存器数量也是不同的。在程序中如果遇到指定为 register 类型的变量，系统会尽可能地去实现它。但因为条件所限(如寄存器数量有限)，系统会自动将它们(即未能实现的部分)处理成自动类型(auto)变量。

2. 静态局部类型

定义局部变量时，使用 static 修饰，可以在不改变局部变量的可见域的前提下，使变量成为静态的，即当函数撤销后，变量的值还保留。或者说，这些变量的生存期是永久的，只是在变量的作用域外是不可见的。这样，避免了全局变量的值可以被多处修改将引起的副作用，又可以使函数基于前一次调用的值的基础上工作。

【例 4—12】 静态局部变量。

```
/ * 连续输出 n! * /
# include〈stdio. h〉
int fac( int n)
{
    static int f = 1;
    f = f * n;
```

```
        return f;
    }
    int main(void)
    {
        int i;
        for(i = 1;i< = 5;i ++ )
            printf(" %d!=%d\n",i,fac(i));
    }
```

在该程序中，每次调用 fac(i)，打印出一个 i!，同时保留这个 i! 的值以便下次再乘(i+1)。

3. 静态全局类型

若源程序是由多个文件组成的，用 static 声明外部变量，其作用域仅限于所在的文件，而不用 static 声明的外部变量的作用域为整个程序(组成源程序的多个文件)。

这种外部变量(全局变量)称为静态全局(外部)变量，在程序设计中，常由若干人分别完成各个模块，各人可以独立地在其设计的文件中使用相同的外部变量名而互不相干，只需在每个文件中的外部变量前加上 static 即可。这就为程序的模块化、通用性提供了方便。

需要指出的是，对外部变量加上 static 声明，并不是说此时变量放在静态存储区，而不加 static 的外部变量放在动态存储区。这两种形式的外部变量都是静态存储方式，只是作用范围不同而已，都是在编译时分配内存的。

4. 外部变量的定义与声明

就像函数的定义与声明是不同的，变量的定义与声明也是不同的。

变量的声明有两种情况：一种需要建立存储空间(定义、声明)，如 int a 在声明时就已经建立了存储空间；另一种不需要建立存储空间(声明)，如 extern int a 中的变量 a 是在其他文件中定义的。

前者称为"定义性声明(defining declaration)"或者称为"定义(definition)"；而后者称为"引用性声明(referencing declaration)"。从广义的角度来讲，声明中包含着定义，但并非所有的声明都是定义。例如，int a 它既是声明，同时又是定义。然而，对于 extern int a 来讲，它只是声明，而不是定义。一般情况下，常常这样叙述，把建立空间的声明称之为"定义"，而把不需要建立存储空间的称为"声明"。很明显，这里所指的声明范围是比较窄的。也就是说，这是非定义性质的声明。

对同一作用域中的同一变量只能定义一次，如果对同一变量定义多次，就会出现语法错误。

对于外部变量(除了静态全局变量外)，除了可以定义一次外部变量外，还可以多次进行声明(引用性声明)。

(1) 通过声明将外部变量的作用域在本文件范围内扩充，以向前引用。

通常，一个外部变量的作用域是从其定义点到本文件末尾。对于位于定义点之前的函数，可以用 extern 声明使变量的作用域扩充到需要用到它的函数。

【例 4—13】外部变量的使用。

```
# include<stdio. h>
void f1( ),f2( );
int main(void)
```

```
    {
        extern int i,j;                 /*声明 i,j 为外部变量,将 i,j 的作用域扩充至此,*/
        printf("1:i=%d\tj=%d\n",i,j);
        j=135;
        f1( );
        f2( );
        return 0;
    }
    void f1( )
    {
        extern int i,j;                 /*声明 i,j 为外部变量,将 i,j 的作用域扩充至此,*/
        i=246;
        printf("2:i=%d\tj=%d\n,",i,j);
    }
    int i,j;                            /*定义 i,j 为外部变量,*/
    void f2( )
    {
        printf("3:i=%d\tj=%d\n",i,j);
    }
```

该程序的输出为：

```
1:i=0   j=0
2:i=246 j=135
3:i=246 j=135
```

（2）利用声明语句将作用域扩大到其他文件，以建立对象的外部连接。

假设一个程序由两个以上的文件组成。当一个全局变量定义在文件 file1 中时，在另外的文件中使用 extern 声明，可以通知编译系统一个信息："此变量到外部去找"。或者说在连接时，告诉连接器："到别的文件中找这个变量的定义"。

在程序设计中，如果要处理一个复杂程序，包含若干文件，而且各文件都要用到一些共用的变量，可以在一个文件中定义所有全局变量，而在其他有关文件中用 extern 来声明这些变量即可。

4.5.3 "文件包含"处理

在前面的程序编写中已多次使用过以"#"号开头的预处理命令（preprocessor directives），如包含命令#include、宏定义命令#define 等。在源程序中这些命令都放在函数之外，而且一般都放在源文件的前面，它们被称为预处理部分。

预处理是指在进行编译的第一遍扫描（词法扫描和语法分析）之前所做的工作。预处理是 C 语言的一个重要功能，它由预处理程序负责完成。当对一个源文件进行编译时，系统将自动引用预处理程序对源程序中的预处理部分作处理，处理完毕自动进入对源程序的编译。

由编译程序对预处理后的源程序进行通常的编译处理，得到可供执行的目标代码。现在许多 C 语言编译系统都包括了预处理、编译和连接等部分，在进行编译时一气呵成。预处理命令不是 C 语句，必须正确区别预处理命令和 C 语句，区别预处理和编译，才能正确使用预处理命令。

C 语言提供了多种预处理功能，如宏定义、文件包含、条件编译等。合理地使用预处理功能编写的程序便于阅读、修改、移植和调试，也有利于模块化程序设计。

1. 头文件

用户显式地保证程序一致性的基本方法是保持声明的一致性。保持声明一致性的简单办法是提供一个头文件，让头文件中的信息作为各模块之间的接口信息，有利于提供可重用的模块。使用头文件将把程序分为程序头和程序体两部分。

（1）好的头文件应包含以下内容：

①类型定义。定义一个枚举类型：enum color {RED，BLUE，GREEN，YELLOW}。

②函数声明。如 "extern int strlen {const char * };"。

③嵌入函数声明。如 "inline char get( ){return * p++ };"。

④数据声明。如 "extern int a;"。

⑤常量定义。如 "const float pi＝3.141593;"。

⑥包含指令。如 "♯include〈iostream. h〉"。

⑦宏定义。如 "♯define case break; case"。

⑧ 注释。

（2）好的头文件不能包含以下内容：

①一般函数定义。

②数据定义，如 "int a;"。

③常量聚集定义，如 "const tbl [ ] ＝ {/ * … * /};"。

用户头文件是由用户自己定义的文件。系统将用双引号方式进行搜索。程序员可以用它们建立各文件之间的信息接口。

应当注意，修改了头文件后，所有涉及该头文件的程序都应重新编译，所以在编制头文件时应尽量考虑周全。另外，当使用很多头文件时，常常有重复嵌入的情形发生，在这种情形下，应防止标识符重复定义的错误。为避免这些错误，应使用条件编译来测试有无重复定义。

2. "文件包含" 处理

文件包含命令行的一般形式为：

♯include"文件名"

或

♯include〈文件名〉

按照后者的格式（文件名两侧是尖括号），预处理程序只按照系统规定的标准方式（从编译系统所在的文件夹中）检索文件；按照前者的格式（文件名两侧是双引号），预处理程序首先在当前源文件目录中检索该指定文件，若没有找到，则按照系统规定的标准方式进行检索。

通常，要包含系统所定义的库函数的声明时，应当使用后一种格式；要包含自定义函数的声明时，使用前一种格式。

文件包含命令的功能是把指定的文件插入该命令行位置取代该命令行，从而把指定的文件和当前的源程序文件连成一个源文件。因此在编译时并不是作为两个文件进行编译的，而是作为一个源程序编译，得到一个目标文件。

在程序设计中，文件包含是很有用的。一个大的程序可以分为多个模块，由多个程序员分别编程。有些公用的符号常量或宏定义等可单独组成一个文件，在其他文件的开头用包含命令包含该文件即可使用。这样，可避免在每个文件开头都去书写那些公用量，从而节省时间，并减少出错。

对文件包含命令还要说明以下几点：

（1）一个 include 命令只能指定一个被包含文件，若有多个文件要包含，则需用多个include命令。

（2）文件包含允许嵌套，即在一个被包含的文件中可以包含另一个文件。

4.5.4 宏定义

1. 不带参数的宏定义

用一个指定的标识符（即名字）来代表一个字符串，其一般形式为：

```
♯define 宏名   字符串
```

编译预处理时，预处理程序将程序文件中在该宏定义之后的所有宏名，用♯define 命令中定义的字符串（称为宏体）替换，这个过程称为宏替换。符号常量的定义就是宏定义的一种应用。例如：

```
♯define PI 3.14159265
♯define RADIUS 2.0
```

（1）使用宏定义具有如下好处：

①提高了程序的可读性。例如，语句 return(2.0 ∗ PI ∗ RADIUS)和 return(PI ∗ RADIUS ∗ RADIUS)，任何人都可以看出：这是在计算圆周长和圆面积。使用宏定义可以提高可理解性。

②易修改。如要将 RADIUS 的值由 2.0 修改为 3.0，只要在♯define 命令中修改一处便可。而在不使用宏定义的文件中，要将程序中半径为 2.0 处全部修改为 3.0。

（2）使用宏需要注意以下问题：

①在♯define 命令中，宏名称与字符串（宏体）之间用一个或多个空格分隔。

②宏名的使用。

● 宏名不能用引号括起来。例如，

```
♯define"YES"    1
……
printf(""YES"");
```

将不进行宏定义。

● 宏名中不能含有空格。例如，想用"A NAME"定义"SMISS"，而写成：

```
♯define A NAME SMISS
```

则实际进行的宏定义是 A 为宏名称，宏体是"NAME SMISS"。

● 宏名用大写字母表示。

C 程序员一般都习惯用大写字母定义宏名称。这样的表示方法使宏名与变量名有明显的区别，以避免混淆，还有助于快速识别要发生宏替换的位置，提高程序的可读性。

● 不能进行宏名称的重定义。

③定义一个宏名称以后，就可以在后面使用这个宏名称了，包括在后面的宏定义中使用。例如，求圆的周长和面积的程序的宏定义（宏定义的嵌套），语句如下：

```
# include〈stdio. h〉
# define PI 3.1415926
# define R 1.0
# define CIRCUM 2.0 * PI * R                    /* 使用了前面定义的R和PI */
# define AREA PI * R * R
```

④不能进行的宏替换：

● 不可以替换作为用户标识符中的成分。例如，在上面的例子中不可以用"R"替换"CIRCUM"中的"R"。

● 不能替换字符串常量中的成分。

```
# include〈stdio. h〉
# define PI 3.1415926
# define R 1.0
# define CIRCUM   2.0 * PI * R
# define AREA PI * R * R
int main(void)
{
    printf("The CIRCUM is %f and AREA is %f\n",CIRCUM,AREA);
}
```

程序运行结果为：

The CIRCUM is 6.283185 and AREA is 3.141593

不会用宏名字"CIRCUM"和"AREA"替换格式串"CIRCUM"和"AREA"。

⑤宏定义可以写在源程序中的任何地方，但一定要写在程序中引用该宏之前，通常写在一个文件之首。对多个文件可以共用的宏定义，可以集中起来构成一个单独的头文件。

用命令 # undefine 可以撤销已定义的宏。例如：

```
# define PI 3.1415926
……
# undefine PI
```

则在 # undef 命令之后的范围，PI 不再代表 3.1415926 了。

2. 带参数的宏定义

带参数宏定义的格式为：

define 标识符(形参表) 宏体

在带参数宏定义中，宏名和形参表之间不能有空格出现。

应当注意，这时的宏体是一个表达式，正确书写宏体的方法是将宏体及其各个形参用圆括号括起来。

【例4—14】对于求平方的宏定义，可以写出4种形式：

```
#define SQUARE(x)x*x          /*  (a)  */
#define SQUARE(x)(x*x)        /*  (b)  */
#define SQUARE(x)(x)*(x)      /*  (c)  */
#define SQUARE(x)((x)*(x))    /*  (d)  */
```

到底哪个对呢？下面用几个表达式进行测试。

(1) 用表达式a=SQUARE(n+1)测试，按(a)，将替换为a=n+1*n+1，显然结果不对；按(b)，将替换为a=(n+1*n+1)，结果与按(a)相同；按(c)，将替换为a=(n+1)*(n+1)，结果对；按(d)，将替换为a=((n+1)*(n+1))，结果对。

(2) 用表达式a=16/SQUARE(2)，对剩下的(c)和(d)进行测试。按(c)，将替换为a=16/(2)*(2)=16，显然结果不对；按(d)，将替换为a=16/((2)*(2))=4，结果对。

所以，还是把宏体及其各形参都用圆括号括起来稳妥。

在带参数的宏定义中，形式参数不分配内存单元，因此不必做类型定义。而宏调用中的实参有具体的值，要用它们去替换形参，因此必须做类型说明，这与函数中的情况是不同的。在函数中，形参和实参是两个不同的量，各有自己的作用域，调用时要把实参值赋予形参，进行"值传递"。而在带参宏中，只是符号代换，不存在值传递的问题。

在宏定义中的形参是标识符，而宏调用中的实参可以是表达式。

3. 宏与函数的区别

宏与函数都可以作为程序模块应用于模块化程序设计之中，但它们各有特色。

(1) 时空效率不相同。宏定义时要用宏体去替换宏名，往往使程序体积膨胀，加大了系统的存储开销。但是它不像函数调用要进行参数传递、保存现场、返回等操作，所以时间效率比函数高。所以，通常对简短的表达式，以及调用频繁、要求快速响应的场合（如实时系统中），采用宏比采用函数合适。

(2) 宏与函数的参数不同。宏虽然可以带有参数，但宏定义过程中不像函数那样要进行参数值的计算、传递及结果返回等操作；宏定义只是简单的字符替换，不进行计算。因而一些过程是不能用宏代替函数的，如递归调用。同时，也可能不适合某些计算，产生函数调用所没有的副作用。

宏定义也可用来定义多个语句，在宏调用时，把这些语句又代换到源程序内。也就是说宏定义可以返回多个值，而函数只能返回一个值。

【例4—15】

```
#define SSSV(s1,s2,s3,v)s1=l*w;s2=l*h;s3=w*h;v=w*l*h;
main( )
{
    int l=3,w=4,h=5,sa,sb,sc,vv;
    SSSV(sa,sb,sc,vv);
    printf("sa=%d\nsb=%d\nsc=%d\nvv=%d\n",sa,sb,sc,vv);
}
```

项目小结

根据项目 4 中的 3 个任务——整体项目菜单函数、子项目菜单、系统实现的主函数，我们学习了 C 语言中的函数，内容包括函数结构、函数的定义与函数声明、函数的调用（包括递归调用），同时学习了变量的作用域与生存期、变量的存储类型和预处理命令（包括文件包含处理、宏定义）等。综合所学过的知识，完成了整体项目菜单函数、子项目菜单、系统实现的主函数的程序设计，从而达到了我们制定的技能目标：会定义函数的形参与实参、会设计函数的类型和返回值的类型、使用 return 语句实现数据返回的操作、会用函数的嵌套调用和递归调用。

习　题　4

一、选择题

1. 下列程序执行后输出的结果是（　　）。

```
# include⟨stdio. h⟩
int d = 1;
fun( int p)
{
    int d = 5;
    d += p ++ ;
    printf(" %d",d);
}
int main( )
{
    int a = 3;
    fun(a);
    d += a ++ ;
    printf(" %d\n",d);
}
```

A. 8　4　　　　　　　B. 9　6　　　　　　C. 9　4　　　　　D. 8　5

2. 若有以下函数调用语句：

```
fun(a + b,(x,y),fun(n + k,d,(a,b)));
```

在此函数调用语句中实参的个数是（　　）。

A. 3　　　　　　　　B. 4　　　　　　　C. 5　　　　　　D. 6

3. C 语言中，函数的隐含存储类别是（　　）。

A. auto　　　　　　B. static　　　　　C. extern　　　　D. 无存储类别

4. 下面程序的输出是（　　）。

```
# include⟨stdio. h⟩
int w = 3;
int fun( int);
int main( )
```

```
{
    int w = 10;
    printf(" %d\n",fun(5) * w);
}
int fun(int k)
{
    if(k == 0)
        return w;
    return(fun(k - 1) * k);
}
```

A. 360   B. 3600   C. 1080   D. 1200

5. 以下叙述中不正确的是（   ）。

A. 在不同的函数中可以使用相同名称的变量

B. 函数中的形式参数是局部变量

C. 在一个函数内定义的变量只在本函数范围内有效

D. 在一个函数内的复合语句中定义的变量在本函数范围内有效

6. 以下程序运行后，输出的结果是（   ）。

```
#include<stdio.h>
func(int a,int b)
{
    static int m = 0,i = 2;
    i += m + 1;
    m = i + a + b;
    return(m);
}
int main( )
{
    int k = 4,m = 1,p;
    p = func(k,m);
    printf(" %d,",p);
    p = func(k,m);
    printf(" %d\n",p);
}
```

A. 8，15   B. 8，16   C. 8，17   D. 8，8

7. 下列叙述中正确的是（   ）。

A. C语言编译时不检查语法   B. C语言子程序有过程和函数两种

C. C语言的函数可以嵌套定义   D. C语言中的所有函数都是外部函数

8. 以下所列的各函数首部中，正确的是（   ）。

A. void play(var a:Integer,var b:Integer)

B. void play(int a,b)

C. void play(int a,int b)

D. Sub play(a as integer，b as integer)

9. 以下只有在使用时才为该类型变量分配内存的存储类说明是(　　)。

A. auto 和 static
B. auto 和 register
C. register 和 static
D. extern 和 register

10. 有调用函数时，如果实参是简单变量，它与对应形参之间的数据传递方式是(　　)。

A. 地址传递

B. 单向值传递

C. 由实参传给形参，再由形参传回实参

D. 传递方式由用户指定

11. 在 C 语言程序中(　　)。

A. 函数的定义可以嵌套，但函数的调用不可以嵌套

B. 函数的定义不可以嵌套，但函数的调用可以嵌套

C. 函数的定义和函数的调用均不可以嵌套

D. 函数的定义和函数的调用均可以嵌套

12. 以下叙述中不正确的是(　　)。

A. 在 C 语言中，调用函数时，只能把实参的值传送给形参，形参的值不能传送给实参

B. 在 C 语言的函数中，最好使用全局变量

C. 在 C 语言中，形式参数只是局限于所在函数

D. 在 C 语言中，函数名的存储类别为外部

13. C 语言中函数返回值的类型由(　　)决定。

A. return 语句中的表达式类型
B. 调用函数的主调函数类型
C. 调用函数时临时
D. 定义函数时所指定的函数类型

14. 一个 C 程序由函数 A、B、C 和函数 P 构成，在函数 A 中分别调用了函数 B 和函数 C，在函数 B 中调用了函数 A，且在函数 P 中也调用了函数 A，则可以说(　　)。

A. 函数 B 中调用的函数 A 是函数 A 的间接递归调用

B. 函数 A 被函数 B 中调用的函数 A 间接递归调用

C. 函数 P 直接递归调用了函数 A

D. 函数 P 中调用的函数 A 是函数 P 的嵌套

15. 下面不正确的描述为(　　)。

A. 调用函数时，实参可以是表达式

B. 调用函数时，实参与形参可以共用内存单元

C. 调用函数时，将为形参分配内存单元

D. 调用函数时，实参与形参的类型必须一致

16. C 语言规定，调用一个函数时，实参变量和形参变量之间的数据传递是(　　)。

A. 地址传递
B. 值传递
C. 由实参传给形参，并由形参传回给实参
D. 由用户指定传递方式

17. 在 C 语言中，若对函数类型未加明显说明，则函数的隐含类型是(　　)类型。

A. void
B. double
C. int
D. char

18. 在 C 语言中，存储类型为（　　　）的变量只在使用它们时才占用存储空间。

A. static 和 auto　　　　　　　　　　B. register 和 auto

C. static 和 register　　　　　　　　D. register 和 extern

19. C 语言中形参的默认存储类别是（　　　）。

A. 自动（auto）　　B. 静态（static）　　C. 寄存器（register）　　D. 外部（extern）

20. 读程序：

```
#include<stdio.h>
#define SUB(X,Y)(X)*Y
int main()
{
    int a=3,b=4;
    printf("%d\n",SUB(a++,b++));
    return 0;
}
```

上面程序的输出结果是（　　　）。

A. 12　　　　　　　　B. 15　　　　　　　　C. 16　　　　　　　　D. 20

21. 执行下面的程序后，a 的值是（　　　）。

```
#include<stdio.h>
#define SQR(X)X*X
int main()
{
    int a=10,k=2,m=1;
    a/=SQR(k+m)/SQR(k+m);
    printf("%d\n",a);
    return 0;
}
```

A. 10　　　　　　　　B. 1　　　　　　　　C. 9　　　　　　　　D. 0

22. 有如下程序：

```
#include<stdio.h>
#define N 2
#define M N+1
#define NUM 2*M+1
int main()
{
    int i;
    for(i=1;i<=NUM;i++)
        printf("%d\n",i);
    return 0;
}
```

该程序中的 for 循环执行的次数是（　　　）。

A. 5　　　　　　　　B. 6　　　　　　　　C. 7　　　　　　　　D. 8

23. 以下程序段的执行结果是(　　)。

```
#include⟨stdio.h⟩
#define plus(a,b)a+b
int main( )
{
    int a = 2,b = 1,c = 4,sum;
    sum = plus(a++,b++)/c;
    printf("sum = %d",sum);
    return 0;
}
```

A. sum＝1 　　　　B. sum＝0 　　　　C. sum＝2 　　　　D. sum＝4

24. 以下说法正确的是(　　)。

A. 宏定义是 C 语句，所以要在行末加分号

B. 对程序中用双引号括起来的字符串内的字符，与宏名相同的要进行置换

C. 在进行宏定义时，宏定义不能层层置换

D. 可以用♯undefine命令终止宏定义的作用域

25. 下面是对宏定义的描述，不正确的是(　　)。

A. 宏不存在类型问题，宏名无类型，它的参数也无类型

B. 宏替换不占用运行时间

C. 宏替换时先求出实参表达式的值，然后代入形参运算求值

D. 其实宏替换只不过是字符替代而已

26. C语言的编译系统对宏命令的处理是(　　)。

A. 在程序运行时进行的

B. 在程序连接时进行的

C. 在对源程序中其他成分正式编译之前进行的

D. 与 C 程序中的其他语句同时进行编译的

27. 下面描述中正确的是(　　)。

A. C 语言中预处理是指完成宏替换和文件包含指定的文件的调用

B. 预处理指令只能位于 C 源程序文件的首部

C. 预处理就是完成 C 编译程序对 C 源程序的第一遍扫描，为编译的词法分析和语法分析作准备

D. 凡是 C 源程序中行首以"♯"标识的控制行都是预处理指令

二、填空题

1. 下面程序的输出结果是_____。

```
#include⟨stdio.h⟩
int fun(int x)
{
    int p;
    if(x == 0||x == 1)
        return(3);
```

```
        p = x - fun(x - 2);
        return p;
}
int main( )
{
        printf(" %d\n",fun(9));
}
```

2. 以下程序的输出结果是_____。

```
#include〈stdio. h〉
int fun( int x, int y)
{
        static int m = 0, i = 2;
        i += m + 1;
        m = i + x + y;
        return m;
}
int main( )
{
        int j = 4, m = 1, k;
        k = fun(j,m);
        printf(" %d,",k);
        k = fun(j,m);
        printf(" %d\n",k);
}
```

3. 下列程序的输出结果是_____。

```
#include〈stdio. h〉
void t( int x, int y, int cp, int dp)
{
        cp = x * x + y * y;
        dp = x * x - y * y;
}
int main( )
{
        int a = 4, b = 3, c = 5, d = 6;
        t(a,b,c,d);
        printf(" %d %d\n",c,d);
}
```

4. 函数 pi 的功能是根据以下近似公式求 π 值：

$$(\pi \times \pi)/6 = 1 + 1/(2 \times 2) + 1/(3 \times 3) + \cdots + 1/(n \times n)$$

现在请你在下面的函数中填空，完成求 π 的功能。

```
#include"math. h"
double pi(long n)
{
        double s = 0. 0;long i;
```

```
for(i = 1;i< = n;i ++ )
    s = s + _____;
return(sqrt(6 * s));
}
```

5. 以下程序输出的最后一个值是_____。

```
# include<stdio. h>
int ff(int n)
{
    static int f = 1;
    f = f * n;
    return f;
}
int main( )
{
    int i;
    for(i = 1;i< = 5;i ++ )
        printf(" %d\n";ff(i));
}
```

6. 以下函数的功能是求 x 的 y 次方，请填空。

```
double fun(double x;int y)
{
    int i;
    double z;
    for(i = 1,z = x;i<y;i ++ )
        z = z * _____;
    return z;
}
```

7. 下列程序的输出结果_____。

```
# include<stdio. h>
int a = 10;b = 20;x = 30;
int main( )
{
    void sub1(int),sub2(int),sub3( );
    sub1(a);
    sub2(b);
    sub1(b);
    sub3( );
    sub3( );
    printf("END:'%5d%5d%5d\n",a,b,x);
    return 0;
}
void sub1(int x)
```

```
{
    static int a = 5;
    a += x;
    printf("sub1:'%5d %5d\n",a,x);
}
void sub2(int x)
{
    x = a;
    printf("sub2:'%5d\n",x);
}
void sub3( )
{
    int a = 0;
    printf("sub3:'%5d %5d %5d\n",a,b,x);
    x = b;
}
```

8. 下列程序的运行结果是_____。

```
#include<stdio.h>
extern int a;
int main( )
{
    void s( );
    int i;
    for(i = 1;i< = 5;i ++)
    {
        ++ a;
        printf("%d",a);
        s( );
    }
}
int a;
void s( )
{
    int a = 100;
    ++ a;
    printf("%d",a);
}
```

9. 下面程序输出的是_____。

```
#include<stdio.h>
int m = 13;
int fun(int x, int y)
{
    int m = 3;
    return(x * y - m);
```

```
}
int main( )
{
    int a = 7,b = 5;
    printf(" %d\n",fun(a,b)/m);
    return 0;
}
```

10. 下列程序执行后输出的结果是_____。

```
#include〈stdio. h〉
int d = 1;
void fun( int p)
{
    int d = 5;
    d += p++ ;
    printf(" %d",d);
}
int main( )
{
    int a = 3;
    fun(a);
    d += a++ ;
    printf(" %d\n",d);
}
```

11. 下面程序的输出结果是_____。

```
#define EXCH(a,b) {int t;t = a;a = b;b = t;}
main( )
{   int x = 5,y = 9;
    EXCH(x,y);
    printf("x = %d,y = % d\n",x,y);
}
```

12. 阅读下列程序：

```
# include〈stdio. h〉
#define LOW( - 2)
#define HIGH(LOW + 5)
#define PR(arg) printf(" % d\n",arg)
#define FOR(arg)for(;(arg);(arg) -- )
int main( )
{
    int i = LOW,j = HIGH;
    FOR(j)
        switch(j)
        {
```

```
        case 1:PR(i++);
        case 2:PR(j);break;
        default:PR(i);
    }
}
```

执行 for 循环时，j 的初值是_____，终值是_____，输出的最后三个数是_____。

13. 下列程序的输出结果是_____。

```
# include<stdio. h>
#define PR(a) printf(" %d\t",(int)(a))
#define PRINT(a)PR(a);printf("ok!")
int main( )
{
    int i, a = 1;
    for(i = 0;i<3;i++)
        PRINT(a + i);
    printf("\n");
}
```

14. 下面程序的输出结果是_____。

```
# include<stdio. h>
#define MAX(a,b,c)((a)>(b)?((a)>(c)?(a):(c)):((b)>(c)?(b):(c)))
int main( )
{
    int x,y,z;
    x = 1;y = 2;z = 3;
    printf(" %d\n",MAX(x,y,z));
    printf(" %d\n",MAX(x + y,y,y + x));
    printf(" %d\n",MAX(x,y + z,z));
    return 0;
}
```

三、程序编写题

1. 编写程序，求两个整数的最大公约数。

2. 编写判断素数的函数。

3. 编写函数，将十六进制数转换为相应的十进制数。

项目 5　项目中数组的应用

技能目标

- 能对一维数组进行正确地访问；
- 能用数组名作为实参，完成数据的双向传递；
- 学会用字符数组进行字符串的处理。

知识目标

- 掌握一维数组的定义、初始化和引用；
- 理解二维数组的定义、初始化和引用；
- 掌握字符数组的定义、初始化和引用；
- 掌握数组作为函数实参的使用。

项目任务与解析

使用数组查找学生中的最高成绩、最低成绩，以及成绩不合格学生；对学生的成绩进行排序。

本项目包含以下任务：

- 任务 10：使用数组查找学生最高、最低成绩。
- 任务 11：使用数组查找成绩不合格的学生。
- 任务 12：使用数组对学生的成绩进行排序。

5.1　任务 10：使用数组查找学生最高、最低成绩

1. 问题描述

对一门课的成绩(用数组存储)，查找最高、最低成绩，用函数来实现。

2. 具体实现

float SearchMax(float score[ ], int n)

```
{
    int i;
    float max;
    max = score[0];
    for(i = 1; i<n; i++)
        if(score[i]>max)
            max = score[i];
    return max;
}

float SearchMin(float score[ ], int n)
{
    int i;
    float min;
    min = score[0];
    for(i = 1; i<n; i++)
        if(score[i]<min)
            min = score[i];
    return min;
}
```

3. 知识分析

选用数组来存储数据,对数组可进行查询操作,了解查询算法及其程序设计的关键部分。

5.2 任务 11:使用数组查找成绩不合格的学生

1. 问题描述

对一门课的成绩(用数组存储),查找成绩不合格的学生,用函数来实现。

2. 具体实现

```
void NotElig(float score[ ], int n, float passscore)
{
    int i;
    for(i = 0; i<n; i++)
        if(score[i]<passscore)
            printf("第 %d 个学生成绩不合格,其成绩为: %f\n", i, score[i]);
}
```

3. 知识分析

选用数组来存储数据,对数组可进行查询操作,了解查询算法及其程序设计的关键部分。

5.3 任务 12:使用数组对学生的成绩进行排序

1. 问题描述

对一门课的成绩(用数组存储)进行排序,用函数来实现。

2. 具体实现（按升序排序）

```
void AscSort(float score[ ],int n)
{
    int i,j;
    float temp;
    for(i = 0;i<n-1;i++)
        for(j = 0;j<n-i-1;j++)
            if(score[j]>score[j+1])
            {
                temp = score[j];
                score[j] = score[j+1];
                score[j+1] = temp;
            }
}
```

3. 知识分析

选用数组来存储数据，对数组可进行排序操作，了解排序算法及其程序设计的关键部分。

5.4 必备知识与理论

迄今为止所学过的数据类型（整型、字符型、浮点型）都称为基本类型或原子类型，即它们是不可再分的数据类型。C 语言还允许将多个数据组织在一起，用一个名称在程序中使用这种类型的数据。这些类型是基本类型或者组合类型的组合，主要有数组类型、结构体类型、共用体类型等。

数组是指由一组同类型数据组成的序列，其特点如下：

（1）组织了一组同类型数据，并为之提供一个名称。

（2）这组数据被存储在内存的一个连续区域中。

（3）这组数据具有顺序关系，组成它的每个元素可以通过序号来访问。

5.4.1 一维数组定义及数组元素引用

1. 一维数组的定义

一维数组的定义方式为：

类型标识符 数组名[数组大小];

数组必须先定义，后使用。

例如，学生年龄数组可以这样定义：

int student_age[10];

说明：

（1）int 表示组成该数组的元素都是整型数据。应当注意，int 不是该数组类型的标识符，只是该数组元素的标识符。该数组类型的标识符是 int[ ]，表明这是一个一维数组，并且每个数组元素都是 int 类型的。这种数组类型称为"int 型一维数组"或"一维 int 型数组"。所以，数组类型与数组元素的类型是有关系的两个概念。

（2）student_age 是这个 int 型一维数组的名字。数组名应当遵循 C 语言关于标识符的规则。

（3）"10" 是该数组中元素的个数（数组的大小）。C89 规定数组的大小在编译时应当是确定的，即在定义数组的声明语句中必须使用常量表达式来指定数组大小，并且在程序运行时不能再改变，即不能重定义。而 C99 允许使用变长的局部数组，即允许使用非常量表达式指定数组大小，并且可以被多次声明，每次声明定义的数组大小可以各不相同。如在 C99 中下面的写法是正确的，而在 C99 之前，是不合法的。

```
int x = 8, y = 3;
int a[x + y];
    ……
int a[x - y];
```

编程者在使用时，应当注意所使用的编译系统是按什么标准实现的，否则会出现错误。

（4）下标的序号从 0 开始（而不是从 1 开始）。student _ age 数组中 10 个元素分别是：student_age[0]，student_age[1]，student_age[2]，student_age[3]，student_age[4]，student_age[5]，student_age[6]，student_age[7]，student_age[8]，student_age[9]。

注意：没有 student_age[10] 元素。

2. 数组元素的引用方法

一个数组一旦被定义，编译器将会为之开辟一个存储空间，以便将数组元素顺序地存储在这个空间中。每一个数组元素占用一个数组元素类型规定的存储空间。图 5—1 所示为上面定义的一维 int 型数组的各元素在内存中的存储情形。

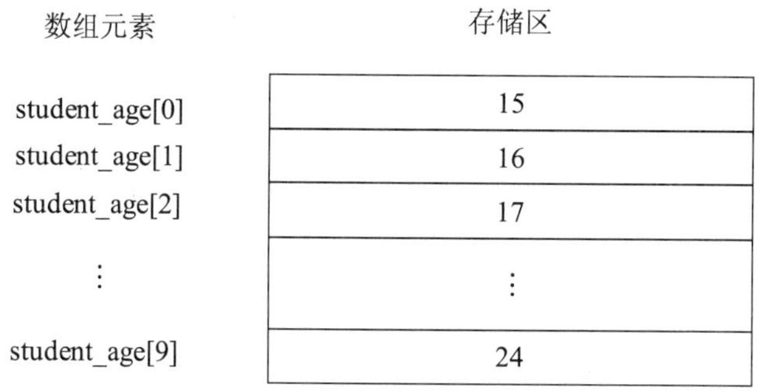

数组元素	存储区
student_age[0]	15
student_age[1]	16
student_age[2]	17
⋮	⋮
student_age[9]	24

图 5—1 student_age 数组的存储分配

数组一经定义，其元素就可以被引用。引用一维数组的元素必须用一个下标，其格式如下：

数组名[下标]

说明：

（1）下标可以用一个整数或一个整数表达式表示，用于指示数组中元素的序号。

（2）下标的取值从 0 开始，正确的下标最大值为（数组大小—1）。如对上述 student _ age，其下标值应当为 0～9。需要说明的是，C 语言的编译器一般不对数组做超界检查，即引用下标值范围之外的数组元素时，多数编译系统并不给出出错信息。由于超出下标值正确范围的数组元素所指的存储空间不是系统分配给该数组的，引用这些数组元素，得到的是其他存储单元中的数据，它是一个不可预测的值；要么向某一内存单元存进一些数据，这会造成对系统的破坏。因此，进行 C 语言程序设计时，应当十分小心，防止数组超界。

（3）数组元素(下标变量)具有普通变量的特征，可以作为左值表达式使用。数组元素常常使用在循环结构中。

5.4.2 一维数组的初始化

数组也有特定的存储属性，即可以是全局的，也可以是局部的；可以是静态的，也可以是动态的。如果一个自动存储类型的数组，没有初始化，也没有对它的任何元素赋值，那么每个元素的值都是无法预先确定的，这与普通变量是类似的。

数组的初始化，就是在定义数组的同时给数组元素赋初值。下面介绍数组的几种初始化方法。

1. 将数组元素全部初始化

将数组元素全部初始化就是按照定义的数组大小依次给各元素提供初值。初始值用括在一对花括号中的数据序列提供。

例如，对于数组 student_age，可以用下面的格式初始化：

```
int student_age[10] = {10,11,12,13,14,15,16,17,18,19};
```

2. 将数组元素部分初始化

当花括号中的数据的数量小于数组大小时，称为部分初始化。对于数组 student_age，可以用下面的格式进行部分初始化：

```
int student_age[10] = {10,11,12,13};
```

表示只对 student_age 前面 4 个元素赋初值，后 6 个元素的值全为 0。

3. 可不给出数组元素的个数

如给全部元素赋值，则在数组说明中，可以不给出数组元素的个数。例如：

```
int student_age[ ] = {10,11,12,13,14,15,16,17,18,19};
```

虽然在定义数组时未指定数组的大小，但由于在初始化时给出了 10 个数据，因此数组的大小就被指定为 10，并对全部数组元素进行初始化。相当于：

```
int student_age[10] = {10,11,12,13,14,15,16,17,18,19};
```

【例 5—1】用数组来处理 Fibonacci 数列。

```c
#include<stdio.h>
int main(void)
{
    int i;
    int f[20] = {1,2};
    for(i = 2;i<20;i++)
        f[i] = f[i-2]+f[i-1];
    for(i = 0;i<20;i++)
    {
        if(i%5 == 0)                /* if 语句用来控制换行,每行输出 5 个数据 */
```

```
        printf("\n");
        printf(" %12d",f[i]);
    }
}
```

该程序的运行结果如下：

1	2	3	5	8
13	21	34	55	89
144	233	377	610	987
1597	2584	4181	6765	10946

5.4.3 一维数组元素的查找与排序

在数据处理中，很多问题都是基于查找与排序进行的。

1. 查找

在数据处理中常需要查找某一个所需的数据，如从一个班的学生中找出某一学号的学生，从一批图书中找出某一本图书，等等。最原始的查找方法是"顺序查找法"。这是一种穷举查找方法，即一个数据一个数据地查找，看是否是所需的数据。

【例 5—2】顺序查找一个学生年龄的 C 程序。

下面是一个使用顺序查找法在一个学生年龄数组中查找一个学生的年龄的 C 程序，查找到，则输出该学生的序号（下标）；查找不到，则输出相应信息。

```
/ * * * * * *   顺序查找学生年龄   * * * * * */
#include<stdio.h>
#include<stdlib.h>
int main(void)
{
    int i,aAge;
    int student_age[ ] = {10,11,12,13,14,15,16,17,18,19};        / * 定义数组并部分初始化 * /
    printf("请输入要查找的年龄:");
    scanf(" %d",&aAge);
    for(i = 0;i<10;i ++ )
        if(student_age[i] == aAge)
        {
            printf("第 %d 位学生的年龄是 %d. \n",i + 1,student_age[i]);
            exit(0);
        }
    printf("找不到这个年龄的学生.\n");
    return 0;
}
```

这种方法效率低。假如要从 1000 个数据中查找某一个所需的数据，而该数据恰恰是最后一个，则需要取数据和比较数据 1000 次，而对 n 个数据的平均取数和比较的次数为 n^2 次。下面介绍一种效率较高的查找方法——折半查找法。

【例 5—3】对排序数列的折半查找。

（1）算法分析。用折半查找法的前提是：数据已按某一规律（升序或降序）排列好。基本思路：先检索序列 1/2 处的数据，看它是否为所需的数据，如果不是，则判断要找的数据是在当中数的哪一边，下次就在这个范围内查找，……，每次将查找范围缩小一半，直到找到这个数或得出找不到的结论为止。假如，有一组有 19 个数的数列：

2，5，6，7，8，13，15，17，19，21，23，25，26，27，28，35，41，52，63

查找步骤如下：

①要找 26 这个数，则先用中间的第 10 个数即 21 与 26 比较：看这个数是否是要找的数 26；若不是，则比较这个数与要找的数哪个大，以确定下一步在哪个范围内查找。

由于 26 比 21 大，可以确定 26 在第 11 个数与第 19 个数(即 23，25，26，27，28，35，41，52，63)之间，查找范围缩小了一半。

②取第 11 个数与第 19 个数之间的中间数，即第 15 个数(28)，然后进行比较：看这个数是否是要找的数 26；若不是，则比较这个数与要找的数哪个大，以确定下一步在哪个范围内找。

由于 28 比 26 大，可以确定 26 在第 14 个数与第 11 个数(即 23，25，26，27)之间，查找范围又缩小了一半。

③取第 11 个数到第 14 个数之间的中间数，即第 12 个数(25)，然后进行比较：看这个数是否是要找的数 26。若不是，则比较这个数与要找的数哪个大，以确定下一步在哪个范围内找。

由于 26 比 25 大，可以确定 26 在第 13 个数到第 14 个数(即 26，27)之间，查找范围又缩小了一半。

④再取中间数，就找到了。

(2) 算法设计。为了设计这个算法，首先设三个临时变量 top、mid、bot 分别指向数列的开头、中间和末尾。然后使用重复算法，按照前面介绍的判断原则，通过迭代这三个值，不断缩小查找范围，如图 5—2 所示。

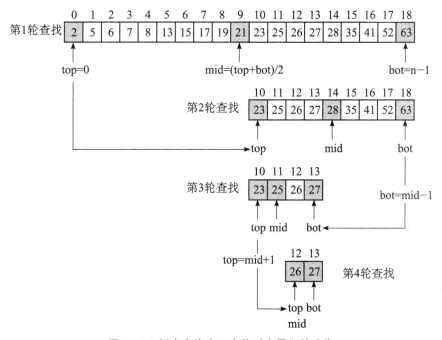

图 5—2　折半查找中三个临时变量间的迭代

迭代查找过程的终止条件：设数组为 a，要查找的元素为 x，则上述迭代查找过程在下面的情况下终止：

①找到：a[mid]= x。

②top＞bot。

折半查找算法的 N-S 结构图如图 5—3 所示。程序代码如下：

```c
/****** 折半查找学生年龄 ******/
#include<stdio.h>
#include<stdlib.h>
#define N 19
int main ( )
{
    int a[n] = {2,5,6,7,8,13,15,17,19,21,23,25,26,27,28,35,41,52,63};
    int mid,top,bot,x;
    top = 0;
    bot = N-1;
    printf("请输入要找的元素:");
    scanf("%d",&x);
    while(top<=bot)
    {
        mid = (top+bot)/2;
        if(x==a[mid])
        {
            printf("\n找到的元素%d是:a[%2d]\n",x,mid);
            exit(0);
        }
        else if(x>a[mid])
            top = mid+1;
        else
            bot = mid-1;
    }
    printf("没有找到该元素!\n");
    return 0;
}
```

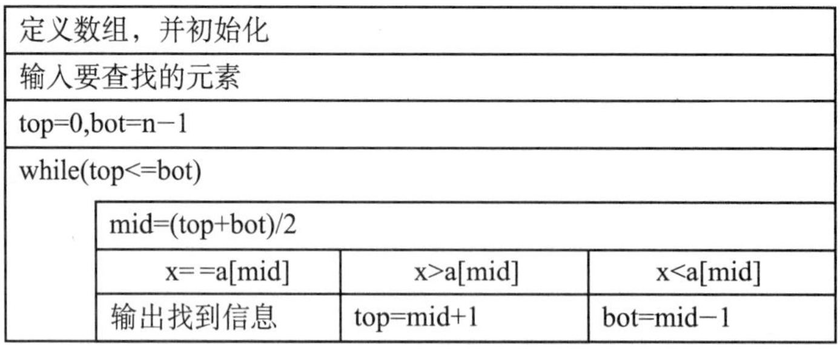

定义数组，并初始化		
输入要查找的元素		
top=0,bot=n−1		
while(top<=bot)		
mid=(top+bot)/2		
x==a[mid]	x>a[mid]	x<a[mid]
输出找到信息	top=mid+1	bot=mid−1

图 5—3　折半查找算法的 N-S 结构图

2. 排序

排序的方法很多,如交换法、选择法、希尔法、插入法等,不同的方法效率不同。这里介绍有代表性的排序算法——冒泡排序。

(1)冒泡排序的基本思想。通过依次对相邻的两个数据进行比较交换,使一个符合要求的数据被放到数列最后,成为已经排好序的数列的一个数据;再对没有排好序的数列进行两两比较交换,使又一个数据成为已经排好序的数列的一个数据;……直到比较交换最后的两个数据为止。

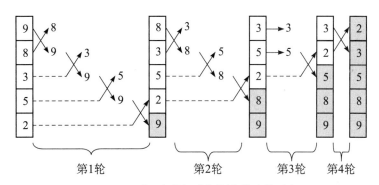

图 5—4 对 5 个数据进行冒泡排序的过程

如图 5—4 所示为对 5 个数据进行冒泡排序的过程。由图 5—4 可以看出,冒泡排序算法有如下特点:

①每经过一轮比较交换,都使一个数据成为已经排好序序列(有灰色底的部分)中的一个数据。

②若数组中有 N 个数据,则第 1 轮比较交换的次数为(N−1),第 2 轮比较交换的次数为(N−2),……,第 i 轮比较交换的次数为(N−i),……,共进行(N−1)轮比较交换。

(2)算法设计。设数组为 a,则对数组 a 中的数据进行冒泡排序的算法如图 5—5 所示。

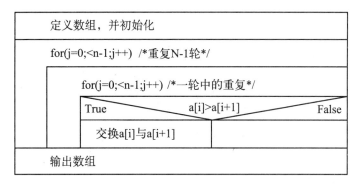

图 5—5 冒泡排序算法

(3)程序实现。

```
/****** 冒泡排序 ******/
#include〈stdio.h〉
#define N 8
int main(void)
```

```
{
    int a[n] = {9,8,3,7,5,2,6,1};
    int i,j,temp;
    /* 冒泡排序 */
    for(j = 0;j< = N-2;j++)                    /* N-1轮比较交换 */
    {
        for(i = 0;i< = N-j-1;i++)
            if(a[i]>a[i+1])
            {
                temp = a[i];
                a[i] = a[i+1];
                a[i+1] = temp;
            }
    }
    /* 输出结果 */
    printf("\n排序结果:");
    for(i = 0;i< = N-1;i++)
        printf(" % 3d", a[i]);
    printf("\n");
    return 0;
}
```

5.4.4 数组与函数

由于函数不能返回多个值，所以在调用函数后不可能返回数组的全部元素的值。数组与函数之间只有如下关系：

（1）向函数的形参传送数组元素。

（2）调用函数后返回一个数组元素值。

（3）向函数的形参传送数组名（数组的地址）。

（4）函数对数组操作。

由于实参可以是表达式的形式，数组元素可以是表达式的组成部分，因此数组元素当然可以作为函数的实参，也就是数组元素与普通变量是类似的（其讨论参考下面第2点），在这里讨论函数对数组操作和向函数参数传送数组名两种情况。

1. 函数对数组操作

下面用函数实现折半查找，来说明函数对数组操作时的问题。

```
/****** 冒泡排序  ******/
#include<stdio. h>
#define N 8

void disp(void);                          //函数声明
void bubbleSort(void);                    //函数声明

int a[n] = {9,8,3,7,5,2,6,1};             //定义外部数组
```

```
int main(void)
{
    bubbleSort( );                        //调用函数 bubbleSort
    disp( );                              //调用函数 disp
    return 0;
}
/* 冒泡排序函数 */
void bubbleSort(void)
{
    int i,j,temp;
    for(j = 0;j< = N - 2;j ++ )
    {
        for(i = 0;i< = N - j - 1;i ++ )
        if(a[i]>a[i + 1])
        {
            temp = a[i];
            a[i] = a[i + 1];
            a[i + 1] = temp;
        }
    }
}
/* 输出函数 */
void disp(void)
{
    int i;
    printf("\n 排序结果:");
    for(i = 0;i< = N - 1;i ++ )
        printf(" %3d", a[i]);
    printf("\n");
}
```

　　将数组定义为全局(外部)的目的，是让几个函数都能对同一个数组进行操作。但由于外部数据容易引起副作用，为减少副作用，最好用 static 将其定义为静态的：

```
static int a[N] = {9,8,3,7,5,2,6,1};
```

　　2. 向函数传递数组名

　　向函数传送数组名，就是以数组名作参数。这时，并不是想把整个数组全部元素的值通过"值传送"方式传送给形参，而是传送数组首元素的地址，即采用"地址传送"方式。这是数组参数与简单变量参数的不同之处。下面是用传送数组形式编写的冒泡排序程序。

```
/*****  冒泡排序  *****/
#include<stdio. h>
#define N 8
```

```
void disp(int[ ]);                         /* 函数声明语句中可以没有参数名字和数组大小 */
void bubbleSort(int d[n]);                 /* 函数声明语句中也可以有参数名字和数组大小 */
int main(void)
{
    int x[N] = {9,8,3,7,5,2,6,1};
    bubbleSort(x);                         /* 用数组名作实参 */
    disp(x);                               /* 用数组名作实参 */
    return 0;
}
/* 冒泡排序函数 */
void bubbleSort(int a[n])                   /* 函数定义中数组可以写出大小 */
{
    int i,j,temp;
    for(j=0;j<=N-2;j++)
        for(i=0;i<=N-j-1;i++)
            if(a[i]>a[i+1])
            {
                temp=a[i];
                a[i]=a[i+1];
                a[i+1]=temp;
            }
}
/* 输出函数 */
void disp(int c[ ])                         /* 函数定义中数组也可以不写出大小 */
{
    int i;
    printf("\n排序结果:");
    for(i=0;i<=N-1;i++)
        printf(" %3d", c[i]);
    printf("\n");
}
```

由该程序可以看到：如果在函数中使形参数组元素的值改变，也意味着实参数组元素值发生变化。其原因是实参向形参传递的是数组首元素的地址，使被调函数可以对调用函数建立的数组中的元素进行读/写。图5—6所示为变量参数与数组名参数的比较，该比较从函数调用前、函数调用时、流程转向调用函数、函数返回几个方面对变量参数与数组名参数进行比较。

下面对用数组元素和数组名作参数的比较进行说明。

(1) 普通变量(数组元素)作形参与数组名作形参的比较。

用数组元素作实参时，只要数组类型和函数的形参变量的类型一致，那么作为下标变量的数组元素的类型也和函数形参变量的类型是一致的。因此，并不要求函数的形参也是下标变量。换句话说，对数组元素的处理是按普通变量对待的。用数组名作函数参数时，则要求形参和相对应的实参都必须是类型相同的数组，都必须有明确的数组说明。当形参和实参二者不一致时，将会发生错误。

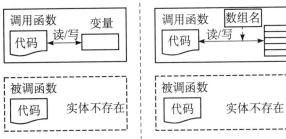

(a1)调用函数的代码读/写变量，　(a2)调用函数的代码读/写数组元素，
被调函数实体不存在　　　　被调函数实体不存在

(a)函数调用前

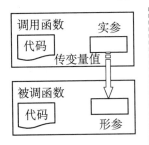
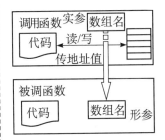

(b1) 系统创建函数实体，调用　(b2) 系统创建函数实体，调用函
函数向被调函数传变量值　　数向被调函数传数组名(地址)

(b)函数调用时

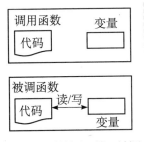
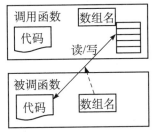

(c1) 流程转到被调函数，被调　(c2) 被调函数按照数组名指示，直
函数读写函数中的变量　　接读写调用函数建立的数组元素

(c) 流程转向调用函数

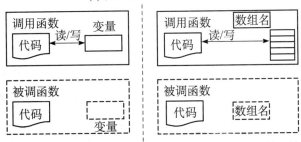

(d1) 流程转到调用函数，被调函　(d2) 流程转到调用函数，被调函数中实体
体被撤销，调用函数中的变量未被改变　被撤销，调用函数中的数组元素被改变

(d) 函数返回

图 5—6　变量参数与数组参数之间的比较

(2) 普通变量(数组元素)作形参与数组名作形参值的传送方式。

在普通变量或下标变量作函数参数时，形参变量和实参变量是由编译系统分配的两个不同的内存单元。在函数调用时发生的值传递是把实参变量的值赋予形参变量。在用数组名作函数参数时，不是进行值的传递，即不是把实参数组的每一个元素的值都赋予形参数组的各个元素。因为实际上形参数组并不存在，编译系统不为形参数组分配内存。那么，数据的传递是如何实现的呢？前面曾介绍过，数组名就是数组的首地址。因此在数组名作函数参数时所进行的传递只是地址的传递。也就是说，把实参数组的首地址赋予形参数组名。形参数组名取得该首地址后，也就等于有了实在的数组。实际上形参数组和实参数组为同一数组，共同拥有一段内存空间。

(3) 普通变量(数组元素)作形参与数组名作形参值的传送方向。

在变量作函数参数时，所进行的值传递是单向的，即只能从实参传向形参，不能从形参传回实参。形参的初值和实参相同，而形参的值发生改变后，实参并不变化，两者的终值是不同的。而当用数组名作函数参数时，情况则不同。由于实际上形参和实参为同一数组，因此当形参数组发生变化时，实参数组也随之变化。当然这种情况不能理解为发生了"双向"的值传递。但从实际情况来看，调用函数之后实参数组的值将由于形参数组值的变化而变化。

用数组名作为函数参数时还应注意以下几点：

①形参数组和实参数组的类型必须一致，否则将引起错误。

②形参数组和实参数组的长度可以不相同，因为在调用时，只传送首地址而不检查形参数组的长度。当形参数组的长度与实参数组不一致时，虽不至于出现语法错误(编译能通过)，但程序执行结果将与实际不符，这是应该注意的。

③在函数形参表中，允许不给出形参数组的长度，或用一个变量来表示数组元素的个数。

5.4.5 字符数组与字符串

用来存放字符数据的数组称为字符数组，字符数组的一个元素存放一个字符。

1. 字符数组及初始化

字符数组的定义与初始化方法与一维数组相同。下面是两个定义字符数组的例子：

```
char c1[ ] = {'H','e','l','l','o'};
char c2[12] = {'C', ' ','P','r','o','g','r','a','m','i','n','g'};
```

2. 字符串和字符串结束标志及其初始化

在C语言中，把用一对双引号括起来的零个或多个字符序列称为字符串常数，如"hello"、"Programming"、"a"等。字符串以双引号为定界符，但双引号并不属于字符串。要在字符串中插入双引号，应借助转义字符。

在C语言程序中，字符串不是存放在一个变量中而是存放在一个字符型数组中。例如，字符串"China"在内存中被存为：

```
'C','h','i','n','a','\0'
```

显然，字符串是一个特殊的字符数组，它要以字符串结束标志'\0'为最后一个元素。或者说，一个字符数组只有以'\0'为最后一个元素才成为字符串。

字符串的定义和初始化可以有如下几种形式：

```
char str1[6]={'C','h','i','n','a','\0'};
char str1[6]={"China" };
char str1[6]="China" ;
char str1[ ]={'C','h','i','n','a','\0'};
char str1[ ]={"China" };
char str1[ ]="China" ;
```

应当注意，定义字符串时，一定要注意给定的字符数组的大小要比实际存储的字符串中的有效字符数多 1。

5.4.6　字符串的输入与输出

在定义了一个字符串后，可以采用以下三种方式进行字符串的输入/输出操作：

(1) 使用格式化输入/输出函数(printf 和 scanf)，用%c 格式逐个字符输入/输出。

(2) 使用格式化输入/输出函数(printf 和 scanf)，用%s 格式将整个字符串输入/输出。

(3) 使用字符串处理函数 puts( )和 gets( )输入/输出。

1. 用%c 格式逐个字符输入/输出

采用%c 格式的标准化输入/输出，可以对字符数组的元素进行输入/输出。为了能输出整个字符数组，一般要使用循环结构。在用 scanf 函数进行输入时在数组元素前要加地址运算符 &，如同输入变量一样。

【例 5—4】下面程序，在运行时输入 Hello，输出为"Hello World"。

```
# include<stdio. h>
int main(void)
{
    char c1[6];
    char c2[ ] = "World";
    int i;
    for(i = 0;i<5;i++ )
        scanf(" %c",&c1[i]);
    for(i = 0;i<5;i++ )
        printf(" %c",c1[i]);
    for(i = 0;i<6;i++ )
        printf(" %c",c2[i]);
}
```

2. 采用%s 格式将整个字符串输入/输出

下面用一个例子进行说明。

【例 5—5】字符串的输入/输出。

```
# include<stdio. h>
# define N 26
int main(void)
{
    char str1[N],str2[N],str3[N];
```

```
    scanf("%3s%5s%7s",str1,str2,str3);
    printf("str1=%s,str2=%s,str3=%s\n",str1,str2,str3);
    scanf("%s%s%s",str1,str2,str3);
    printf("str1=%s,str2=%s,str3=%s\n",str1,str2,str3);
    return 0;
}
```

运行时输入/输出结果如下（带下画线的为输入，不带下画线的为输出）：

abcdefghijklmnopqrs

str1 = abc, str2 = abcdefghijklmnopqrs, str3 = tuvwxyz

abcdefghijklmnopqrs

tuvwxyz

str1 = pqrs, str2 = abc

对这个程序及其输出结果说明如下：

（1）不需要在 scanf 函数中的字符数组名前加地址运算符 &。因为数组名就是数组首元素的地址。

（2）用 scanf 函数输入字符串时，并不按照定义的字符数组大小决定实际输入的字符个数，而是按照下面的几种情况决定实际输入的字符个数。

①在输入格式字段中指定输入宽度。如第一个 scanf 函数中"%3s%5s%7s"表示输入到各字符数组的字符数分别是 3、5、7，因此输出的 str1、str2 和 str3 的字符个数分别为 3、5、7。请注意：输入的第一行中还有最后的 4 个字符（pqrs）未被读入，它留在输入缓冲区内，作为下一个输入数据。在执行第二个 scanf 函数时，就把这 4 个字符读入到 str1 中。

②遇到输入的字符中有空白（空格、换行或制表符）符时输入结束。例如，执行第二个 scanf 函数时，str1 读入 pqrs，str2 读入从终端输入的第二行字符，遇到换行符结束。str3 读入从终端输入的第三行字符。在向一个字符数组输入字符串时，不要输入空白字符。

③定义每个数组的长度应足够长，由于 C 语言没有数组超界检查功能。为了防止过多输入数据，造成对其他数据的副作用，应当确保字符串长度（包括字符串结束标志）小于字符数组所能容纳的空间。

（3）字符数组按照以上分割原则从缓冲区中读取字符。如前所述，第一次的 str3 读到"o"结束，下一个 str1 将接着读取（pqrs）。

（4）按照上述原则输入字符后，系统会自动为每个字符串添加一个字符串结束标志符"\0"。如果其后还有未被赋值的元素，它们的值是不可预测的。

（5）使用 printf 函数输出字符串时，遇到一个"\0"就认为是该字符串的结束，但只输出"\0"之前的字符。

3. 使用字符串处理函数 gets 和 puts 实现输入/输出

gets 函数和 puts 函数也是 stdio.h 标准库中的两个非格式化输入/输出函数。puts 函数用来输出一个字符串，它的作用与 printf("%s"，字符串)相同。但用 puts 函数一次只能输出一个字符串，不能用 puts(str1,str2)的形式一次输出两个字符串。gets 函数是用来输入一个字符串的函数。

【例 5—6】使用 getst( )和 puts( )输出字符串。

```
#include〈stdio.h〉
```

```
#define N 13
int main(void)
{
    char str[N];
    printf("请输入一个字符串:\n");
    gets (str);
    puts(str);
    puts(str);
    return 0;
}
```

用 gets( )可以读入包括空格、水平制表符在内的字符串，读入的字符串以输入回车符结束。用 puts( )输出时，将字符串的结束字符'\0'转换成换行符，因此用 puts( )时一次输出一行，不必另加换行符。另外，用 puts( )函数输出的字符串中可以包含转义字符，并在输出时进行解析，如"\n"被解释为回车。

gets 和 puts 函数都是具有返回值的函数，前者执行成功时将返回字符数组首元素的地址，后者执行成功时将返回数字 0。

5.4.7　字符串处理函数

C 语言的库函数中提供了一些用于字符串处理的函数，除了用于输入/输出的 gets 和 puts 函数以外，还在 string.h 库中提供了一些用于字符串处理的标准函数。如果要使用这些函数，应当使用文件包含命令#include〈string.h〉或#include"string.h"。

1. strlen（字符串）

功能：求字符串长度。

返回值：有效字符个数，不包括"\0"在内。

2. strcat（字符串 1，字符串 2）

功能：将字符串 2 连接到字符串 1 中的有效字符后面。

返回值：字符串 1 的首地址。

说明：字符串 1 必须足够大，以便容纳连接后的新字符串；连接前两个字符串的后面都有一个'\0'，连接时将字符串 1 后面的'\0'取消，只在新字符串的后面保留一个'\0'。

3. strcpy（字符串 1，字符串 2）

功能：将字符串 2 复制到字符串 1 中。

返回值：字符串 1 的起始地址。

说明：字符串 1 必须足够大，以便容纳被复制的字符串；字符串 1 必须写成数组名的形式，字符串 2 可以是字符数组，也可以是字符串常量；复制时连同字符串后面的'\0'一起复制到字符串 1。

4. strcmp（字符串 1，字符串 2）

功能：比较两个字符串。

返回值：若字符串 1＝＝字符串 2，返回 0；字符串 1＞字符串 2，返回正整数；字符串 1＜字符串 2，返回负整数。

说明：字符串的比较规则是对两个字符串自左向右逐个字符进行比较（按 ASCII 码码值

大小比较），直到出现不同的字符或遇到'\0'为止。若全部字符相同，则认为相等；若出现不同的字符，则以第一个不相同的字符的比较结果为准。

5. strlwr（字符串）

功能：将字符串中的大写字母转换成小写字母。

返回值：字符串的首地址。

6. strupr（字符串）

功能：将字符串中的小写字母转换成大写字母。

返回值：字符串的首地址。

【例5—7】输入三个字符串，输出其中最小的字符串。

```
#include<stdio.h>
#include<string.h>
#define N 10
int main(void)
{
    char str[N],min[N];
    int i;
    printf("先输入第一个字符串:");
    gets(min);                      /* 先输入一个字符串到 min 中 */
    for(i=2;i<=3;i++)               /* 输入后面第二到第三个字符串 */
    {
        printf("输入第 %d 个字符串:",i);
        gets(str);
        if(strcmp(min,str)>0)       /* 总把最小的字符串放到 min 中 */
            strcpy(min,str);
    }
    printf ("\n 最小的字符串是:%s\n",min);
    return 0;
}
```

【例5—8】输入一行字符，统计其中单词的个数，单词之间用空格分隔。

算法分析：单词的数目可以由空格出现的次数来决定（连续的若干空格作为单个空格处理；一行开始的空格不统计在内）。若检查出某一个字符为非空格，而它的前面的字符是空格，则表示"新的单词开始了"，这时使 num（单词数）累加 1。若当前字符为非空格而其前面的字符也是非空格，则表示仍然是原来那个单词的继续，num 不累加。前面一个字符是否空格可以从 word 的值看出来，若 word＝0，则表示前一个字符是空格；若word＝1，则表示前一个字符为非空格。

按照该算法分析，给出的 N-S 结构图如图 5—7 所示。下面是按此框图编写的程序：

```
#include<stdio.h>
int main(void)
{
    char string[81];
    int i,num=0,word=0;            /* num 单词数,word 单词标志 */
```

```
        char c;
        gets(string);
        for(i = 0;(c = string[i])!= '\0';i ++ )
            if(c == ' ')
                word = 0;
            else if(word == 0)
            {
                word = 1;
                num ++ ;
            }
        printf("输入行中单词的个数为: % d. \n",num);
        return 0;
}
```

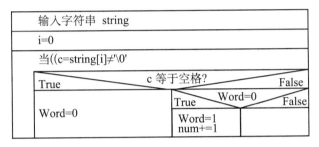

图 5—7　统计单词个数的 N-S 结构图

【例 5—9】输入一行字符，输出该字符串中最长的单词。

```
# include〈stdio. h〉
# include〈string. h〉

int alphabetic(char c)
{
    if((c〉 = 'a' && c〈 = 'z') || (c〉 = 'A' && c〈 = 'Z'))
        return 1;
    else
        return 0;
}

/ * 寻找最长的单词 * /
int longest(char string[ ])
{
    int len = 0, i, length = 0, flag = 1, place, point;
    for(i = 0;i〈 = strlen(string);i ++ )
        if(alphabetic(string[i]))
            if(flag)
            {
                point = i;
                flag = 0;
```

```
            }
        else
            len ++ ;
    else
    {
        flag = 1;
        if(len>length)
        {
            length = len;
            place = point;
        }
        len = 0;
    }
    return place;
}

int main(void)
{
    int i;
    char line[100];

    printf("输入一行文本:\n");
    gets(line);
    printf("\n最长的单词是:\n");
    for(i = longest(line);alphabetic(line[i]);i ++ )
        printf(" % c",line[i]);
    printf("\n");
    return 0;
}
```

说明：

alphabetic 函数用于判断字符串中的元素是否为字母。

longest 函数用于寻找最长的单词。length 表示当前最长子串的长度，place 表示当前最长子串的起始位置，flag 表示当前字符是否为字母。一次遍历整个字符串的元素。如果某个字符是字母，flag 标志置 0，接下来循环判断以后各字符是否为字母，并统计该子串的长度。若遇到不是字母的字符，flag 标志置 1，并将子串的长度和起始位置分别赋给 length 和 place。接下来继续判断以后的字符。longest 函数中的循环结束后，length 和 place 分别指定了最长子串的长度及其起始位置。该函数返回最长子串的起始位置 place，用于调用函数中的子串输出。

5.5 扩展知识与理论

5.5.1 二维数组的定义与引用

1. 二维数组的概念

数组是按顺序存储相同类型数据的一种数据结构。

如果有一个一维数组，它的每一个元素又是类型相同的一维数组时，就形成一个二维数组。这里一维数组类型相同指各一维数组的元素类型相同，并且各一维数组的大小相同。不能以大小不同的一维数组为元素去组成一个新数组。这种由一维数组组成的数组称为二维数组，因为它要用两个下标表示最终元素。

如用数组存储一个有三个小组的班的学生年龄，按一维数组的存储方式，存储第 i 小组学生年龄的数组可以命名为 StudentAgei，这里 i＝0，1，2。存储第 i 小组第一名学生年龄的数组元素为 StudentAgei[0]，存储第 i 小组第二名学生年龄的数组元素为 StudentAgei[1]，依此类推。若用这三个数组再组成一个一维数组 StudentAge，则原来的三个一维数组就变成了新的一维数组的三个元素 StudentAge[0]、StudentAge[1] 和 StudentAge[2]。而从具体存储年龄的角度看，这个新数组是二维的，这时，表示第一小组第一名学生年龄学生的年龄就要用两个下标，即 StudentAge[0][0]。各小组中各学生的年龄分别表示为 StudentAge[0][0]，StudentAge[0][1]，StudentAge[0][2]，…，StudentAge[1][0]，StudentAge[1][1]，StudentAge[1][2]，…，StudentAge[2][0]，StudentAge[2][1]，StudentAge[2][2]，…，这个二维数组排列起来就像一个矩阵。

从形式上看，一维数组有一个下标，二维数组有两个下标。通常形象地把第一个下标称为行下标，第二个下标称为列下标。若把每行看成一个元素，则每个元素的名字就是由数组名和前一个下标组成，如 StudentAge[2] 是二维数组 StudentAge 中的序号为2的元素，而 StudentAge[2] 本身又是一个一维数组，它包含若干元素，如 StudentAge[2][0]、StudentAge[2][1] 等。

2. 二维数组的定义

二维数组的一般定义形式为：

类型标识符 数组名[常量表达式][常量表达式]；

例如：

```
int a[3][4],c[2][5];
```

二维数组一经定义，系统将为之开辟一个连续的存储空间。在这个存储空间中，数组的元素是连续顺序存放的。对二维数组来说，先存放第一行，再存放第二行，……；而每一行中的元素，要先存放下标为 0 的元素，再存放下标为 1 的元素，……

图 5—8 表示对 a[3][4] 的存储示意以及在内存中的存储情况。

3. 二维数组的引用

二维数组元素的引用形式为：

数组名[下标][下标]；

其中，下标可以是整型表达式，数组元素可以出现在表达式中，也可以被赋值，与普通变量的使用方式相同。在使用数组元素时，要注意下标值应在已定义的数组大小的范围内。

5.5.2　二维数组的初始化

可以通过以下方法对二维数组初始化。

1. 逐行给二维数组赋初值

例如：

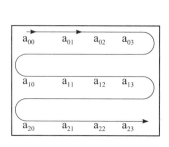

（a）存储顺序　　　　　（b）在内存中的存储

图 5—8　二维数组 a〔3〕〔4〕中元素的存储

```
int a[3][6] = {{10,11,12,13,14,15},
               {20,21,22,23,24,25},
               {30,31,32,33,34,35}};
```

在右侧的一对外花括号中，又用了三对花括号，分别包括数组第一行、第二行和第三行中各列元素的值。也可省略第一维的大小。例如：

```
int a[ ][6] = {{10,11,12,13,14,15},
               {20,21,22,23,24,25},
               {30,31,32,33,34,35}};
```

这时会根据初值的具体情况确定第一维的大小，由于在外层花括号中有三对花括号，因此可以确定此二维数组的行数为 3。但应注意在定义二维数组时不能省略两个维的大小或只省略第二维的大小。如以下的形式为非法：

```
int a[ ][ ] = ……
int a[3][ ] = ……
```

2. 整体给二维数组赋初值

例如：

```
int a[3][6] = {10,11,12,13,14,15,20,21,22,23,24,25,30,31,32,33,34,35};
```

现在提供了 18 个数据，依次给各行各列元素赋初值。此时，也可省略第一维的大小。例如：

```
int a[ ][6] = {10,11,12,13,14,15,20,21,22,23,24,25,30,31,32,33,34,35};
```

系统会根据提供的数据个数(18)和指定的列数(6)，计算出行数(3)。

3. 不完全初始化

不完全初始化可以有如下几种形式，注意不能缺少数组的大小。

（1）对各行的前几个元素赋初值，其他元素被自动赋值为 0。例如：

```
int a[3][6] = {{10,11},{20},{30,31,32}};
```

赋初值的结果如下：

$$\begin{bmatrix} 10 & 11 & 0 & 0 & 0 & 0 \\ 20 & 0 & 0 & 0 & 0 & 0 \\ 30 & 31 & 32 & 0 & 0 & 0 \end{bmatrix}$$

（2）对前几行的前几个元素赋初值，其他元素被自动赋值为 0。例如：

```
int a[3][6] = {{10,11,12},{20,21}};
```

赋初值的结果如下：

$$\begin{bmatrix} 10 & 11 & 12 & 0 & 0 & 0 \\ 20 & 21 & 0 & 0 & 0 & 0 \\ 0 & 0 & 0 & 0 & 0 & 0 \end{bmatrix}$$

（3）对任意部分元素赋初值，中间的某行前面的元素填以 0。例如：

```
int a[3][6] = {{10,11,12},{0},{30,31,32}};
```

赋初值的结果如下：

$$\begin{bmatrix} 10 & 11 & 12 & 0 & 0 & 0 \\ 0 & 0 & 0 & 0 & 0 & 0 \\ 30 & 31 & 32 & 0 & 0 & 0 \end{bmatrix}$$

也可以是：

```
int a[3][6] = {{0,11},{20},{0,0,32}};
```

赋初值的结果如下：

$$\begin{bmatrix} 0 & 11 & 0 & 0 & 0 & 0 \\ 20 & 0 & 0 & 0 & 0 & 0 \\ 0 & 0 & 32 & 0 & 0 & 0 \end{bmatrix}$$

5.5.3　向函数传递二维数组

向函数传递数组，有如下两条规则：

(1) 函数原型必须指明数组类型(指明数组元素的类型，还要用一对方括号说明它是数组)，而数组的大小可以指定也可以不指定。

(2) 实参可以用数组名，而这个数组名必须是已经定义为具有确定长度的数组名。

以上两条规则对二维数组也是适用的。下面举例讨论这两条规则用于二维数组的方法。

【例 5—10】成绩分析。有多个学生，每个学生学多门课，已知所有学生的各门课的成绩。为了分析教学情况，需要分别求每门课的平均成绩和每个学生的平均成绩。设各学生成绩如表 5—1 所示。

表 5—1　　　　　　　　　　　　学生成绩表

	语　文	数　学	外　语
学生 1	89	85	50
学生 2	85	95	100
学生 3	75	80	60
学生 4	60	70	75

①选择处理问题的数据结构。处理问题首先要考虑采用什么样的方式组织数据，也就是采用什么样的数据结构来表示要处理的数据比较自然又容易处理。显然，对于本题来说，将数据组织成二维数组最为合适，因为所有的数据都是数值数据，如果考虑有小数点可以将数据组织成二维浮点数组，如果考虑不带小数点可以将数据组织成二维整型数组。

考虑灵活性，可以这样定义数组：

```
#define STDNUM 4           /* STDNUM 表示学生号 */
#define COURNUM 3          /* COURNUM 表示课程号 */
double score[STDNUM][COURNUM] = {{89,85,50},{85,95,100},{75,80,60},{60,70,75}};
```

score 是成绩数组，它是二维数组。score[1][2]表示序号为 1 的学生的序号为 2 的课程成绩。

②算法设计。对于二维数组的操作，一般要采用二重循环结构。当固定一个行时，对列进行循环，可以穷举一行的各列元素。当固定一个列时，对行进行循环，可以穷举一列的各行元素。

对于本题来说，分别固定一个学生所在行(外层循环)，依次加各列成绩(内循环)，可以分别计算各学生的总成绩，按课程数除得该生的平均成绩：

```
void StudAveScore(double a[ ][COURNUM])
{
    int row,col;
    double SumScreCour;
    for(row = 0;row< = STDNUM - 1;row ++ )
    {
        SumScreCour = 0;
        for(col = 0;col< = COURNUM - 1;col ++ )
            SumScreCour += a[row][col];
        printf("\n学生 %d 的平均成绩是: %f\n",row + 1,SumScreCour/COURNUM);
    }
}
```

分别固定一门课程所在列(外层循环)，依次加各行成绩(内循环)，可以分别计算各门课程的总成绩，按学生数除得该门课程的平均成绩：

```
void CourAveScore(double b[ ][COURNUM])
{
    int row,col;
    double SumScreStud = 0;
    for(col = 0;col< = COURNUM - 1;col ++ )
    {
        SumScreStud = 0;
        for(row = 0;row< = STDNUM - 1;row ++ )
            SumScreStud += b[row][col];
        printf("\n课程 %d 的平均成绩是: % f\n",col + 1,SumScoreStud/STDNUM);
    }
}
```

下面按照前面已介绍的向函数传递数组的规则，来说明上面的二维数组参数：函数原型必须指明数组类型。指明数组元素的类型，要用一对方括号说明它是数组，而数组的大小可以写也可以不写。

（3）设计主函数。主函数的功能有：定义并初始化成绩数组，调用计算函数等。

```c
#include<stdio.h>
void StudAveScore(double a[ ][COURNUM]);
void CourAveScore(double b[ ][COURNUM]);
int main(void)
{
    double score[STDNUM][COURNUM] = {{89,85,50},{85,95,100},{75,80,60},{60,70,75}};
    StudAveScore(score);            /* 传送实际数组名 */
    CourAveScore(score);
    return 0;
}
```

这样可以计算出每个学生的平均成绩和每门课程的平均成绩。程序的运行结果为：

学生 1 的平均成绩是:74.666667
学生 2 的平均成绩是:93.333333
学生 3 的平均成绩是:71.666667
学生 4 的平均成绩是:68.333333
课程 1 的平均成绩是:77.250000
课程 2 的平均成绩是:82.500000
课程 3 的平均成绩是:71.250000

【例 5—11】计算矩阵的转置，也就是二维数组行和列元素互换。

$$\mathbf{a}=\begin{bmatrix}1 & 2 & 3 \\ 4 & 5 & 6\end{bmatrix} \qquad \mathbf{b}=\begin{bmatrix}1 & 4 \\ 2 & 5 \\ 3 & 6\end{bmatrix}$$

程序如下：

```c
#include<stdio.h>
int main(void)
{
    int a[2][3] = {1,2,3,4,5,6};
    int b[3][2],i,j;
    printf("数组 a 为:\n");
    for(i = 0;i<2;i++)
    {
        for(j = 0;j<3;j++)
        {
            printf("%5d",a[i][j]);
            b[j][i] = a[i][j];
        }
        printf("\n");
```

```
    }
    printf("转置后的数组为:\n");
    for(i = 0;i<3;i++)
    {
        for(j = 0;j<2;j++)
            printf(" %5d",b[i][j]);
        printf("\n");
    }
}
```

项目小结

根据项目 5 中的 3 个任务——使用数组查找学生成绩(包括最高成绩、最低成绩、成绩不合格的学生)、使用数组对学生的成绩进行排序,我们学习了 C 语言中的数组,内容包括数组的定义与数组元素的引用、数组的初始化、数组的查找与排序、数组与函数、字符串的输入/输出、字符串处理函数等。综合所学过的知识,完成了使用数组查找学生成绩(包括最高成绩、最低成绩、成绩不合格的学生)、使用数组对学生的成绩进行排序的任务。从而达到了我们制定的技能目标:能对数组进行正确的访问,能用数组名作为实参,完成数据的双向传递,会用字符数组进行字符串的处理等。

习　题　5

一、选择题

1. 阅读下面程序:

```
#include<stdio.h>
main()
{
    int n[2],i,j,k;
    for(i = 0;i<2;i++)
        n[i] = 0;
    k = 2;
    for(i = 0;i<k;i++)
        for(j = 0;j<k;j++)
            n[j] = n[i] + 1;
    printf("%d\n",n[k]);
}
```

上面程序的输出结果是(　　　)。

A. 不确定的值　　　　B. 3　　　　　　　　C. 2　　　　　　　　　D. 1

2. 下列对 C 语言字符数组的描述中错误的是(　　　)。

A. 字符数组可以存放字符串

B. 字符数组中的字符串可以整体输入/输出

C. 可以在赋值语句中通过赋值运算符"="对字符数组整体赋值

D. 不可以用关系运算符对字符数组中的字符串进行比较

3. 定义如下变量和数组:

```
int i;
int x[3][3] = {1,2,3,4,5,6,7,8,9};
```

则下面语句的输出结果是(　　)。

```
for(i = 0;i<3;i + +)
    printf("%d",x[i][2 - i]);
```

A.1　5　9　　　　　　B.1　4　7　　　　　　C.3　5　7　　　　　　D.3　6　9

4. 阅读下面程序:

```
#include<stdio.h>
int main()
{
    int n[3],i,j,k;
    for(i = 0;i<3;i + +)
        n[i] = 0;
    k = 2;
    for(i = 0;i<k;i + +)
        for(j = 0;j<k;j + +)
            n[j] = n[i] + 1;
    printf("%d\n",n[1]);
    return 0;
}
```

上述程序运行后,输出结果是(　　)。

A. 2　　　　　　　　B. 1　　　　　　　　C. 0　　　　　　　　D. 3

5. 不能把字符串"Hello!"赋给数组 x 的语句是 (　　)

A. char x[10] = {'H', 'e', 'l', 'l', 'o', '!'}

B. char x[10]; b = "Hello!";

C. char x[10]; strcpy(x,"Hello!");

D. char x[10] = "Hello!";

6. 若有以下说明:

```
int a[12] = {1,2,3,4,5,6,7,8,9,10,11,12};
char c = 'a',d,g;
```

则数值为 4 的表达式是(　　)。

A. a [g - c]　　　　　　B. a　　　　　　　　C. a ['d'-'c']　　　　　　D. a ['d'- c]

7. 当执行下面程序且输入 ABC 时,输出的结果是(　　)。

```
#include<stdio.h>
#include<string.h>
int main()
{
    char ss[10] = "12345";
```

```
        strcat(ss, "6789");
        gets(ss);
        printf("%s\n",ss);
}
```

A. ABC   B. ABC9   C. 123456ABC   D. ABC456789

8. 以下程序输出的结果是(   )。

```
#include<stdio.h>
#include<string.h>
int main( )
{
        char w[ ][10] = {"ABCD","EFGH","iJKL","MNOP"},k;
        for(k = 1;k<3;k ++ )
                printf("%s\n",&w[k][k]);
}
```

A. ABCD   B. ABCD   C. EFG   D. FGH
    FGH   EFG   JK   KL
    KL   IJ   O

9. 给出以下定义:

```
char x[ ] = "abcdefg";
char y[ ] = {'a','b','c','d','e','f','g'};
```

则正确的叙述为(   )。

A. 数组 x 和数组 y 等价

B. 数组 x 和数组 y 的长度相同

C. 数组 x 的长度大于数组 y 的长度

D. 数组 x 的长度小于数组 y 的长度

10. 下面程序的运行结果是(   )。

```
#include<stdio.h>
int main( )
{
        char ch[7] = {"65ab21"};
        int i,s = 0;
        for(i = 0;ch[i]> = '0'&& ch[i]< = '9';i += 2)
                s = 10 * s + ch[i] - '0';
        printf("%d\n",s);
}
```

A. 12ba56   B. 6521   C. 6   D. 62

11. 以下程序运行后,输出结果是(   )。

```
#include<stdio.h>
int main( )
{
        int y = 18,i = 0,j,a[8];
        do
```

```
    {
        a[i] = y%2;
        i++;
        y = y/2;
    }while(y>=1);
    for(j = i-1;j>=0;j--)
        printf("%d",a[j]);
    printf("\n");
}
```

A. 10000　　　　　　B. 10010　　　　　　C. 00110　　　　　　D. 10100

12. 设有数组定义 char array[] = "Chair"，则数组 array 所占的空间为(　　　)。

A. 4 字节　　　　　　B. 5 字节　　　　　　C. 6 字节　　　　　　D. 7 字节

13. 下列程序执行后的输出结果是(　　　)。

```
#include<stdio.h>
#include<string.h>
int main()
{
    char arr[2][4];
    strcpy(arr[0],"you");
    strcpy(arr[1],"me");
    arr[0][3] = '&';
    printf("%s\n",arr);
}
```

A. you&me　　　　　　B. you　　　　　　C. me　　　　　　D. err

14. 有如下程序：

```
#include<stdio.h>
int main()
{
    int n[5] = {0,0,0},i,k = 2;
    for(i = 0;i<k;i++)
        n[i] = n[i] + 1;
    printf("%d\n",n[k]);
}
```

该程序的输出结果是(　　　)。

A. 不确定的值　　　　B. 2　　　　　　C. 1　　　　　　D. 0

15. 有如下程序：

```
#include<stdio.h>
int main()
{
    int a[3][3] = {{1,2},{3,4},{5,6}},i,j,s = 0;
    for(i = 1;i<3;i++)
```

```
        for(j = 0;j< = i;j ++ )
            s += a[i][j];
    printf("%d\n",s);
}
```

该程序的输出结果是( )。

A. 18   B. 19   C. 20   D. 21

16. 以下程序的输出结果是( )。

```
# include〈stdio. h〉
int main( )
{
    int i,k,a[10],p[3];
    k = 5;
    for(i = 0;i<10;i ++ )
        a[i] = i;
    for(i = 0;i<3;i ++ )
        p[i] = a[i * (i + 1)];
    for(i = 0;i<3;i ++ )
        k += p[i] * 2;
    printf("%d\n",k);
}
```

A. 20   B. 21   C. 22   D. 23

17. 假定 int 类型变量占用 2 字节，若有定义"int x[10]＝{0,2,4}"，则数组 x 在内存中所占字节数是( )。

A. 3   B. 6   C. 10   D. 20

18. 以下程序的输出结果是( )。

```
# include〈stdio. h〉
# include〈string. h〉
int main( )
{
    char st[20] = "hello\0\t\'\\";
    printf("%d%d\n",strlen(st),sizeof(st));
}
```

A. 99   B. 520   C. 1320   D. 2020

19. 在 C 语言中，引用数组元素时，其数组下标的数据类型允许是( )。

A. 整型常量   B. 整型表达式

C. 整型常量或整型表达式   D. 任何类型的表达式

20. 若有以下定义和语句，则输出结果是( )。

```
char s[12] = "a book!";
printf("%.4s",s);
```

A. a book!   B. a bo

C. a book! ＿＿＿

D. 因格式描述不正确，没有确定的输出

21. 判断字符串 s1 是否大于字符串 s2，应当使用（　　）。

A. if(s1＞s2)

B. if(strcmp(s1,s2))

C. if(strcmp(s2,s1)＞0)

D. if(strcmp(s1,s2)＞0)

22. 下面程序的运行结果是（　　）。

```c
#include<stdio.h>
#include<string.h>
int main()
{
    char a[80]="AB",b[80]="LMNP";
    int i=0;
    strcat(a,b);
    while(a[i++]!='\0')
        b[i]=a[i];
    puts(b);
}
```

A. LB
B. ABLMNP
C. AB
D. LBLMNP

23. 下面程序的运行结果是（　　）。

```c
#include<stdio.h>
#include<string.h>
main()
{
    int a[6],i;
    for(i=1;i<6;i++)
    {
        a[i]=9*(i-2+4*(i>3))%5;
        printf("%2d",a[i]);
    }
}
```

A. −4 0 4 0 3
B. −4 0 4 4 3
C. −4 0 4 0 4
D. −4 0 4 4 0

24. 下面程序的运行结果是（　　）。

```c
#include<stdio.h>
int main()
{
    char a[]="morning",t;
    int i,j=0;
    for(i=1;i<7;i++)
        if(a[j]<a[i])
            j=i;
    t=a[j];
    a[j]=a[7];
```

```
        a[7] = a[j];
        puts(a);
}
```

A. mo   B. mogninr   C. morning   D. mornin

二、填空题

1. 以下程序用来对从键盘上输入的两个字符串进行比较，然后输出两个字符串中第一个不相同的字符的 ASCII 码之差。例如：输入的两个字符串分别为 abcdefg 和 abceef，则输出为—1。

```
# include⟨stdio. h⟩
int main( )
{
    char str1[100], str2[100];
    int i, s;
    printf("\n input string1:\n");
    gets(str1);
    printf("\n input string2:\n");
    gets(str2);
    i = 0;
    while((str1[i] == str2[i])&&(str1[i]! = _____))
        i ++ ;
    _____;
    printf(" %d\n", s);
    return 0;
}
```

2. 以下程序的功能是：从键盘上输入若干学生的成绩，统计计算出平均成绩，并输出低于平均分的学生成绩，用输入负数结束输入。

```
# include⟨stdio. h⟩
int main( )
{
    float x[1000], sum = 0. 0, ave, a;
    int n = 0, i;
    printf("Enter mark:\n");
    scanf(" %f", &a);
    while(a >= 0. 0&&n<1000)
    {
        sum += _____;
        x[n] = _____;
        n ++ ;
        scanf(" % f", &a);
    }
    ave = _____;
    printf("Output:\n");
```

```
        printf("ave = %f\n",ave);
        for(i = 0;i<n;i ++ )
            if(_____)
                printf("%f\n",x[i]);
    }
```

3. 下面程序的功能是：将字符数组 a 中下标值为偶数的元素从小到大排列，其他元素不变。

```
# include<stdio.h>
# include<string.h>
int main( )
{
    char a[ ] = "clanguage",t;
    int i,j,k;
    k = strlen(a);
    for(i = 0;i< = k - 2;i += 2)
        for(j = i + 2;j<k;_____)
            if(_____)
            {
                t = a[i];
                a[i] = a[j];
                a[j] = t;
            }
    puts(a);
    printf("\n");
}
```

4. 下列程序段的输出结果是_____。

```
main( )
{   char b[ ] = "Hello,you";
    b[5] = 0;
    printf("%s\n",b);
}
```

5. 若已定义"int a[10]，i"，以下 fun 函数的功能是：在第一个循环中给前 10 个数组元素依次赋 1、2、3、4、5、6、7、8、9、10；在第二个循环中使 a 数组前 10 个元素中的值对称折叠，变成 1、2、3、4、5、5、4、3、2、1。

```
void fun(int a[ ])
{
    int i;
    for(i = 1;i< = 10;i ++ )
        _____ = i;
    for(i = 0;i<5;i ++ )
        _____ = i + 1;
}
```

6. 若有定义语句"char s[100]，d[100]；int j＝0，i＝0;"，且 s 中已赋字符串，请填空以实现字符串复制(不得使用逗号表达式)。

```
while(s[i])
{
    d[j] = _____;
    j++ ;
}
d[j] = 0;
```

7. 下列程序的运行结果是_____。

```
# include<stdio. h>
int main( )
{
    int i = 1,n = 3,j,k = 3;
    int a[5] = {1,4,5};
    while(i< = n&& k>a[i])
        i++ ;
    for(j = n - 1;j> = i;j-- )
        a[j + 1] = a[j];
    a[i] = k;
    for(i = 0;i< = n;i++ )
        printf(" % 3d",a[i]);
}
```

8. 程序的作用是将字符串 s1 复制到字符串 s2，请对程序填空。

```
# include<stdio. h>
int main( )
{
    char s1[ ] = "China", s2[20];
    int i;
    for(i = 0;_____!= '\0';i++ )
        s2[i] = s1[i];
    _____ = '\0';
    printf ("s2 = %s\n",s2);
}
```

9. 下列函数从字符数组 s[ ] 中删除存放在 c 中的字符，请在空白处填写。

```
void del(char s[ ],char c)
{
    int i,j;
    for(i = 0,j = 0;s[i]!= '\0';i++ )
        if(s[i]!= c)
            s[j++ ] = _____;
    s[j] = '\0';
}
```

10. 已知函数 isalpha(ch)的功能是判断自变量 ch 是否是字母，若是，该数值为 1，否则为 0。下面程序的输出是_____。

```c
#include<stdio.h>
#include<ctype.h>
void fun4(char str[ ])
{
    int i,j;
    for(i = 0,j = 0;str[i];i ++ )
        if(isalpha(str[i]))
            str[j ++ ] = str[i];
    str[j] = '\0';
}
int main( )
{
    char ss[80] = "it is!";
    fun4(ss);
    printf(" % s\n",ss);
}
```

三、程序编写题

1. 将由键盘输入的数列(如 1，3，5，7，9) 按相反的顺序输出 (9，7，5，3，1)。

2. 求一维数组中，数组元素的最大值和最小值。

3. 编写将数列 1，1，1，1，2，1，1，3，3，1，1，4，6，4，1，1，5，10，10，5，1，… 延长到第 55 个的 C 程序(该数列实际上是一个杨晖三角形)。

4. 编写实现 atoi 函数的程序(将数字字符串转换为相应的整数，注意包括符号在内)。

项目 6　项目中指针的应用

 技能目标

- 能正确定义指向不同类型数据的指针变量，能正确使用指针访问数据；
- 能正确运用指针变量的运算；
- 能用指针变量作为函数的参数。

 知识目标

- 理解指针的概念，理解指针变量的定义；
- 理解指针变量作函数参数与变量作函数参数的区别；
- 理解指针在数组中的移动方法。

 项目任务与解析

使用指针实现学生中的最高成绩、最低成绩，以及成绩不合格学生；对学生的成绩进行排序。

本项目包含以下任务：

- 任务 13：查找学生最高、最低成绩。
- 任务 14：查找成绩不合格的学生。
- 任务 15：对学生的成绩进行排序。

6.1　任务 13：使用指针查找学生最高、最低成绩

1. 问题描述

对一门课的成绩，查找最高、最低成绩，用指针来实现。

2. 具体实现

```
float SearchMax(float * score, int n)
{
```

```
    int i;
    float max;
    max = *score;
    for(i = 1;i<n;i++)
        if( *score++ >max)
            max = *score;
    return max;
}
float SearchMin(float score[ ],int n)
{
    int i;
    float min;
    min = *score;
    for(i = 1;i<n;i++)
        if( *score++ <min)
            min = *score;
    return min;
}
```

3. 知识分析

使用指针可以指向数组，这时使用数组可以完成的查询算法也可以用指针来实现。

6.2　任务 14：使用指针查找成绩不合格的学生

1. 问题描述

对一门课的成绩，查找成绩不合格的学生，用指针来实现。

2. 具体实现

```
void NotElig(float *score,int n,float passscore)
{
    int i;
    for(i = 0;i<n;i++ ,score++)
        if( *score<passscore)
        printf("第 %d 个学生成绩不合格,其成绩为: %f\n",i, *score);
}
```

3. 知识分析

使用指针可以指向数组，这时使用数组可以完成的查询算法也可以用指针来实现。

6.3　任务 15：使用指针对学生的成绩进行排序

1. 问题描述

对一门课的成绩进行排序，用指针来实现。

2. 具体实现（按升序排序）

```
void AscSort(float *score,int n)
```

```
{
    int i, j;
    float temp;

    for(i = 0; i < n - 1; i ++)
        for(j = 0; j < n - i - 1; j ++)
            if(score[j] > score[j + 1])
            {
                temp = score[j];
                score[j] = score[j + 1];
                score[j + 1] = temp;
            }
}
```

3. 知识分析

使用指针可以指向数组，这时使用数组可以完成的排序算法也可以用指针来实现。

6.4 必备知识与理论

指针是 C 语言中的一个重要概念，是一种广泛使用的数据类型。运用指针编程是 C 语言最主要的风格之一。利用指针变量可以表示各种数据结构，能很方便地使用数组和字符串，并能像汇编语言一样处理内存地址，从而编出精练而高效的程序。指针极大地丰富了 C 语言的功能。学习指针是学习 C 语言最重要的一环，能否正确理解和使用指针是能否掌握 C 语言的一个标志。同时，指针也是 C 语言中最为困难的一部分，在学习中除了要正确理解基本概念，还必须要多编程，上机调试。只要做到这些，指针也是不难掌握的。

6.4.1 地址与指针

1. 程序实体的内存地址

源程序编译后，在其执行过程中，就会为其中的程序实体（如变量、数组以及函数）分配存储空间。这些程序实体，也具有某一种数据类型。这些被分配了内存空间的程序实体，都具有自己的内存地址。

下面通过一个例子来看变量在内存中的存储和地址分配。

【例 6—1】

```
# include〈stdio. h〉
int main(void)
{
    int i1, i2;
    float f1, f2;
    double d1, d2;
    printf("数据大小:int, %d;float, % d;double, %d\n", sizeof(int), sizeof(float), sizeof(double));                                    /* 输出类型宽度 */
    printf("i1 的地址为:%ld, i2 的地址为:% ld\n", &i1, &i2);        /* 输出变量地址 */
    printf("f1 的地址为:% ld, f2 的地址为:% ld\n", &f1, &f2);
```

```
        printf("d1 的地址为：%ld,d2 的地址为：% ld\n",&d1,&d2);
        return 0;
}
```

该程序的输出结果为：

数据大小：int,4;float,4;double,8
i1 的地址为：1245052,i2 的地址为：1245048
f1 的地址为：1245044,f2 的地址为：1245040
d1 的地址为：1245032,d2 的地址为：1245024

需要解释的是：

（1）变量存储空间的分类顺序。先声明实体的后分配内存空间；撤销的顺序与之相反：先建立的程序实体后撤销。这种机制就称为栈机制，先进后出。在 C 语言程序中，局部变量就是分配在栈区的，并且是以高端为栈底建立的。所以后建的变量的地址小。

（2）每个变量只有一个地址，但占用的空间不同。空间的大小因类型而异。同时，数据的存储方式也不同，如实型数据采用浮点存储，而整型数采用定点存储。

2. 指针的概念

从根本上说，程序是按照地址访问这些程序实体的。C 语言不仅提供了用变量名访问内存数据的能力（直接访问），还提供了直接使用内存地址访问内存数据的能力（间接访问）。一个变量的内存地址就称为指向该变量的指针。由于变量是有类型的，因此指针也依附于所指变量的类型。一个指针所指变量的类型，称为该指针的基类型。

在计算机中，所有的数据都是存放在存储器中的。一般把存储器中的一个字节称为一个内存单元，不同的数据类型所占用的内存单元数不等，这在前面的各种数据类型介绍时已说明过。为了正确地访问这些内存单元，必须为每个内存单元编上号。根据一个内存单元的编号即可准确地找到该内存单元。内存单元的编号也叫做地址。由于根据内存单元的编号或地址就可以找到所需的内存单元，所以通常也把这个地址称为指针。内存单元的指针和内存单元的内容是两个不同的概念。可以用一个通俗的例子来说明它们之间的关系。我们到银行存取款时，银行工作人员将根据我们的账号去找存款单，找到之后在存单上写入存款、取款的金额。在这里，账号就是存单的指针，存款数是存单的内容。对于一个内存单元来说，单元的地址即为指针，其中存放的数据才是该单元的内容。在 C 语言中，允许用一个变量来存放指针，这种变量称为指针变量。因此，一个指针变量的值就是某个内存单元的地址或称为某内存单元的指针。

设有字符变量 C，其内容为"K"（ASCII 码为十进制数 75），变量 C 占用了 011A 号单元（地址用十六进制数表示）。设有指针变量 P，内容为 011A，这种情况称为 P 指向变量 C，或说 P 是指向变量 C 的指针。要存取变量 C 的值，可以采用间接方式：先找到存放"C 的地址"的变量 P，从中取出 C 的地址（011A），然后到 011A 字节取出 C 的值（"K"）。

严格地说，一个指针是一个地址，是一个常量；而一个指针变量却可以被赋予不同的指针值，是变量。但常把指针变量简称为指针。为了避免混淆，我们约定："指针"是指地址，是常量；"指针变量"是指取值为地址的变量。定义指针的目的是为了通过指针去访问内存单元。

既然指针变量的值是一个地址，那么这个地址不仅可以是变量的地址，也可以是其他数据结构的地址。在一个指针变量中存放一个数组或一个函数的首地址有何意义呢？因为数组或函数都是连续存放的，通过访问指针变量取得了数组或函数的首地址，也就找到了该数组或函数。这样一来，凡是出现数组、函数的地方都可以用一个指针变量来表示，只要该指针变量中赋予数组或函数的首地址即可。这样做将会使程序的概念十分清楚，程序本身也精练、高效。在 C 语言中，一种数据类型或数据结构往往都占有一组连续的内存单元。用"地址"这个概念并不能很好地描述一种数据类型或数据结构，而"指针"虽然实际上也是一个地址，但它却是一个数据结构的首地址，它是"指向"一个数据结构的，因而概念更为清楚，表示更为明确。这也是引入"指针"概念的一个重要原因。

6.4.2　指针变量的定义、初始化与赋值

变量可以用来存放数值（如整数、实数、字符常量、字符串常量等），也可以用来存放地址（另一个变量的地址），这种专门用于存储地址（指针）的变量就称为指针变量。

1. 指针变量的定义

在定义指针变量时，需要用指针声明符"∗"（不是运算符）表示此变量不是一般的变量，而是用来存放其他变量地址的指针变量。由于每一个变量都是属于一个特定类型的，因此在定义指针变量时，需要声明该变量的类型，以便能通过指针正确访问特定类型的数据。

定义一个指针的语法格式为：

基类型标识符 ∗ 指针变量名；

例如：

```
int * pi1, * pi2;
float * pf1, * pf2;
```

对于指针变量的定义，需要说明的是：

（1）"基类型"，就是指针要指向的数据的类型。

（2）定义指针变量时，在指针变量名前加指针声明符"∗"，用于说明它后面的名字是一个指针变量名，以便和普通变量区分开来。在前面的例子中指针变量名是 pi1、pi2、pf1、pf2，而不是 ∗ pi1、∗ pi2、∗ pf1、∗ pf2。

2. 指针变量的初始化和赋值

与其他变量相同，指针变量也可以初始化。可以用变量（或实体）的地址对指针变量进行初始化，但该变量的类型必须和指针变量的基类型相同；也可以用一个具有相同基类型的指针变量给另一个指针变量赋值。例如：

```
int i1, i2, i3;
int *pi1 = &i1, *pi2 = &i2;
pi1 = &i3;
pi2 = pi1;
```

注意：不要将一个变量的值赋给指向它的指针变量。例如，"pi1＝i1"或"pi2＝i1"都是错误的。应该是将变量的地址赋给指向它的指针变量，例如，"pi1＝&i1"或"pi2＝&i1"。

6.4.3　指针变量的引用

1. 引用指针变量

当一个指针变量被初始化或被赋值后，它就指向一个特定的变量（这个变量具有值）。这

时，就可以使用指针访问它所指向的内存空间（所指向的变量值）。在 C 语言中使用指针访问它所指向的内存空间的方法是在指针变量名前加一个 "＊" 号（这里的 "＊" 是 "指针运算符"，又称为 "间接访问运算符"）。例如：

    int i, ＊pi;
    pi = &i;
    ＊pi = 8;

指针运算符作用于指针变量。＊pi 表示指针变量 pi 所指向的存储空间，即变量 i，也就是 ＊pi＝i。

【例 6—2】变量的直接访问与间接访问。

    ♯ include〈stdio. h〉
    int main(void)
    {
        int a,b;
        int ＊pointer_1, ＊pointer_2;
        a = 100;
        b = 10;
        pointer_1 = &a; / ＊ 把变量 a 的地址赋给 pointer_1 ＊ /
        pointer_2 = &b; / ＊ 把变量 b 的地址赋给 pointer_2 ＊ /
        printf("变量的直接访问:a = %d,b = %d\n",a,b);
        printf("变量的间接访问:a = %d,b = %d\n", ＊pointer_1, ＊pointer_2);
    }

2. 使用指针变量需要注意的问题

（1）使用指针，首先应当区分指针变量与它所指向的存储单元之间的不同。

【例 6—3】使两个指针变量交换指向。

    ♯ include〈stdio. h〉
    int main(void)
    {
        int i1 = 1, i2 = 2, ＊p, ＊p1, ＊p2;
        p1 = &i1;
        p2 = &i2;
        printf("i1 = %d, ＊p1 = %d;i2 = %d, ＊p2 = %d\n",i1, ＊p1,i2, ＊p2);
        p = p1;
        p1 = p2;
        p2 = p;
        printf ("i1 = %d, ＊p1 = %d;i2 = %d, ＊p2 = %d\n",i1, ＊p1,i2, ＊p2);
    }

在该例中并没有交换两个指针变量所指向的存储单元的内容（变量的值），交换的是两个指针所指向的单元（地址）。交换后 p2 指向 i1，p1 指向 i2，注意交换时使用了与 p1 和 p2 类型相同的指针变量 p（这点和普通变量的交换是类似的）。由于指针所指向的单元变了，因此它们所指向单元的内容当然也就变了，如图 6—1 所示。在该图中，带箭头的实线表示交换前的指针指向，带箭头的虚线表示交换后的指针指向。

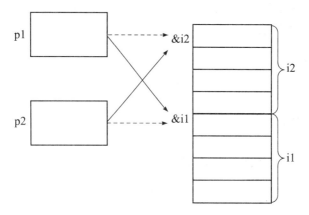

图6—1　交换指针所指向的对象

【例6—4】交换两个指针变量所指向的变量的值。

```
# include〈stdio. h〉
int main(void)
    {
    int *p1, *p2, i1 = 1, i2 = 2, i;
    p1 = &i1;
    p2 = &i2;
    printf("i1 = %d, *p1 = %d; i2 = %d,1", i1, *p1, i2, *p2);
    i = *p1;
    *p1 = *p2;
    *p2 = i;
    printf("i1 = %d, *p1 = %d; i2 = %d, *p2 = %d\n", i1, *p1, i2, *p2);
}
```

这个程序实际上交换了变量i1和i2的值，这个交换是通过交换两个指针所指向单元的内容(*p1)和(*p2)来实现的。交换时使用了一个int类型的中间变量i，如图6—2所示。

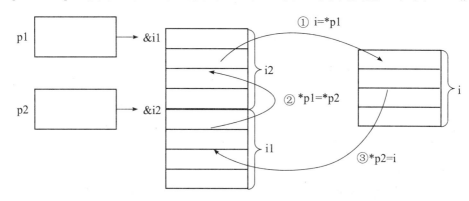

图6—2　交换指针所指向的单元值

从这两个例子可以看出，交换地址(即交换指针)和交换所指向的存储单元(即变量的值)本质上是不一样的。

（2）可以引用指针所指向的单元的值。但要注意，指针必须经过初始化或赋值，使它有确定的值，指向有效的程序实体才能正确地引用其指向的单元的内容。如果指针变量未经赋值，它并不是没有值，而是一个未知的或不确定的值，它所指向的存储单元也是未知的或不确定的。在未知和不确定的存储单元中存储的可能是无用数据，也可能是系统的重要数据。读取无用数据的操作是无意义的；有些非法入侵者也可以利用这种方法获取系统的重要数据；而向存储有重要数据的位置写入新的数据可能会造成系统的潜在危险，甚至可能造成系统瘫痪。所以，通常把没有指向有效程序实体的指针称为无效指针。因此局部变量在使用前一定要赋值。

3. 有关运算符"∗"和"&"的进一步讨论

指针和所指向的存储单元（变量）之间可以进行两种运算："∗"和"&"。若

```
int i = 100;
int *pi = &i;
```

则通过"∗"和"&"运算，有下面的关系：

pi ～ &i：指针 pi 的值就是变量 i 的地址。

∗pi ～ i：∗pi 就是 i 所指向的变量，即 i。

∗&i ～ ∗pi ～ i：先对 i 取地址，就是 i 的指针 &i，再对指针进行间接访问，就是变量 i。

&∗pi ～ &i ～ pi：先对指针进行间接访问运算就得到 i，再对 i 取地址，也就是 i 的指针。

它们都是一元运算符，具有自右向左的结合性，并且优先级高于算术运算而低于自增/自减运算符。例如：

∗pi++ 相当于 ∗（pi++），即取与 pi 所指单元相邻的前一个单元中的内容。

（∗pi）++ 为先取 pi 所指单元的值，然后将其加 1。

6.4.4 指针的运算

根据数据类型的特征，指针既然是一种数据类型，就有其上可进行的运算。与数值变量不同，指针变量中只能存放地址，而且应注意其基类型，即指针变量所指数据的类型。因此对于指针的运算也要考虑这些因素。

指针不能进行的运算有：两个指针相加、相乘、相除、移位。不同基类型指针之间的相减、赋值。

指针可以进行的运算：移动、同类型指针的比较和相减运算。

1. 指针移动

通过移动指针可以改变指针指向的内存位置。有下列两种移动指针的方法。

（1）同类型指针间变量间的赋值：使一个指针指向另外一个指针所指向的位置。

【例 6—5】同类型指针间变量间的赋值。

```
#include( stdio. h)
int main(void)
{
    float f1,f2;
    float *pf1 = &f1, *pf2 = &f2;
    printf("指针间赋值前:pf1 = %ld,pf2 = %ld\n",pf1,pf2);
```

```
    pf1 = pf2;                                              /* 指针间赋值 */
    printf("指针间赋值后:pf1 = %ld,pf2 = %ld\n",pf1,pf2);
    return 0;
}
```

图 6—3(a)所示为指针变量间赋值的示意图。

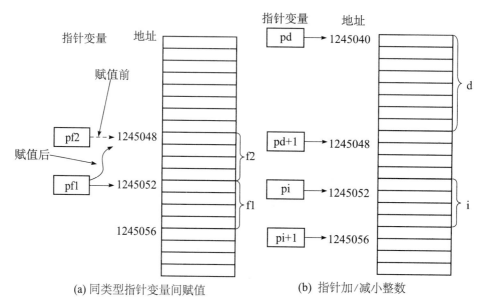

(a) 同类型指针变量间赋值   (b) 指针加/减小整数

图 6—3 指针变量间赋值的示意图

（2）指针加/减小整数：表示指针在内存空间向下或向上移动，移动的单位是其基类型的长度。这就是指针与普通整数之间的不同。

【**例 6—6**】指针加/减小整数。

```
#include<stdio.h>
int main(void)
{
    int i, *pi;
    double d, *pd;
    pi = &i;
    pd = &d;
    printf("pi = %ld,pi + 1 = %ld\n",pi,pi + 1);
    printf("pd = %ld,pd + 1 = %ld\n",pd,pd + 1);
    return 0;
}
```

图 6—3(b)表示了这种移动的示意图。但这种移动有时是很危险的，有可能读取其他存储单元的内容或改变其他存储单元的内容。

2. 同类型指针间的比较和相减运算

指针间的比较和相减运算，主要用于指向同一数组的两个元素的两个指针之间。对于其他实体是没有意义的。例如，有一整型数组 a，定义如下：

```
int a[10];
int *p1 = &a[1], *p2 = &a[5];
```

如 p1 的值为 2000，p2 的值为 2016，则 p2－p1 的值不等于 16，而等于两个数组元素下标之差（或 16/4），即两个元素之间的元素个数。

指向同一数组不同元素的两个指针之间的关系运算，是比较它们之间的地址大小。如果 p1＞p2，表示 p1 指向下标值小的元素，p2 指向下标值大的元素。如果两个指针相等，表明它们指向同一数组元素。

6.4.5　指向指针变量的指针与多级指针

一个指针变量可以指向整型数据、实型数据、字符型数据，也可以指向一个指针型数据，这就是指向指针的指针。指向指针的指针形成二级指针，如图 6—4 所示。

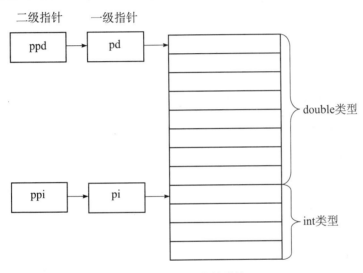

图 6—4　二级指针结构

二级指针的定义如下：

```
int i;
int *pi = &i;
int **ppi = &pi;
```

也可以这样定义：

```
int i, *pi, **ppi;
pi = &i;
ppi = &pi;
```

显然有：

```
i ~ *pi ~ **ppi
```

从理论上，还可以有多级指针，但多级指针使用起来极易出错，不宜多用，一般用到二级指针就可以了。

6.4.6　指向 void 类型的指针

ANSI C 标准允许使用空基类型(void)指针，即不指定指针指向一个固定的类型，定义形式为：

```
void *p;
```

这表示指针变量 p 不指向一个确定类型的数据。它的作用仅仅是用来存放一个地址，而不能指向非 void 类型的变量。例如，下面的写法是不对的：

```
int *p1;
void *p2;
int i;
p2 = &i;
printf(" %d", *p2);
```

如果确实需要将 &i 的值放在 p2 中，应先进行强制类型转换，使之成为（void *）类型，将 p2 赋值给 p1 时，同样应进行类型转换。例如：

```
p2 = (void *)&i;
p1 = (int *)p2;
printf(" %d", *p1);
```

也可以定义一个返回基类型为 void 的指针的函数：

```
void *f(int x, int y)
```

函数 f 带回的是一个基类型为"空"的地址。如果想在主调函数中引用此地址，也需根据需要进行强制类型转换。例如：

```
int a, b;
char *p;
void *f(int, int);
p = (char *)f(a, b);
```

6.4.7　数组元素的指针引用

1. 一维数组元素的指针引用

数组元素在内存中是连续存储的，并通过下标来引用数组元素。下标增 1，数据改变一个数据单元位置。定义了一个指针后，可以通过指针的移动来引用连续的存储单元。数组名代表数组首元素的地址，即是一个指针。这样，就会很自然地想到用指针来引用数组元素。

C 语言的数组元素有两种引用方式：下标引用方式和指针引用方式。

【例 6—7】分别使用下标法、指针法访问数组。

```
#include<stdio.h>
int main(void)
    {
    int a[5] = {1,2,3,4,5}, i, *p;
    printf("下标法:");
    for(i = 0; i<5; i++)
        printf(" %d,", a[i]);
    printf("\n 数组名法:");
    for(i = 0; i<5; i++)
```

```
        printf("%d,",*(a+i));
    printf("\n指针变量法:");
    for(p=a;p<a+5;p++)
        printf("%d,",*p);
    printf("\n");
    return 0;
}
```

该程序中的存储单元引用采用了如图 6—5 所示的三种等价的引用方式。

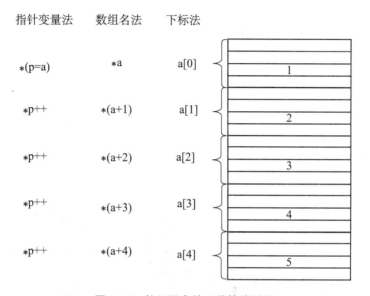

图 6—5　数组元素的三种等价引用

对这几种引用方式分析如下:

(1) a 是数组名,是常量;p 是指针变量。数组名是数组首元素的地址(即第一个元素 a[0] 的地址),在程序运行时其值是不能改变的,它是一个指针常量。因此 a++ 、++a 是不正确的;p 是一个指向 int 类型数据(数据元素)的指针变量,因此 p++、++p、*p++ 是允许的。

(2) 三种执行方法的效率。用下标法访问数组元素时,是把 a[i] 转换成 *(a+i),即先计算数组元素的地址(a+i),然后再找到它所指的存储单元,读/写它的值。因此下标法的效率最低,指针法的速度最快,特别是使用 p++ 这样的操作是速度比较快的。

(3) 使用指针法,理论上可以不定义数组而直接使用指针,如定义:

```
int *p;
```

然后使用 *p 进行数据存储,但这是比较危险的,应限制使用。

(4) 使用指向数组元素的指针变量时,要注意指针变量的当前值。例如:

```
p=a;
for(i=0;i<5;i++)
scanf("%d",p++)
```

这两条语句执行后,指针指向的就不是数组 a 了,若还要用指针 p 指向数组 a,还要使用 p=a 语句,否则是很危险的,也得不到正确的结果。

2. 多维数组元素的多级指针引用

C 语言用一维数组来解释多维数组：例如把二维数组解释为以一维数组为元素的一维数组；把三维数组解释为以二维数组为元素的一维数组；……对一个二维数组 a 来说，可以把它看成是由下列元素组成的一维数组：

a[0],a[1],a[2],…,a[i],…

这里，a[i]既是广义一维数组 a 的一个元素，又是一个一维数组 a[i]的名字，是指向 a[i]的起始元素的指针常量。

图 6—6 所示为一个 2×3 的 int 型二维数组 a 中的地址与元素关系的示意图。图中给出了与 a 有关的指针和数组元素之间的关系。

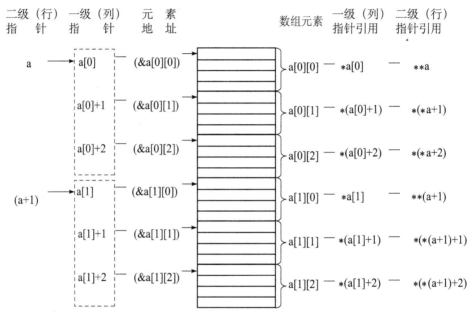

图 6—6　二维数组与二级指针

由图 6—6 可以得到如下结论：

（1）二维数组 a，可以被看成由两个元素组成的向量，这两个元素一个称为 a[0]，一个称为 a[1]。按照前面的讨论，数组名 a 指向 a[0]，a+1 指向 a[1]。而 a[0] 和 a[1] 本身又都是一维数组，它们分别由 {a[0][0]，a[0][1]，a[0][2]} 和 {a[1][0]，a[1][1]，a[1][2]} 组成。

由于数组名是指针，所以 a[0]和 a[1]都是一级指针，它们的基类型（所指向的存储单元中的数据的类型）是 int 类型。而数组 a 是由两个一级指针组成的数组，这两个指针具有相同的类型（指向基类型为 int 的指针变量），并且 a 指向数组 a 的首元素（即 a[0]的首地址为 &a[0]）。所以，a 是一个指向指针的指针，即二级指针。也就是说，一个二维数组名是一个二级指针。

（2）从图 6—6 中可以看出，a[0]的值是 &a[0][0]，a 的值是 a[0]地址，实际上 a[0]地址也与 &a[0][0]相同。但这并不等于 a == a[0]，因为它们的类型不同。a[0]是基类型为 int 的指针（它指向一个 int 型数据），是一级指针；而 a 是"指向 int 类型指针"的指针，是二级指针。

（3）从图6—6中可以看出，一个二维数组的元素可以用下标法引用，也可以用一级指针引用，还可以用二级指针引用。有下面的引用关系：

a[i][j]～*(a[i]+j)～*(*(a+i)+j)

【例6—8】用二级指针输出二维数组。

```
#include〈stdio.h〉
#define N 2
#define M 3
int main(void)
{
    static int a[N][M]={1,2,3,4,5,6};
    int *arr[N]={a[0],a[1]};
    int i,j,**p=arr;
    for(i=0;i<M;i++)
        printf("%d",*(*p+i));
    printf("\n");
    for(j=0;j<N;j++)
        for(i=0;i<M;i++)
            printf("%d",*(*(p+j)+i));
    printf("\n");
    return 0;
}
```

图6—7表明了该程序中二维数组与二级指针变量之间的关系。

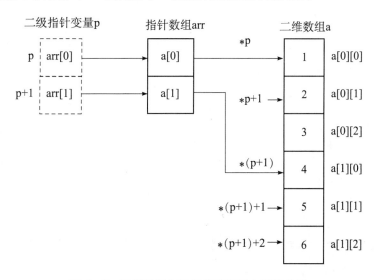

图6—7　二维数组与二级指针变量之间的关系

6.4.8　多字符串的存储与处理

前一部分介绍了多级指针与多维数组。那么用什么样的存储方式处理多个字符串比较合适呢？

假定有多个字符串，按照数组与指针的关系组合，可以有如下几种定义方式：

```
char str[M][n];
char *str[n];
char **str;
```

在这三种声明中，每一种声明都使用了两个类型声明符(char、[ ]和 *)。一般说来，这些类型声明符实际上是运算符在声明中的应用。它们虽然在这里不是作为运算符使用，但在优先级和结合性上还是要按照运算符的规则与名字相结合。因此可以采用下面的方法来理解：一种方法是按照优先级看哪个声明符应当与名字相结合，在优先级相同的情况下按结合性看哪个声明符与名字结合；另一种方法是将剩下的声明符作为补充说明。

下面结合图来对上述三种表示方式的意义进行说明。若要存储的字符串有下列 5 个："C"、"C++"、"Visual BASIC"、"Java"、"Ada"。

1. char str[M][N]

(1) 在这个定义中，有两个相同的数组类型说明符[ ]，按照自左向右的结合性，可以首先确定 str 是一个大小为 M 的向量(一维数组)。

(2) 对于数组自然要说明类型。由剩下的 char 和[N]补充说明，这个数组是长度为 N 的字符数组类型，即它的每个元素都是长度为 N 的字符数组。

所以，这个语句定义的 str 是字符数组类型的数组，或者说 str 是二维字符数组。如果在定义数组时进行以下的初始化：

```
char str[5][13] = { "C","C++","Visual BASIC","Java","Ada"};
```

则数组中的存储情况如图 6—8 所示。用这种方式存储的几个字符串占有连续的存储空间。

① [ ]的结合方向为"自左向右"
故str是一个大小为M的数组

char str[M] [N]

②str的元素是字符数组

二维字符数组str

str[0] →	C	\0	\0	\0	\0	\0	\0	\0	\0	\0	\0	\0	\0
str[1] →	C	+	+	\0	\0	\0	\0	\0	\0	\0	\0	\0	\0
str[2] →	V	i	s	u	a	l		B	A	S	I	C	\0
str[3] →	J	a	v	a	\0	\0	\0	\0	\0	\0	\0	\0	\0
str[4] →	A	d	a	\0	\0	\0	\0	\0	\0	\0	\0	\0	\0

占有连续存储空间

图 6—8　二维字符数组

2. char *str[N]

(1) 在这个声明中，有两个不相同的数组类型声明符[ ]和 *。其中数组类型声明符的优先级别高，可首先确定 str 是一个大小为 N 的一维数组。

(2) 这个数组的每个元素都是字符类型指针。所以语句定义的 str 是字符指针数组，其存储方式如图 6—9 所示。用这种方式存储的几个字符串长度可以不同，不一定占有连续的存储空间。

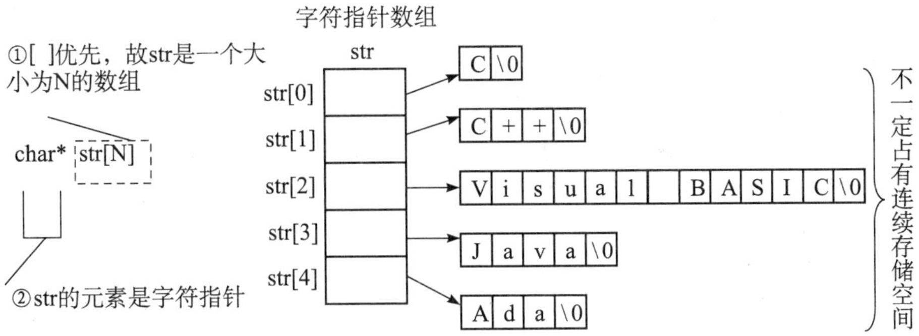

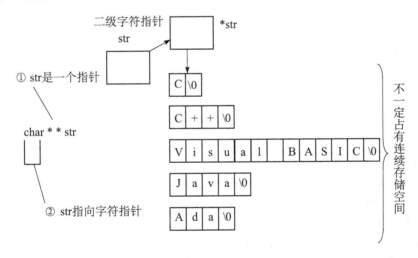

图 6—9　字符指针数组方式

3. char **str

（1）在这个声明中，有两个相同的类型声明符 * 。按照自右向左的结合性，可以首先将后面的一个 * 与名字结合，得出结论：str 是一个指针。

（2）对于指针就要声明指向什么，这个指针是指向字符指针的。所以语句定义的 str 是指向字符指针的指针，即指向字符的二级指针，其存储方式如图 6—10 所示。

图 6—10　二级字符指针存储方式

【例 6—9】有三个字符串，要求按字母顺序输出。

这里采用指针指向三个字符串，然后将字符串两两比较、排序。程序代码如下：

```
# include〈stdio.h〉
# include〈string.h〉
int main（）
{
    char *s0 = "Java", *s1= "Visual BASIC", *s2= "C";
    char *string[3] = {s0,s1,s2};
    char *p;
    int i;
```

```
    printf ("排序前:\n");
    for(i = 0;i<3;i++)
        printf("&string[%d] = %ld -> %s\n",i,&string[i],string[i]);
    printf("&s0 = %ld -> %s\n",&s0,s0);
    printf("&s1 = %ld -> %s\n",&s1,s1);
    printf("&s2 = %ld -> %s\n",&s2,s2);
    printf("\n");
    if(strcmp(string[0],string[1])>0)
    {
        p = string[0];
        string[0] = string[1];
        string[1] = p;
    }
    if(strcmp(string[0],string[2])>0)
    {
        p = string[0];
        string[0] = string[2];
        string[2] = p;
    }
    if(strcmp(string[1],string[2])>0)
    {
        p = string[1];
        string[1] = string[2];
        string[2] = p;
    }
    printf ("排序后:\n");
    for(i = 0;i<3;i++)
        printf("&string[%d] = %ld -> %s\n",i,&string[i],string[i]);
    printf ("&s0 = %ld -> %s\n",&s0,s0);
    printf ("&s1 = %ld -> %s\n",&s1,s1);
    printf ("&s2 = %ld -> %s\n",&s2,s2);
    printf("\n");
    return 0;
}
```

该程序的运行结果如下：

[排序前]

```
&string[0] = 1245032 -> Java
&string[1] = 1245036 -> Visual BASIC
&string[2] = 1245040 -> C
&s0 = 1245052 -> Java
&s1 = 1245048 -> Visual BASIC
&s2 = 1245044 -> C
```

［排序后］

&string[0] = 1245032 -> C

&string[1] = 1245036 -> Java

&string[2] = 1245040 -> Visual BASIC

&s0 = 1245052 -> Java

&s1 = 1245048 -> Visual BASIC

&s2 = 1245044 -> C

对运行结果的讨论：

（1）各字符串的存储位置没有变化，并且 string 的各元素位置没有变化。但各 string 元素所指向的字符串改变了，即指针数组各元素中的地址改变了，所以才使各字符串的顺序发生一定变化。

（2）本程序实际上采用的是冒泡排序的过程，并用 strcmp(string[i]，string[j]) 进行两个字符串的比较。这里指针数组 string 的每一个元素都是一个地址（指向一个字符串），如果另外设一个指针变量 p，用来指向 string 数组中的元素，那么这个 p 就是一个二级指针（又称"双重指针"）。程序如下：

```c
# include〈stdio. h〉
# include〈string. h〉
# define N 3
int main(void)
{
    char *string[n] = { "Java","Visual BASIC","C"};
    char **p = &string[0];
    char *ptemp;
    int i,j;
    printf("排序前:\n");
    for(i = 0;i<N;i ++ )
        printf("p+ %d-> %s\n",i, *(p+i));
    printf("\n");
    for(j = 0;j< = N-2;j ++ )
        for(i = 0;i< = N-j-1;i ++ )
            if(strcmp( *(p+i), *(p+i+1))>0)
            {
                ptemp = *(p+i);
                *(p+i) = *(p+i+1);
                *(p+i+1) = ptemp;
            }
    printf("排序后:\n");
    for(i = 0;i<N;i ++ )
        printf("p+ %d-> %s\n",i, *(p+i));
    printf("\n");
    return 0;
}
```

该程序的运行结果如下：

[排序前]

p+0 -> Java

p+1 -> Visual BASIC

p+2 -> C

[排序后]

p+0 -> C

p+1 -> Java

p+2 -> Visual BASIC

在该程序中，*p 是 p 当前所指数组元素的值，开始时 **p＝&string[0]，*p 就是 string[0]，即字符串"Java"的起始地址。同样，*(p+1)就是 string[1]，即字符串"Visual BASIC"的起始地址。

在冒泡排序的程序段中，if 语句的作用是比较(p+i)(即 string[i])和(p+i+1)(即 string[i+1])两个指针所指向的字符串，并使(p+i)指向较小的字符串，(p+i+1)指向较大的字符串，实现冒泡排序。

注意：程序中定义了一个指针变量 ptemp，它不是指向指针的指针，而是指向字符数据的指针变量。在比较交换 string 的两个元素时所使用的 *(p+i) 和 *(p+i+1) 也都是指向字符型数据的指针变量，与 ptemp 是同类型的。因此不能写作："*ptemp＝*(p+1)"或"ptemp＝p+i"。

6.4.9 内存的动态分配与动态数组的建立

1. 内存动态分配的概念

通过前面指针的学习，使用指针方式进行内存空间的访问是非常危险的。于是可以设想，如果能在程序运行时为指针分配一个连续的存储空间，将会使得指针的使用变得安全。C 语言提供了这一功能。这一功能称为内存的动态分配。

全局变量是在编译时在内存静态存储区分配的，非静态的局部变量是程序运行时在栈区自动分配的，而为指针进行内存空间的动态分配是在程序运行过程中在自由内存区——堆(heap)区分配的。堆可以形成比较大的存储空间，供动态分配使用。

动态分配的特点：可以由程序员控制，在需要时分配，在不需要时释放，还可以根据需要改变所分配存储空间的大小。这些功能要通过 stdlib.h 库中的四个函数实现，如表 6—1所示。

表 6—1   内存动态分配函数

函 数 原 型	返 回	功 能 说 明
void *malloc(unsigned int size);	成功：返回所开辟空间首地址 失败：返回空指针	向系统申请 size 字节的堆存储空间
void *calloc(unsigned int num, unsigned int size);	成功：返回所开辟空间首地址 失败：返回空指针	按类型申请 num 个 size 大小的堆空间
void free(void *p);	无返回值	释放 p 指向的堆空间
void * realloc(void * p, unsigned int size);	成功：返回新开辟空间首地址 失败：返回空指针	将 p 指向堆空间变为 size 大小

说明：

（1）viod *p 说明 p 是 void * 类型指针，声明其基类型是未确定的类型，可以用强制转换的方法将其转换为任何别的类型。例如：

```
double  *pd = NULL;
pd = (double * )calloc(10, sizeof(double));
```

表示将向系统申请 10 个连续的 double 类型的存储空间，并用指针 pd 指向这个连续的空间的首地址，并且用（double　*）对 calloc( )的返回类型进行转换，以便把 double 类型数据的地址赋值给指针 pd。

（2）使用 sizeof 的目的是用来计算一种类型占有的字节数，以便适合不同的编译器。

（3）由于动态分配不一定成功，为此要附加一段异常处理程序，不致程序运行停止，使用户不知所措。通常采用这样的异常处理程序段：

```
if(p == NULL)/ * 或者 if(!p) * /
{
    printf("No enough memory! \n");
    exit(1);
}
```

2. 动态数组的建立

通过前面的学习，可以建立这样的概念：数组就是用于存储同类型数据的连续空间。在 C 语言中，这个空间可以用下标形式表示，也可以用指针形式表示。动态数组指的是不在程序开始时定义固定大小的数组，而是在需要时建立数组，不需要时释放。下面例子中的动态数组用指针形式引用。

【例 6—10】 用动态数组处理学生成绩。

```
# include〈stdio. h〉
# include〈stdlib. h〉
# define STUDENT_NUM 3
int main( )
{
    double *p = NULL, sum = 0. 0;
    int i;
    p = (double * )malloc(STUDENT_NUM * sizeof(double));        / * 动态分配 * /
    if(!p)                                                      / * 异常处理 * /
    {
        printf("Memory request failed! \n");
        exit(1);
    }
    printf("请输入学生的成绩:");
    for(i = 0; i<STUDENT_NUM; i ++ )
    {
        scanf(" %lf", p + i);
        sum += *(p + i);
        if(i == STUDENT_NUM - 2)printf("下面是最后一个成绩:");
```

```
    }
    printf("平均成绩是：%lf\n",sum/STUDENT_NUM);
    free(p);
    return 0;
}
```

该程序的执行情况如下：

请输入学生的成绩：95
90
下面是最后一个成绩：85
平均成绩是：90.000 000

6.5 扩展知识与理论

指针与函数的关系主要表现在三个方面：用指针作为函数参数；函数的返回值是指针；指向函数的指针。

6.5.1 指针参数与函数的地址传送调用

使用指针作参数的特点：指针作参数，就是传送地址的值，并且要求在实参与形参之间传送类型相同的数据的地址，其中包括同样的级别。而就形式而言，形参与实参之间的关系如图 6—11 所示。

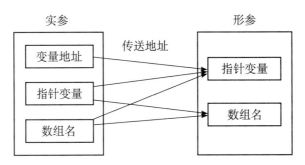

图 6—11　形参与实参之间的关系

就函数调用时参数所传送的内容而言，可以是简单变量的地址和数组地址。

1. 简单变量地址传送

【例 6—11】向被调函数传送变量的地址。

```
# include〈stdio.h〉
int main(void)
{
    void swap(int *p1,int *p2);
    int a = 13,b = 15;
    printf("交换前：a = %d,b = %d\n",a,b);
    swap(&a,&b);                          /* 简单变量地址传送 */
    printf("交换后：a = %d,b = %d\n",a,b);
    return 0;
```

```
}
void swap(int *p1,int *p2)                    /*用指针作为形参,调用时接收变量地址*/
{
    int temp;
    temp = *p1;
    *p1 = *p2;
    *p2 = temp;
}
```

说明:

(1) 调用函数中的实参使用的是变量的地址,被调函数中的形参是指针,所传送的是变量的地址。在调用函数中,也可以定义两个指针,通过指针将地址传送给函数 swap( ),也就是将主函数修改为:

```
int main(void)
{
    void swap(int *p1,int *p2);
    int a = 13,b = 15;
    int *pa = &a, *pb = &b;              /*定义两个指针*/
    printf("交换前:a = %d,b = %d\n",a,b);
    swap(pa,pb);                         /*用指针传送地址*/
    printf("交换后:a = %d,b = %d\n",a,b);
    return 0;
}
```

(2) 调用 swap 函数时,实参使用地址,形参是指针变量。在执行 swap 函数的过程中,*p1 和 *p2 之间的值交换就是调用函数中两个变量之间的值交换。因此实际是对调用函数的变量 a 和 b 进行操作。若不是交换指针所指向的变量的值,而直接交换指针的值,则达不到调用函数两个变量值交换的目的,如将函数 swap 修改为:

```
void swap(int *p1,int *p2)                    /* 用指针接收变量地址 */
{
    int *temp;
    temp = p1;
    p1 = p2;
    p2 = temp;
}
```

这时交换的是两个指针的值,即交换了两个指针的指向,并未交换所指向的两个变量的值。

2. 数组地址传送

传送数组地址,有可能使调用函数和被调函数在同一个数组上进行操作,避免了传送数组实体所造成的程序效率不高。下面介绍几种数组地址的传输方式。

(1) 数组名→数组名传送。

【例 6—12】求数组中的最大元素值。

```
#include<stdio. h>
#define N 10
int main( )
{
    void ArrMax(int[ ],int * ,int);
    int arr[N] = {1,5,6,7,8,9,2,3,4,0};
    int max;
    ArrMax(arr,&max,N);
    printf("max = %d\n",max);
    return 0;
}
void ArrMax(int s[ ],int *p,int n)
{
    int i;
    *p = s[0];
    for(i = 1;i<n;i ++ )
        if(s[i]> *p)
            *p = s[i];
}
```

这里形参使用指针变量 p 来存放数组元素中的最大值，在主函数中调用时实参为
"&max"。

（2）数组名→指针传送。

【例 6—13】某数组有 10 个元素，求其中的最大值。

```
#include<stdio. h>
#define N 10
int main( )
{
    void ArrMax(int * ,int * ,int);
    int arr[N] = {1,5,6,7,8,9,2,3,4,0};
    int max, *p = &max;
    ArrMax(arr,p,N);
    printf("max = %d\n",max);
    return 0;
}
void ArrMax(int *s,int *p,int n)
{
    int i;
    *p = s[0];
    for(i = 1;i<n;i ++ )
        if(s[i]> *p)
            *p = s[i];
}
```

若用指向多维数组的指针作为实参，应当注意实参与形参所指向的对象类型要相同。也

就是行指针应传给行指针类型的变量；列指针应传给列指针类型的变量。

【例 6—14】有 3 个学生，每人参加 5 门课程的考试，求每个学生的平均分数和每门课程的平均分数。

```c
#include〈stdio.h〉
#define N 3
#define M 5
int main(void)
{
    float stuave(float(*p)[5]);
    float courave(float *pt);
    static float score[N][M] = {{100,60,70,81,52},{62,71,83,92,98},{90,70,50,60,40}};
    int i;
    for(i = 0;i<N;i++)
        printf("第%d个学生的平均成绩为:%6.2f\n",i,stuave(score + i));
    printf("\n");
    for(i = 0;i<M;i++)
        printf("第%d门课的平均成绩为:%6.2f\n",i,courave(score[0] + i));
    return 0;
}
float stuave(float(*p)[M])
{
    int i;
    float sum = 0,ave;
    for(i = 0;i<M;i++)
        sum += *(*p + i);
    ave = sum/M;
    return ave;
}
float courave(float *pt)
{
    int i;
    float sum = 0,ave;
    for(i = 0;i<N;i++,pt += M)
        sum += *pt;
    ave = sum/N;
    return ave;
}
```

该程序的运行结果：

第 0 个学生的平均成绩为：72.60
第 1 个学生的平均成绩为：81.20
第 2 个学生的平均成绩为：62.00
第 0 门课的平均成绩为：84.00
第 1 门课的平均成绩为：67.00

第 2 门课的平均成绩为：67.67

第 3 门课的平均成绩为：77.67

第 4 门课的平均成绩为：63.33

说明： 函数 stuave 中的形参 p 定义为指向一维数组的指针变量，因此在函数 main 中调用 stuave 函数时所用的实参也应是行指针，score + i(i＝0，1，2)都是指向行的指针。在 stuave 中求出一行中 5 个元素的和。函数中用到的 * (*p + i)，是指该行第 i 列元素的值。

函数 courave 的形参 pt 被定义为列指针，即指向一个实型元素的指针，调用函数 main 调用 courave 函数的实参 score[0]+i，pt 分别指向第 0 行的第 i 列元素。在函数 courave 中求出 3 行中第 i 列元素之和及平均值。每调用一次该函数，求出一列元素的平均值。因为数组大小为 3×5，因此下一行同一列元素的地址为 pt 原值加 5，即 pt+ ＝5。

3. 字符指针参数

用字符指针作为参数更多地体现在字符串的操作上，这也是 C 语言最具特色的地方。

【例 6—15】 采用指针来计算字符串长度的函数。

```c
int stringlen(const char *str)
{
    int len = 0;
    while( *str ++ )
        len ++ ;
    return len;
}
```

若用数组，则函数如下：

```c
int stringlen(char str[ ])
{
    int i, len = 0;
    while(str[i ++ ])
        len ++ ;
    return len;
}
```

由于指向字符的指针与字符数组类型相同，因此 *str++ 与 str[i++]等价。但采用指针使得程序更为简洁，无须定义数组，而且不会出现乱用指针的问题。这是因为在参数传递时，实参是要计算长度的字符串名（即字符数组名），而该字符数组已经被分配了空间。这个函数中字符指针的活动范围是从字符串的起始地址到字符串结束标志符之间，当某一次循环中遇到字符串结束标志符'\0'时，*str 的值为 0('\0'的 ASCII 码为 0)，while 中表达式为假，循环中止，因而不会出现超界问题。

函数 stringlen 在参数表中使用了"const"，它表明在该函数的执行过程中，要将字符串"锁定"，即不允许对字符串作任何改变。因为，函数的功能只是求字符串的长度。

【例 6—16】 采用指针来进行字符串复制的函数。

```c
void * stringcopy(char *dest, const char *src)
{
```

```
    char *temp = dest;              /* 定义的临时字符串指针来保存目标字符串首地址 */
    while( *dest ++ = *src ++ );
    return temp;                    /* 返回原来保存的目标字符串首地址 */
}
```

由于目标字符串要改变，而源字符串只是复制，所以仅用 const 修饰源字符串。temp是一个指向字符的指针，用它来保存目标字符串的首地址。因为在复制的过程中，随着连续的自增操作，dest 的值不再指向目标字符串的首地址。

【例 6—17】字符串相等的比较。

```
int stringcomp(const char *s1,const char *s2)
{
    for(; *s1 == *s2;s1 ++ ,s2 ++ )
        if(! *s1)                   /* 对应字符相同且遇到空白 */
            return 0;               /* 两个字符串相同,返回 0 */
    return *s1 - *s2;               /* 返回两个字符的 ASCII 值之差 */
}
```

说明：

(1) 该函数由一个 for 循环结构组成。循环的初始条件就是 s1 指向进行比较的一个字符串的首地址，s2 指向另一个字符串的首地址。这个条件已经在参数传递时实现了，所以在for 结构中表达式 1 被省略。

(2) 该函数中 for 循环的条件是：*s1 == *s2，即两个指针指向的内容相等，也即对应位置的字符相同，然后比较下一个字符。

(3) for 循环中的修正表达式为：s1 ++ ，s2 ++ 。从而保证两个指针分别指向各自的字符串中的相同位置。

(4) if(! *s1)return 0 的意思是当 s1 指向字符'\0'时，函数返回 0。实际上，由于这个条件表达式是在 for 结构中的，而 for 结构的重复条件是 *s1 == *s2，即两个字符指针当前指向的字符相等。所以当 s1 指向字符串结束符时，s2 也一定是指向了字符串结束符，也就是两个字符串都结束，用返回 0 表示两个字符串完全相同。

【例 6—18】从字符串中删除一个字符的通用函数 delchar( )。

```
#include"stdio. h"
#define N 80
void delchar(char *p,char x)
{
    char *q = p;
    for(; *p! = '\0';p ++ )
        if( *p! = x)
            *q ++ = *p;
    *q = '\0';
}
int main(void)
{
```

```
        void delchar(char *p,char x);
        char c[n], *pt = c,x;
        printf("enter a string:");
        gets(pt);
        printf ("enter the character deleted:");
        x = getchar();
        delchar(pt,x);
        printf("The new string is: %s\n",c);
    }
```

程序运行情况如下：

enter a string:I have 50 yuan.

enter the character deleted:0

The new string is:I have 5 yuan.

本程序的功能：在主函数中，定义字符数组 c 并使 pt 指向 c；从键盘输入字符串和需要删去的字符；然后调用 delchar( )函数。形参指针变量 p 和被删字符 x 由 main 函数中实参 pt 和 x 传递到函数 delchar( )。在 delchar( )中实现删除字符。

注意：在 delchar( )中并未定义另一个数组，而是在 c 数组中删去指定的字符。在刚开始执行此函数时，指针变量 p 和 q 都指向 c 数组中(见图 6—12)的第一个字符。当 *p 不等于 x 时，*p 赋给 *q，然后 p 和 q 都自加 1，即同步下移，见图 6—12(a)中 p′和 q′。当某一次 *p==x 时，不执行语句"*q++= *p"，q 不加 1，而 p 继续加 1，p 与 q 不再指向同一元素，q 仍指向 c[8]，而 p 指向 c[9]，见图 6—12(b)中的 p′和 q′。在执行下一次循环时由于

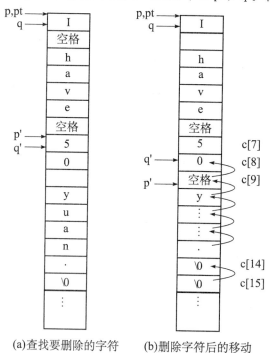

(a)查找要删除的字符   (b)删除字符后的移动

图 6—12   从字符串中删除一个字符的过程

(＊p！＝x)为真，执行语句"＊q++＝＊p"，将 c[9]值赋给 c[8]，使 c[8]中原值(字符 0)被空格取代。然后 q 和 p 均自加 1，以后将 c[10]-> c[9]，c[11]-> c[10]…，c[13]-> c[12]，c[14]-> c[13]，最后用语句"＊q='\0'"给 c[14](即 ＊q 的当前值)赋予"\0"。由于 c 数组中 c[15]的值并未改变，因此 c[15]仍为"\0"，c 数组中有两个"\0"。可以看到 c 数组各元素值改变了，在 main 函数中可以输出数组 c 中的字符串(遇第一个"\0"即停止)。

6.5.2　带参数的主函数

函数可以带有参数，但到目前为止，所用到的 main 函数都是不带参数的，因此 main 函数的第一行是 int main(void)。main 函数也可以有参数，有参数的 main 函数的原型如下：

int main(int argc,char ＊argv[ ]);

从中可以看出，带参数 main 函数的第一个形参 argc 是一个整型变量，第二个形参 argv 是一个指针数组，其每个元素都指向字符型数据(即是一个字符串)。

函数的形参来自调用函数的实参，main 函数是主函数，它不能被程序中其他函数调用，因此显然不可能从其他函数向它传递所需的参数值，只能从程序以外传递而来。也就是在启动程序时，从程序的命令行中给出的。如有个源程序文件为 myfile.c，编译连接后的文件为 myfile.exe，通常只要在操作系统的命令状态下(MS-DOS 方式)，输入命令"myfile"，就可以开始执行这个程序，完成程序中的相应功能。

但 C 语言还允许在这个命令行中输入要程序处理的其他字符串。例如，要让 myfile 程序处理一个字符串"windows"，可以输入命令"myfile windows"；如果要让 myfile 程序处理两个字符串，如"os"和"windows"，则可以输入命令"myfile os windows"。

那么 C 程序是如何接收这些字符串的呢？实际上，这些字符串就是由 main 的两个参数接收的。如图 6—13 所示，当输入上述命令时，操作系统将把"myfile"、"os"和"windows"保存在内存中，并把它们的地址依次存放在数组 argv 中，同时把字符串的个数，也即数组 argv 的大小存放在变量 argc 中。

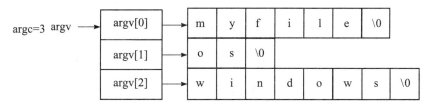

图 6—13　main 函数两个参数的意义

【例 6—19】显示命令行中输入的程序名和参数。

```c
#include"stdio.h"
int main(int argc,char *argv[ ])
{
    while(argc>0)
    {
        printf ("% s\n", * argv);
        argv ++ ;
```

```
    argc -- ;
    }
    return 0;
}
```

若在命令行中输入:

```
myfile os windows
```

则输出为:

```
myfile
os
windows
```

因为 argc 初值为 3，每次循环减 1，故其循环三次。第一次时，先使 argv 指向 argv[0]，然后输出 argv[0] 指向的字符串 "myfile"，第二次时，使 argv 指向 argv[1]（argv++ 操作），然后输出 "os"，第三次时，使 argv 指向 argv[2]（argv++ 操作），然后输出 "windows"。

用带参的 main 函数可以直接从命令行得到参数值（这些值是字符串），在程序运行时可以根据输入的命令行中的不同情况进行相应的处理。例如，在使用数据文件时，可以根据不同的需要输入不同的命令行，以打开不同的文件。

利用 main 函数中的参数可以使程序从系统中得到所需的数据，或者说，增加了一条系统向程序传递数据的渠道，增加了处理问题的灵活性。

其实 main 的形参名并不一定非用 argc 和 argv 不可，只是习惯上一般用这两个名字。如果改用别的名字，其数据类型不能改变，即第一个形参为 int 型，第二个形参为指针数组。

关于数组名和指针变量的进一步讨论:

在该例中用到 argv++ 的运算，是使 argv 的值增 1，而 argv 是数组名。以前说过数组名代表一个常量，它是数组起始地址，它是不能进行自增运算的，不能改变其本身的值。如下面程序是不能通过编译的:

```
main( )
{
    int a[5];
    int i;
    for(i = 0;i<5;i++,a++)
    printf("%d", *a);
}
```

由于在编译时给数组 a 分配一段内存单元，a 代表数组起始地址，是一常量。因此 a 不能进行自增运算，a++ 不合法。这里 a 是 main 函数中的数组名，不是形参。如果将 a 设为形参数组，情况就不同了:

```
#include"stdio. h"
void fun(int a[ ],int n)
{
    int i;
    for(i = 0;i<n;i++,a++)
```

```
    printf ("%d", *a);
}
int main( )
{
    static int arr[5] = {1,3,5,7,9};
    fun(arr,5);
}
```

此时，a 是形参。在编译时并未分配其固定的内存单元。只是在调用函数 fun 时才将 arr 的起始地址传给 a。实际上，a 是一个指针变量，定义 fun 函数的第一行相当于：

```
fun( int *a, int n)
```

这里，a 是指针变量，a++ 是合法的。所以例 6—19 中 argv++ 是合法的。它的作用是使 argv 指针下移一个元素。

6.5.3　返回指针值的函数

一个函数在被调用之后可以返回一个值到调用函数，这个值可以是整型、实型、字符型等类型，也可以返回一个指针类型的数据。如前面介绍的内存动态分配函数 malloc( ) 和 calloc( ) 都是返回指针的函数。

定义返回指针值函数的一般形式为：

```
类型说明符  * 函数名(形参表)
{
    ……                         / * 函数体 * /
}
```

其中，函数名之前加了"＊"号表明这是一个返回指针值的函数；类型说明符表示了返回的指针值所指向的数据类型。

这里说明如何编写返回指针的函数。

【例 6—20】编写实现库函数 strchr( ) 功能的函数 stringchr( )：在一个字符串中找一个指定的字符。

```
# include⟨stdio. h⟩
char *stringchr(char *str,char ch)
{
    while ( *str ++ ! = '\0')
        if ( *str == ch)
            return str;
    return 0;
}
int main(void)
{
    char *stringchr(char *str,char ch);
    char *pt,ch,line[ ] = "I love China";
    ch = 'C';
    pt = stringchr(line,ch);
```

```
        printf("\n 字符串的起始地址：% o. \n",line);
        printf("最先出现字符% c 的地址是：% o. \n",ch,pt);
        printf("这是该字符串中的第 % d(从 0 开始)个字符。\n",pt-line);
}
```

注意该程序的输出地址采用的是八进制数。

图 6—14 说明了这个程序的执行过程：str 的初值是数组 line 的起始地址，即 & line[0]。将 * str 与 ch 比较，如果 * str(即 str 当前指向的字符)不等于 ch 的值，则使 str++，即使 str 下移一个字符，直到 str 指向字符 C 为止(图中的 str')，将 ptr 值返回调用 函数，str 是字符'C'的地址。

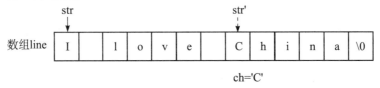

图 6—14　在字符串中查找字符

【例 6—21】编写实现库函数 strcat( )功能的函数 stringcat( )，使一个字符串 str2 接到 另一个字符串 str1 的后面。

```
# include⟨stdio. h⟩
char * stringcat(char * str1,char * str2)
{
    char * p;
    for(p = str1; *p! = '\0';p ++ );         /* 寻找 str1 的结束位置 */
    do
    {
        *p ++ = *str2 ++ ;
    }while( *str2! = '\0');
    *p = '\0';
    return str1;
}
int main(void)
{
    char * stringcat(char *str1,char *str2);
    char string1[20] = "C language",string2[ ] = " is fun. ", *pt;
    pt = stringcat(string1,string2);
    printf ("The new string is: %s\n",pt);
    return 0;
}
```

连接时原来 str1 字符串最后的"\0"被 str2 的第一个字符取代。

stringcat( )函数中的 for 语句作用是使 p 指向 string1 最后的"\0"。do…while 循环的 作用是将字符串 string2 中的字符按照 p 的指示位置逐个复制到 string1 中去。开始时， string2 中第一个字符 * str2 的值赋给 string1 字符串中原来存放"\0"的单元。然后 str2 和

p 都同步下移一个位置，再使 ∗str2 赋给 ∗p，直到遇到 string2 中的"\0"为止。注意：应该再赋一个"\0"给 ∗p，即加到新串的末尾。这个过程如图 6—15 所示。

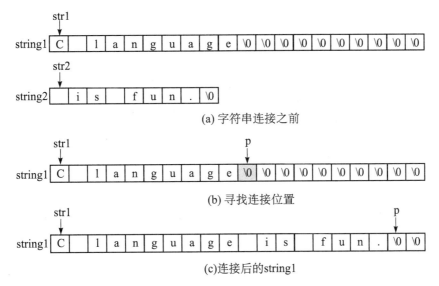

(a) 字符串连接之前

(b) 寻找连接位置

(c) 连接后的string1

图 6—15   字符串的连接

函数 stringcat( )返回 string1 的首地址给调用函数中的字符指针 pt，并由 printf( )函数输出连接后的新字符串。在调用函数 main 中定义 string1 时必须保证该数组有足够的长度，从而保证能容纳连接后的字符串。

6.5.4   指向函数的指针

函数包括了一系列的指令，在内存中占据一片存储单元，它也有一个起始地址，即函数的入口地址，通过这个地址可以找到该函数，这个地址就称为函数的指针。也可以定义一个指针变量，使它的值等于函数的入口地址，那么通过这个指针变量也能调用此函数，这个指针变量称为指向函数的指针变量。

定义一个指向函数的指针变量的一般形式为"类型标识符(∗指针变量名)( )"。例如，"int(∗p)( )"表示 p 指向一个"返回整型值的函数"。

注意： ∗p 两侧的括号不能省略，如果写成"int ∗p( )"就成了"返回指针值的函数"了。

由于函数可以返回一个值，所以在 C 语言中，可以认为函数也具有数据类型。定义函数时必须定义函数返回值的类型(void 也是一种类型)。同理，在定义一个指向函数的指针变量时，除了需要用指针声明符(∗)和指针变量名外，还必须声明它所指向的函数的类型。

在定义了指向函数的指针变量以后，可以将一个已定义函数的入口地址赋给它，使指针变量指向一个特定的函数，如"p＝fun1"。fun1 代表函数 fun1 的入口地址，函数名与数组名一样，都是常量指针。注意在将函数的入口地址赋给指针变量时，只写函数名而不要有括号和参数表。例如不应写成"p＝fun1( )"或"p＝fun1(a,b)"形式。因为 fun1(a,b)是函数调用，将得到一个函数值，而不是函数 fun1 的入口地址。定义并初始化一个指向函数的指针，如"(∗函数指针变量名)(实参表列)"，就可以通过指针调用它所指向的函数。例如，"(∗p)(a,b)"相当于"fun1(a,b)"。

【例 6—22】用指向函数的指针变量调用 arradd( )，求二维数组中全部元素的和。

```
#include〈stdio. h〉
#define N 3
#define M 4
int main(void)
{
    int arradd(int arr[ ], int n);
    static int a[N][M] = {1,3,5,7,9,11,13,15,17,19,21,23};
    int *p,total1,total2;
    int( *pt)( );
    pt = arradd;

    p = a[0];
    total1 = arradd(p, N * M);
    total2 = ( *pt)(p, N * M);
    printf("total1 = %d\ntotal2 = %d\n", total1, total2);
    return 0;
}

int arradd(int arr[ ], int n)
{
    int i, sum = 0;
    for(i = 0; i<n; i ++ )
        sum += arr[i];
    return sum;
}
```

该程序中分别用函数名和指向函数的指针变量来调用函数 arradd。从运行结果可以看到两种方法的结果是相同的。但在用指针变量调用函数之前，应先将函数入口地址赋给指针变量，以便建立指针变量与函数的对应关系。

可以用指向函数的指针变量作为被调用函数的实参，由于该指针变量是指向某一函数的，因此先后使指针变量指向不同的函数，就可以在被调用函数中调用不同的函数。

指向函数的指针不能进行算术运算，这是与指向数组的指针不同的。指向数组的指针变量加减一个整数可使指针移动指向后面或前面的数组元素，而指向函数指针的移动是毫无意义的。

【例 6—23】编写程序，用函数实现下面的功能：求数组全部元素之和；求数组元素中的最大值；求下标为奇数的数组元素之和；求各元素的平均值。

这四个功能可用四个函数来实现，程序如下：

```
#include〈stdio. h〉
#define N 12
int main(void)
{
    static double a[ ] = {1.5,3.8,5.6,7.8,91.6,1.61,13.3,15.0,17.5,19.9,21.7,23.0};
```

```
       double arr_add(double [ ],int),odd_add(double *,int),arr_ave(double *,int),arr_max(doub-
le [ ],int);                                          /*声明四个函数*/
       void process(double *p,int n,double( *fun) ( ));   /*声明 process 函数*/
       printf("the sum of %d elements is:",N);
       process(a,N,arr_add);                           /*用函数名 arr_add 作为函数实参*/
       printf("the sum of odd elements is:");
       process(a,N,odd_add);                           /*用函数名 odd_add 作为函数实参*/
       printf("the average of %d elements is:",N);
       process(a,N,arr_ave);                           /*用函数名 arr_ave 作为函数实参*/
       printf("the maximum of %d elements is:",N);
       process(a,N,arr_max);                           /*用函数名 arr_max 作为函数实参*/
       return 0;
   }
   double arr_add(double arr[ ],int n)                 /*定义求数组全部元素值之和的函数*/
   {
       int i;
       double sum = 0;
       for(i = 0;i<n;i ++ )
           sum += arr[i];
       return sum;
   }
   double odd_add(double *p,int n)            /*定义求下标为奇数的数组元素值之和的函数*/
   {
       int i;
       double sum = 0;
       for(i = 0;i<n;i += 2,p += 2)
           sum += *p;
       return sum;
   }
   double arr_ave(double *p,int n)                     /*定义求各元素的平均值的函数*/
   {
       int i;
       double sum = 0,ave;
       for(i = 0;i<n;i ++ )
           sum += p[i];
       ave = sum/n;
       return ave;
   }
   double arr_max(double arr[ ],int n)                 /*定义求数组元素中的最大值的函数*/
   {
       int i;
       double max;
       max = arr[0];
       for(i = 1;i<n;i ++ )
```

```
        if(arr[i]>max)
            max = arr[i];
    return max;
}
void process(double * p, int n, double( *fun)( ))          /* 通过 process 函数调用以上函数 */

{
    double result;
    result = ( *fun)(p,N);
    printf("%8.2lf\n",result);
}
```

说明：

（1）程序中的四个函数 arr_add( )、odd_add( )、arr_ave( )、arr_max( )分别用来实现题目中要求的四个功能。函数 process( )用来调用以上任意一个函数，并输出该函数的返回值。这四个函数的地址由实参传递给 process( )函数的形参 fun，fun 是指向函数的指针变量。

（2）函数 process( )的形参有三个：数组名 a（即数组的起始地址）、元素个数 N、process 函数所需调用的函数。

第一次函数 main( )调用时，将函数 arr_add 的入口地址传送给形参 fun，函数 process 中的"(* fun)(p,N)"相当于"arr_add(p,N)"，即调用函数 arr_add，调用的结果值赋给变量 result。其余三次调用类似。

从这个程序中可以看出，形参和实参是针对一定的条件而言的，并非一成不变的。p 和 N 是函数 process 的形参，而它们又是函数 arr_add 的实参。这两个参数的值从 main 函数传递给函数 process，又从函数 process 传递给函数 arr_add。因此函数 arr_add 的形参 arr 得到 main 函数中数组 a 的起始地址。或者说，数组 arr 与 a 共占同一段内存单元，N 为元素的个数。

用函数指针（函数地址）作为调用函数时的实参的好处在于，可以在调用一个函数的过程中执行所指定的函数，这就增加了处理问题的灵活性。在处理不同的函数时，函数 process 本身并不改变，只是改变了调用它时的实参。实参也可以不使用函数名而使用指向函数的指针变量，可以将上面的 main 函数修改为：

```
# include〈stdio. h〉
# define N 12
int main(void)
{
    static double a[ ] = {1.5,3.8,5.6,7.8,91.6,1.61,13.3,15.0,17.5,19.9,21.7,23.0};
    double arr_add ( ),odd_add ( ),arr_ave ( ),arr_max ( );      /* 声明四个函数 */
    double( *pt) ( );
    void process(double *p, int n,double( *fun) ( ));            /* 声明 process 函数 */
    pt = arr_add;
    printf("the sum of %d elements is:",n);
    process(a,N,pt);                                            /* 用函数名 arr_add 作为函数实参 */
    pt = odd_add;
```

```
printf("the sum of odd elements is:");
process(a, N, pt);                                    /*用函数名 odd_add 作为函数实参*/
pt = arr_ave;
printf("the average of %d elements is:", n);
process(a, N, pt);                                    /*用函数名 arr_ave 作为函数实参*/
pt = arr_max;
printf("the maximum of %d elements is:", n);
process(a, N, pt);                                    /*用函数名 arr_max 作为函数实参*/
return 0;
}
```

项目小结

根据项目 6 中的 3 个任务——使用指针查找学生成绩(包括最高成绩、最低成绩、成绩不合格的学生)、使用指针对学生的成绩进行排序,我们学习了 C 语言中的指针,内容包括指针的概念、指针的定义与引用、指针的运算、指针与数组、指针与字符串、指针与函数等内容。从而达到了我们制定的技能目标:

- 能正确定义指向不同类型数据的指针变量。
- 能正确使用指针访问数据。
- 能正确运用指针变量的运算。
- 能用指针变量作为函数的参数等。

习　题　6

一、选择题

1. 请读程序:

```
#include〈stdio. h〉
void fun(int * s)
{
    static int j = 0;
    do
        s[j] += s[j + 1];
    while( ++ j<2);
}
int main ( )
{
    int k, a[10] = {1, 2, 3, 4, 5};
    for(k = 1; k<3; k ++ ) fun(a);
    for(k = 0; k<5; k ++ ) printf ( "%d", a[k]);
    return 0;
}
```

上面程序的输出结果是(　　　)。

A. 34756　　　　　　　B. 23445　　　　　　　C. 35745　　　　　　　D. 12345

2. 请读程序：

```
#include〈stdio. h〉
int a[ ] = {2,4,6,8};
int main ( )
{
    int i;
    int *p = a;
    for(i = 0;i<4;i ++ )
        a[i] = *p ++ ;
    printf(" %d\n",a[2]);
}
```

上面程序的输出结果是(   )。

A. 6　　　　　　　　B. 8　　　　　　　　C. 4　　　　　　　　D. 2

3. 请读程序：

```
#include〈stdio. h〉
int f(char *s)
{
    char *p = s;
    while( *p! = '\0')
        p ++ ;
    return(p - s);
}
int main ( )
{
    printf(" %d\n",f("ABCDEF"));
    return 0;
}
```

上面程序的输出结果是(   )。

A. 3　　　　　　　　B. 6　　　　　　　　C. 8　　　　　　　　D. 0

4. 请读程序：

```
#include〈stdio. h〉
#include〈string. h〉
void fun(char *w, int m)
{
    char s, *p1, *p2;
    p1 = w;p2 = w + m - 1;
    while(p1<p2)
    {
        s = *p1 ++ ;
        *p1 = *p2 -- ;
        *p2 = s;
    }
}
```

```
}
int main ( )
{
    char a[ ] = "ABCDEFG";
    fun(a,strlen(a));
    puts(a);
    return 0;
}
```

上面程序的输出结果是(　　)。

A. GEFDCBA　　　　　B. AGADAGA　　　　C. AGAAGAG　　　　D. GAGGAGA

5. 设"char ∗ aa[2]＝("abcd","ABCD");"，则以下说法中正确的是(　　)。

A. aa 的数组元素的值分别是"abcd"和"ABCD"

B. aa 指针变量，它指向含有两个数组元素的字符型一维数组

C. aa 数组的两个元素分别存放的是含有 4 个字符的一维字符数组的首地址

D. aa 数组的两个元素中各自存放了字符"a"和"A"的地址

6. 若有以下说明：

```
int w[3][4] = {{0,1},{2,4},{5,8}};
int( ∗p)[4] = w;
```

则数值为 4 的表达式是(　　)。

A. w[1]＋1　　　　　B. p++，(p+1)　　C. w[2][2]　　　　D. p[1][1]

7. 执行以下程序后，y 的值是(　　)。

```
# include<stdio. h>
int main ( )
{
    int a [ ] = {2,4,6,8,10};
    int y = 1, x, *p;
    p = &a[1];
    for(x = 0;x<3;x ++ )
        y += ∗(p+x);
    printf(" %d\n",y);
    return 0;
}
```

A. 17　　　　　　　B. 18　　　　　　　C. 19　　　　　　　D. 20

8. 若有声明"double ∗p，a"，则能通过 scanf 语句正确给输入项读入数据的程序段是(　　)。

A. ∗p＝&a; scanf("％lf", p);

B. p＝(double ∗)malloc (8); scanf("％lf",p);

C. p＝&a; scanf("％lf", a);

D. p＝&a; scanf("％le", p);

9. 若有以下的说明和语句：

```
main ( )
{
    int t[3][2], *pt[3],k;
    for(k = 0;k<3;k ++ )pt[k] = t[k];
}
```

则以下选项中能正确表示 t 数组元素地址的表达式是（　　　）。

    A. &t[3][2]   B. *pt[0]   C. *(pt+1)   D. &pt[2]

10. 设 p1 和 p2 是指向同一个 int 型一维数组的指针变量，k 为 int 型变量，则不能正确执行的语句是（　　）。

    A. k= *p1+ * p2;   B. p2=k;   C. p1= p2;   D. k= *p1 *(*p2);

11. 设有如下定义：

```
int arr[ ] = {6,7,8,9,10};
int * ptr;
```

则下列程序段的输出结果为（　　）。

```
ptr = arr;
*(ptr + 2) += 2;
printf(" % d, % d\n", *prt, *(ptr + 2));
```

    A. 8，10   B. 6，8   C. 7，9   D. 6.10

12. 执行以下程序段后，m 的值为（　　）。

```
int a[2][3] = {{1,2,3},{4,5,6}};
int m, * p;
p = &a[0][0];
m = ( *p) *( *(p+2)) *( *(p+4));
```

    A. 15   B. 14   C. 13   D. 12

13. 有以下程序段：

```
char arr[ ] = "ABCDE";
char *ptr;
for(ptr = arr;ptr<arr + 5;ptr ++ ) printf(" %s\n",ptr);
```

    输出结果是（　　）。

A. ABCDE	B. A	C. E	D. ABCDE
	B	D	BCDE
	C	C	CDE
	D	B	DE
	E	A	E

14. 有以下程序：

```
# include<stdio. h>
main( )
{
```

```
        char a[ ] = "programming",b[ ] = "language";
        char *p1, *p2;
        int i;
        p1 = a;p2 = b;
        for(i = 0;i < 7;i ++ )
        if( *(p1 + i) == *(p2 + i))
        printf ( "%c", *(p1 + i));
}
```

输出的结果是(　　)。

A. gm　　　　　　　B. rg　　　　　　　C. or　　　　　　　D. ga

15. 以下程序运行后，输出结果是(　　)。

```
#include<stdio. h>
int main( )
{
        static char a[ ] = "ABCDEFGH",b[ ] = "abCDefGh";
        char *p1, *p2;
        int k;
        p1 = a;
        p2 = b;
        for(k = 0;k < = 7;k ++ )
            if( *(p1 + k) == *(p2 + k))
                printf("%c", *(p1 + k));
        printf ("\n");
        return 0;
}
```

A. ABCDEFG　　　　B. CDG　　　　　　C. abcdefgh　　　　D. abCDefGh

16. 以下程序运行后，输出结果是(　　)。

```
#include<stdio. h>
int main( )
{
        char ch[2][5] = { "693","825"}, *p[2];
        int i,j,s = 0;
        for(i = 0;i < 2;i ++ )
            p[i] = ch[i];
        for(i = 0;i < 2;i ++ )
            for(j = 0;p[i][j] > = '0' && p[i][j] < = '9';j += 2)
                s = 10 *s + p[i][j] - '0';
        printf(" %d\n",s);
}
```

A. 6385　　　　　　B. 22　　　　　　　C. 33　　　　　　　D. 693825

17. 运行以下程序：

```
#include<stdio.h>
#include<string.h>
int main( )
{
    char a1[80], a2[80], *s1 = a1, *s2 = a2;
    gets(s1);
    gets(s2);
    if(!strcmp(s1,s2))
        printf(" * ");
    else
        printf ("#");
    printf ("%d\n", strlen(strcat(s1,s2)));
}
```

如果从键盘上输入：

book〈回车〉

book〈空格〉〈回车〉

则输出结果为（   ）。

    A. * 8   B. #9   C. #6   D. * 9

    18. 以下程序的运行结果是（   ）。

```
#include"stdio.h"
int main( )
{ int a[ ] = { 1,2,3,4,5,6,7,8,9,10,11,12};
  int *p = a + 5, *q = NULL;
  *q = *(p + 5);
  printf("%d%d\n", *p, *q);
}
```

    A. 运行后报错   B. 6 6   C. 6 12   D. 5 5

    19. 若已定义"int a[9], *p = a;"并在以后的语句中未改变 p 的值，不能表示 a[1] 地址的表达式是（   ）。

    A. p + 1   B. a + 1   C. a + +   D. + + p

    20. 下面程序把数组元素中的最大值放入 a[0] 中，则在 if 语句中的条件表达式应该是（   ）。

```
#include"stdio.h"
int main( )
{
    int a[10]={6,7,2,9,1,10,5,8,4,3}, *p = a,i;
    for(i = 0;i<10;i + + ,p + + )
        if(      )
            *a = *p;
    printf("%d", *a);
}
```

A. p>a　　　　　　B. *p>a [0]　　　　C. p>a[0]　　　　D. *p[0] > *a[0]

21. 下列程序执行后的输出结果是(　　)。

```c
#include<stdio.h>
int main()
{
    int a[3][3], *p, i;
    p = &a[0][0];
    for(i = 0; i<9; i++)
        p[i] = i+1;
    printf("%d\n", a[1][2]);
}
```

A. 3　　　　　　B. 6　　　　　　C. 9　　　　　　D. 随机数

22. 下列程序的输出结果是(　　)。

```c
#include<stdio.h>
int b = 2;
int func(int *a)
{
    b += *a;
    return(b);
}
int main()
{
    int a = 2, res = 2;
    res += func(&a);
    printf("%d\n", res);
}
```

A. 4　　　　　　B. 6　　　　　　C. 8　　　　　　D. 10

23. 对于基类型相同的两个指针变量之间，不能进行的运算是(　　)。

A. <　　　　　　B. =　　　　　　C. +　　　　　　D. −

24. 下列程序段的输出结果是(　　)。

```c
#include<stdio.h>
void fun(int *x, int *y)
{
    printf("%d%d", *x, *y);
    *x = 3;
    *y = 4;
}
int main()
{
    int x = 1, y = 2;
    fun(&y, &x);
    printf("%d%d", x, y);
}
```

A. 2143 B. 1212 C. 1234 D. 2121

25. 对于下列程序的判断中，正确的是（　　）。

```
int x = 10, *p;
float y = 2.4;
x = y ++ ;
* p = x;
* p += x + y ++ ;
printf(" %d, %f", *p, y);
```

A. 输出 13，4.4 　　　　　B. 输出 6，4.4

C. 因为程序有错，结果不定 　　D. 输出 4，4.4

26. 设有以下程序片段

```
char a[4][12] = {"China","Japan","Franch","England"};
char *p[4];
int i;
for(i = 0;i<4;i ++ )p[i] = a[i];
```

下面对一个字符串的引用不正确的是（　　　）。

A. a[i] 　　　B. p[i] 　　　C. * p 　　　D. p

27. 不正确的字符串赋值或赋初值方式是（　　）。

A. char *str；str= "string";

B. char str[7]={'s', 't', 'r', 'i', 'n', 'g'};

C. char str1[10]; str1= "string";

D. char str1[ ]= "string"，str2[ ]= "12345678"；strcpy(str2，str1);

28. 定义 int *swap( )指的是（　　）。

A. 指一个返整型值的函数 swap

B. 指一个返回指向整型值指针的函数 swap

C. 指一个指向函数 swap( )的指针，函数返回一个整型值

D. 以上说法均错

29. 若有定义"int a[5], *p=a"，则对 a 数组元素地址的正确引用是（　　　）。

A. &a[5] 　　　B. p+2 　　　C. a++ 　　　D. &a

30. 若有定义"int a[5], *p=a"，则对 a 数组元素的正确引用是（　　　）。

A. * (p+5) 　　　B. *p+2 　　　C. * (a+2) 　　　D. *&a[5]

二、填空题

1. 以下程序的功能是：从键盘上输入一行字符，存入一个字符数组中，然后输出该字符串，请填空。

```
# include"ctype. h"
# include"stdio. h"
int main( )
{
    char str[81], *sptr;
```

```
    int i;
    for(i = 0;i<80;i ++ )
    {
        str[i] = getchar( );
        if(str[i] == '\n')
            break;
    }
    str[i] = _____;
    sptr = str;
    while( *sptr)
        putchar( *sptr _____);
}
```

2. 下面程序的输出结果是_____。

```
# include⟨stdio. h⟩
char b[ ] = "ABCD";
main( )
{
    char *chp;
    for(chp = b; *chp;chp += 2)
        printf ( "%s", chp);
    printf("\n");
}
```

3. 以下程序的输出结果是_____。

```
# include⟨stdio. h⟩
main( )
{
    int a[10] = {19,23,44,17,37,28,49,36},  *p;
    p = a;
    printf ( "%d \n",(p += 3)[3]);
}
```

4. 若有如下图所示的五个连续的 int 类型的存储单元并赋值，a[0] 的地址小于 a[4] 的地址。p 和 s 是基类型为 int 的指针变量。请对以下问题进行填空。

a[0]	a[1]	a[2]	a[3]	a[4]
22	33	44	55	66

（1）若 p 已指向存储单元 a[1]。通过指针 p，给 s 赋值，指向最后一个存储单元 a[4] 的语句是_____。

（2）若指针 s 指向存储单元 a[2]，p 指向存储单元 a[0]，表达式 s−p 的值是_____。

5. 下面函数用来求出两个整数之和，并通过形参传回两数之和，请填空。

```
int add( int x, int y, _____ z)
{_____ = x + y;}
```

6. 以下程序的功能是：将无符号八进制数字构成的字符串转换为十进制整数。例如，输入的字符串为 556，则输出的十进制整数为 366。请填空。

```
# include<stdio. h>
main( )
{
    char *p,s[6];
    int n;
    p = s;
    gets(p);
    n = *p - '0';
    while(_____ p! = '\0')
        n = n * 8 + *p - '0';
    printf ( " % d\n",n);
}
```

7. 以下函数的功能是：把两个整数指针所指的存储单元中的内容进行交换。请填空。

```
exchange(int *x, int *y)
{int t;
    t = *y; *y = _____; *x = _____;
}
```

8. 下列程序中字符串中各单词之间有一个空格，则程序的输出结果是_____。

```
# include<stdio. h>
# include<string. h>
int main ( )
{
    char str1[ ] = "How do you do", *p1 = str1;
    strcpy(str1 + strlen(str1)/2, "es she");
    printf ( " % s\n", p1);
}
```

9. 设有以下程序：

```
# include<stdio. h>
int main( )
{
    int a,b,k = 4,m = 6, *p1 = &k, *p2 = &m;
    a = p1 == &m;
    b = ( *p1)/( *p2) + 7;
    printf("a = %d\n",a);
    printf("b = %d\n",b);
}
```

执行该程序后，a 的值为_____，b 的值为_____。

10. 在 C 程序中，只能给指针变量赋_____值和_____值。

项目 7 项目中自定义数据类型

技能目标

- 能将学生信息定义成结构体类型，并定义结构体变量和对变量的初始化；
- 能计算结构体变量占用的存储空间大小，能正确引用结构体成员变量；
- 能用结构体类型定义结构体数组并初始化，并对结构体数组元素中的成员变量进行访问。

知识目标

- 掌握结构体类型和结构体变量定义的方法，掌握结构体成员变量的引用方法；
- 理解结构体数组与一般数组的异同，理解数组的下标访问法和指针访问法在结构体数组中的应用；
- 理解结构体数组名和指向结构体数组的指针变量作函数参数的异同。

项目任务与解析

使用结构体类型实现学生记录的增加、删除、修改、显示。

本项目包含以下任务：

- 任务 16：学生记录的增加。
- 任务 17：学生记录的删除。
- 任务 18：学生记录的修改。
- 任务 19：学生记录的显示。

7.1 任务 16：学生记录的增加

1. 问题描述

学生属性是用结构体类型来实现的，首先定义学生数组长度：

#define STUSIZE 40

定义学生信息结构体类型：

```
struct student
{
    int stunum;                          /*学号*/
    char stuname[10];                    /*学生姓名*/
    float stuscore[5];                   /*三门课成绩、平均成绩、总成绩*/
};
```

定义能存储 40 个学生信息的数组和记录当前学生数的整型变量 stunum：

```
struct student stu[STUSIZE];            /*定义学生数组*/
int stunum;                             /*用来记录当前学生记录数*/
```

2. 具体实现

该函数有一个判断数组是否装满的语句，只有在数组没有装满的情况下才能增加学生记录。由于执行增加学生记录操作后，学生数会发生变化，因此用一个指针变量作参数来返回变化了的学生记录。

```
/*增加学生记录函数*/
int add(struct student stu[ ],int *size)
{
    int i,j;
    int stunum;
    int number;
    if( *size>=40)                       /*判断数组是否已满*/
    {
        printf("数组已满,不能再增加记录");
        return 0;
    }
    else
    {
        do                               /*判断输入的增加记录是否合适*/
        {
            printf("请输入增加的记录个数:");
            scanf("%d",&number);
            if(number<>0|| number+ *size>=40)
            {
                printf("输入增加记录个数错,请重新输入!\n");
            }
        }while(number<0|| number+ *size>40);
        stunum= *size+number;
        printf("学生信息输入!");
        for(i= *size;i<stunum;i++)       /*增加学生纪录*/
        {
            printf("请输入第 %d 个学生学号:",i+1);
            scanf("%d",&stu[i].stunum);
```

```
        printf("请输入第 %d 个学生姓名:",i+1);
        scanf("%s",stu[i].stuname);
        for(j=0;j<3;j++)
        {
            printf("请输入第 %d 门成绩:",j+1);
            scanf("%f",&stu[i].stuscore[j]);
        }
        if(i == *size)
            printf("没有记录输入!");
    }
}
*size = stunum;
}
```

3. 知识分析

使用结构体数组来增加学生记录。

7.2　任务17：学生记录的删除

1. 问题描述

删除学生记录的方法是从被删除记录开始，用后一个记录覆盖前一个记录，直到记录结束。

2. 具体实现

如果没有打开文件或结构体类型变量中没有学生记录，就不能删除。若输入-1，就表示不删除记录，如果输入学号出错就给出提示。

```
/*删除学生记录*/
int Del(struct student stu[ ],int *stusize)
{
    int i,k;
    int number;
    int loop=0;
    printf("删除学生记录!\n");
    if(*stusize<=0)
    {
        printf("数组中没有学生记录或文件打不开,不能删除记录!\n");
        return 0;
    }
    else
    {
        do                                /*找出删除学生记录的下标*/
        {
            printf("删除学生记录号(不删除记录请输入-1)!\n");
            printf("请输入被删除学生的学号:");
            scanf("%d",&number);
```

```
            if(number = = - 1)
            {
                return 0;
            }
            for(i = 0,k = 0;i< *stusize;i ++ )
            {
                if(number = = stu[i]. stunum)
                {
                    loop = 1;
                    k = i;                          /* 被删除记录的下标 */
                    break;
                }
            }
            if(loop! = 1)
            {
                printf("输入学生学号出错,按任意键重新输入!");
                getchar( );
            }
        }while(loop! = 1);
    }
    for(i = k;i< *stusize;i ++ )
    {
        stu[i] = stu[i + 1];
    }
    printf("删除成功,按任意键继续!");
    *stusize = *stusize - 1;
    getchar( );
    return 1;
}
```

3. 知识分析

使用结构体数组来删除学生记录。

7.3 任务 18：学生记录的修改

1. 问题描述

修改学生记录的方法是先找到要修改学生的记录号，然后对该记录的信息进行修改。

2. 具体实现

如果没有打开文件或结构体类型变量中没有学生记录，就不能修改。若输入-1，就表示不修改记录。

```
/* 修改学生记录 */
int Modify(struct student stu[ ], int *stusize)
{
    int i,k;
```

```
int number;
int loop = 0;
printf("修改学生记录!\n");
if( * stusize< = 0)
{
    printf("数组中没有学生记录或文件没有打开,不能修改记录!");
    return 0;
}
else
{
    do
    {
        printf("修改学生记录!(不修改请输入 - 1 表示)\n");
        printf("请输入被修改学生的学号:");
        scanf(" %d",&number);
        if(number == - 1)
        {
            return 0;
        }
        for(i = 0,k = 0;i< * stusize;i ++ )
        {
            if(number == stu[i]. stunum)
            {
                loop = 1;
                k = i;                          / * 被修改记录的下标 * /
                break;
            }
        }
        if(loop!= 1)
        {
            printf("输入学生学号出错,按任意键重新输入!");
            getchar( );
        }
    }while(loop!= 1);
}
printf("修改学生记录!\n");
printf("学号:");
scanf(" %d",&stu[k]. stunum);
printf("姓名:");
scanf(" %s",&stu[k]. stuname);
printf("成绩 1:");
scanf(" %f",&stu[k]. stuscore[0]);
printf("成绩 2:");
scanf(" %f",&stu[k]. stuscore[1]);
```

```
        printf("成绩 3:");
        scanf(" %f",&stu[k].stuscore[2]);
        printf("修改成功,按任意键继续!");
        getchar( );
        return 1;
    }
```

3. 知识分析

使用结构体数组来修改学生记录。

7.4 任务 19：学生记录的显示

1. 问题描述

显示学生记录的方法是从第一条记录一直到最后一条记录。

2. 具体实现

```
/*显示全部记录函数*/
void DispAll(struct student stu[ ],int size,char str[ ])
{
    int i,j;
    if(size< = 0)
    {
        printf("数组中没有学生记录或文件没有打开,不能显示记录");
    }
    else
    {
        printf("%s\n",str);
        printf("\n学号\t姓名\t成绩 1\t成绩 2\t成绩 3\t总成绩\t平均成绩\n");
        for(i = 0;i<size;i ++ )
        {
            printf("%d\t",stu[i].stunum);
            printf("%s\t",stu[i].stuname);
            for(j = 0;j<5;j ++ )
            {
                printf("%3.2f\t",stu[i].stuscore[j]);
            }
            printf("\n");
        }
    }
}
```

下面是调用学生记录增加、删除、修改、显示这些函数的主函数：

```
int main( )
{
    int recnum = 0;                              /*目前的记录数*/
```

```
    add(stu,&recnum);
    DispAll(stu,recnum,"成绩单");
    Del(stu,&recnum);
    DispAll(stu,recnum,"删除后的成绩单");
    Modify(stu,&recnum);
    DispAll(stu,recnum,"修改后的成绩单");
}
```

3. 知识分析

使用结构体数组来修改学生记录。

7.5　必备知识与理论

int、float、double、char 等都是系统预定义的基本数据类型。程序员用这些类型声明符声明需要的变量，系统就会为它们分配相应的存储空间，按特定的存储方式进行存储，并在有关运算符作用于这些数据时进行合法性检查。

除此之外，C 语言还允许程序员在一定的框架范围内定义(构造)需要的数据类型。声明了类型之后，程序员就可以使用它们来定义需要的变量，如同使用系统提供的 int、float、double、char 等一样。

C 语言允许程序员定义的数据类型是在下面的 5 种类型框架内进行。

(1) 结构体(struct)：也称集合数据类型，用于将不同类型的数据组织在一个名称下。

(2) 位域(bit field)：结构体的一种变形，允许方便地访问字(word)中的位(bit)。

(3) 共用体(union)：允许一个存储空间中存储不同类型的变量。

(4) 枚举(enumeration)：用一组符号代替一组整数。

(5) typedef：用于为已经存在的类型定义新名称。

7.5.1　结构体类型及其定义

1. 结构体类型的概念

使用数组这样的构造数据类型可以将多个数据用一个名称命名，为存储和处理带来很大方便。但是，现实生活中还存在着大量需要作为一个整体来处理的数据，而这些数据的类型又不相同。例如，处理学籍数据，需要处理学生学号(num)、姓名(name)、性别(sex)、年龄(age)、成绩(score)和地址(addr)等数据。这样一组相互关联的数据，用简单变量存储，难以反映出它们的内在联系，而且使程序冗长难读；而数组则无法容纳不同类型的元素。结构体(structure)也称"结构"，就是 C 语言提供的处理一组不同类型数据的类型。但这种类型是需要用户自己进行定义的，因为处理学生的结构体形式与处理教师的结构体形式不同，处理人的结构体形式与处理企业、处理产品、处理公文等的结构体形式各不相同。因此，在结构体的大框架内，还要根据需要具体地定义自己的结构体类型。

2. 结构体类型的定义

定义结构体类型，需要定义该结构体类型的名称以及声明组成结构体的各成员，因此它是由声明成员的一组语句组成的，形式为：

struct 结构体名

{成员声明表列};

上述处理学籍的结构体类型定义语句如下：

```
struct Student
{
unsigned int num;
char        name[20];
char        sex;
int         age;
float       score;
char        addr[30];
};
```

这样就定义了一种 struct 的数据类型 struct Student。这里，Student 是数据类型名，前面的 struct 表明它是一种结构体类型。用同样的方法，可以为建立通信录定义一种数据类型 struct Addr：

```
struct Addr
{
    char        name[30];         /* 姓名 */
    char        street[40];       /* 街道 */
    char        city[20];         /* 城市 */
    char        provn[20];        /* 省名 */
    unsigned int zip;             /* 邮编 */
}
```

对于结构体需要说明：

（1）结构体类型并非只有一种，而可以有千千万万种，这是与基本类型不同的。

如果说 i 为整型变量，那是很明确的，它占固定字节的存储空间，按定点形式存放，而 x 是结构体类型变量，那就不明确了，它由哪些数据项组成，占多少字节？因此只讲"结构体类型"，只是一个笼统的类型，它只表示了"由若干不同类型数据项组成的复合类型"，程序中定义和使用的应该是具体的有确定含义的结构体类型，需要程序员自己定义。

（2）一个结构体类型的标志由两个单词组成：第一个单词为关键字 struct，它表明该类型是一种结构体类型；第二个单词是结构体名，如前面介绍的 Student、Add，也称为"标记"或"符标"（flag），由程序设计者按标识符规则指定。这二者联合起来组成一个"类型标识符"，即"类型名"。

（3）结构体类型的含义由一些声明组成。它们定义了各成员（或称域）的类型。要注意，它们并不是变量，而是一个结构体类型中的成员，age、sex、num 不能称为变量名，而是结构体类型 struct Student 的成员名。在一个函数中，可以另外定义与结构体类型的成员相同名的变量，它们代表不同的对象。例如：

```
struct Student
{
    ……
    char        sex;              /* 成员名 */
    int         age;              /* 成员名 */
```

```
        ……
};
    int         age;            /* 变量名 */
    char        sex;            /* 变量名 */
        ……
```

这是允许的，但对成员名和变量名的引用方法是不同的。

（4）声明一个结构体类型，并不意味着系统将分配一段内存单元来存放各数据项成员。

请注意，这是声明类型而不是定义变量，声明一个类型只是表示这个类型的结构，即告诉系统它由哪些类型的成员构成，各占多少字节，各按什么形式存储，并把它们当做一个整体来处理。应当明确，只声明类型是不分配内存单元的，如系统声明的 int、float 等类型，但并不具体分配内存单元，它只反映一种数据属性，是对具体数据的"抽象"。正如同说"汽车是车"，车就是一种"抽象"，世界上只有具体的汽车、自行车、卡车……把"有轮子的、在地上走动的、有一定运载能力的"特征抽象为"车"。人们只有拥有具体的汽车或自行车……才算拥有该财产。同样，一种类型只表明一种特征，如果以后定义变量为该类型，该变量应当具备这种特征，只有在定义变量以后，才占据存储单元。

（5）系统没有预先声明结构体类型，凡需使用结构体类型数据的，都必须在程序中自己定义。

7.5.2　定义结构体类型变量及对变量的初始化

定义一个结构体类型后，得到一个结构体类型名。有了这个类型名，就可以像 int、char、float 和 double 一样，用来定义一些结构体类型的变量。定义了变量，系统就会为变量分配存储空间。

1. 定义结构体变量

可以采用不同的方法定义一个结构体类型的变量。

（1）在定义了一个结构体类型之后，把变量定义为该类型。如有以下定义：

```
struct Student stdnt1,stdnt2,stdnt3;
```

注意：struct Student 是一个整体，不能只写 Student，它表示定义了 stdnt1、stdnt2 和 stdnt3 三个变量为名为 Student 类型的结构体变量。

（2）直接定义结构体类型的变量。由于没有定义此结构体类型的名字，因此无法用结构体类型名再定义其他变量。

```
struct              /*注意这个头部没有类型名*/
{
    unsigned int        num;
    char                name[20];
    char                sex;
    int                 age;
    float               score;
    char                addr[30];
} stdnt1,stdnt2,stdnt3;
```

（3）在定义一个结构体类型的同时定义一个或若干结构体变量，一般形式为：

```
struct 结构体名
{
    成员声明表列
}变量名表列;
```

例如:

```
struct Student
{
    unsigned int num;
    char            name[20];
    char            sex;
    int             age;
    float           score;
    char            addr[30];
} stdnt1,stdnt2,stdnt3;
```

这种形式紧凑,既定义了类型,又定义了变量。如果需要再用此 struct Student 定义其他变量,还可以用

```
struct Student stdnt4,stdnt5,stdnt6;
```

再定义三个 struct Student 类型的变量。

定义变量之后,在程序运行时将在内存分配连续的一片存储单元。可以用 sizeof 运算符计算出一个结构体类型数据的长度,它的长度是结构体成员中各个域所占的内存之和。

2. 结构体变量的初始化

在定义了结构体变量之后,stdnt1、stdnt2、stdnt3 等就具有 struct Student 结构体类型的特征,也有了变量的特征。但是,这些变量不是简单变量,它们的值也不是一个简单的整数、实数或字符等,而是由许多个基本数据组成的复合的值。

与简单变量的初始化类似,结构体变量的初始化应当在变量定义时进行,并且要把初始值依次写在一对花括号内(与数组类似),用赋值运算符赋值给对应的变量。例如:

```
struct Student
{
    unsigned int        num;
    char                name[20];
    char                sex;
    int                 age;
    float               score;
    char                addr[30];
} stdnt1 = {50201,"ZhangXi",'M',18,90.5,"Shanghai"},
  stdnt2 = {50202,"WangLi",'F',19,88.3,"Beijing"};
```

也可以用以下形式:

```
Struct Student stdnt3 = {50203,"LiHong",'M',17,79.9,"Shanxi"};
```

在初始化时,按照所定义的结构体类型的数据结构,依次写出各初始值,在编译时就将它们赋给此变量中的各成员。

7.5.3　结构体变量的操作

1. 引用结构体变量的成员

由于一个结构体变量是一个整体，要访问其中的一个成员，必须先找到这个结构体变量，然后再从中找到其中的一个成员。例如，要访问结构体变量 stdnt1 中的 num，应写成以下形式：

stdnt1.num

式中的圆点 "."称为成员运算符，意为从结构体变量 stdnt1 中找出中成员 num 的值。表达式 stdnt1.num＝50201 将把 50201 赋值给结构体变量 stdnt1 中的成员 num。成员运算符的运算级别最高。例如：stdnt1.num＋100，在 num 两侧有两个运算符，由于成员运算符的优先级高于加号运算符，故相当于：（stdnt1.num）＋100。

如果在同一函数中又定义了一个 num 变量，它将在内存中另外分配单元，而不在 stdnt1 范围内分配。访问变量 num 不能在 stdnt1 的存储空间中访问。请区分：

stdnt1.num　　　　　　　　　//结构体变量 stdnt1 中的 num 成员
num　　　　　　　　　　　　//简单变量 num

在同一个结构体类型的不同变量中，都有相同的成员名称。因此引用一个结构体变量的成员必须分清是引用哪个结构体变量中的某成员。例如，对 struct Student 的两个变量 stdnt1 和 stdnt2 必须确认是要引用 stdnt1.num 还是 stdnt2.num。它们代表内存中不同的存储单元，有不同的值。

可以对结构体变量的成员进行各种有关的运算。允许运算的种类与相同类型的简单变量的种类相同。例如，stdnt1.num 的类型为 unsigned int 类型，则它相当于一个 unsigned int 类型的变量，凡 unsigned int 类型简单变量所允许的运算，对 stdnd1.num 均可使用，如算术运算、赋值、关系运算、逻辑运算等。例如，stdnt1.num＋＋，相当于（stdnt1.num）＋＋，也可以进行"取地址运算"，如 & stdnt.num 得到 stdnt.num 的起始地址。

2. 结构体类型数据的输出

C 语言不允许使用 printf 函数和 scanf 函数对结构体变量进行整体地输入或输出操作。因为系统不可能为用户定义的形形色色的结构体类型提供相应的格式字符。例如，"printf（"%d\n"，stdnt1）"和"scanf（"%d"，&stdnt1）"是不对的。因为在用 printf 和 scanf 函数时，必须指出输出格式（用格式转换符），而结构体变量包括若干不同类型的数据项，像上面那样用一个%d 格式符来输出 stdnt1 的各个数据项显然是不行的。那么用"printf（"%s，%d，%c，%d，%d，%d，%ld，%5.2f\n"，student1）"来输出 stdnt1 中的各项也不行。因为在用 printf 函数输出时，一个格式符对应一个变量，有明确的起止范围，而一个结构体变量在内存中占连续的一片存储单元，哪一个格式符对应哪一个成员往往难以确定其界限。

为描述方便，假设有一个简单的结构体类型：

```
struct
{
    char name[10];
    char addr[18];
    unsigned int num;
} student1 = {"WangLi","12 Beijing Road",50201};
```

变量 student1 在内存中的存储如图 7—1 所示。

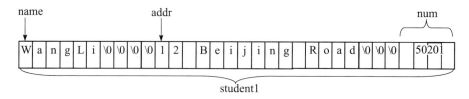

图 7—1　**student1 在内存中的存储**

由于 C 语言规定不允许对结构体变量作整体输入/输出。如果想输出变量 student1 的值，应当用语句：

```
printf ("%s, %s, %1d\n",student1.name,student1.addr,student1.num);
```

3. 结构体变量间的赋值

C 语言允许两个同类型的结构体变量之间相互赋值。可以将一个结构体变量作为一个整体赋给另一个具有相同类型的结构体变量。例如：

```
struct Student student1 = {50201,"WangLi",'M',18,89.5};
struct Student student2;
student2 = student1;
```

显然，这两个结构体变量的类型应当相同才可以赋值。

注意：不允许用赋值语句将一组常量直接赋给一个结构体变量。如下面语句不合法：

```
student1 = {50203,"WangLong",19,'F',89.5};
```

7.5.4　嵌套结构体类型

结构体是一种递归定义，结构体的成员具有某种数据类型，而结构体本身也是一种数据类型。换句话说，结构体的成员可以是另一个结构体，即结构体可以嵌套定义。

【例 7—1】在定义 Person 这种结构体时，使用已定义的 Date 类型。Date 类型必须先定义，然后才能定义 Person 类型；否则，编译会出现使用未定义的结构"Date"的错误。

```
struct Date
{
    int     month;
    int     day;
    int     year;
};                              /*声明了一个 struct Date 类型*/
struct Person
{
    char     name[20];          /*姓名*/
    char     sex;               /*性别*/
    struct Date     birthday;   /*出生日期 birthday 是另一个结构体类型的成员*/
    unsigned long     num;      /*身份证号*/
};
```

这样的定义相当于：

```
struct Person
{
    char    name[20];                /* 姓名 */
    char    sex;                     /* 性别 */
    int     month;
    int     day;
    int     year;
    unsigned long    num;            /* 身份证号 */
};
```

当使用嵌套结构体类型定义了变量后，对结构体变量成员的操作，应采用逐级访问的方式进行。例如，定义两个变量"struct Person zhang, wang"后，要访问 zhang 的出生年份，应当用表达式"zhang. Data. year"，也可以把一个结构体变量中的内嵌结构体类型成员赋给另一个结构体变量的相应部分，如"zhang. birthday＝wang. birthday"。

7.5.5　位段

在大多数的计算机系统中，一个字节是由 8 个更小的，被称做位的单位组成的。位是比字节更小的单位。位只有两个值：1 或 0。因此，存储在计算机存储器中的一个字节可以被看成由 8 个二进制数字形成的串。

在多数高级语言中，数据类型的长度是基于字节的，都是字节的整数倍。本书目前为止介绍的数据类型也都是基于字节的。但是，在某些情况下，有必要在位一级进行操作。例如：编制一些控制程序；某些加密算法需要访问字节中的位；有些数据，如布尔(真/假)变量，只要一位就可以表示，使用以字节为单位的数据变量会浪费内存。

1. 位段的概念

在 C 语言中，一种方法是用叫做位段的构造类型来定义一个压缩信息的结构。

C 语言提供一种在位一级进行操作的机制。它允许在一个结构体中以位为单位来指定其成员所占的内存长度，这种以位为单位的成员称为"位段"(bit-field)，或"位域"。一个位段由一位或若干位组成。实际上是将一个字节分成几个位段(即把只需要一位或几位的若干数据组织成一个字节)，因此也可认为它是"位信息组"。从结构上看，位段是一种特殊形式的结构体类型。

这个结构体类型与前面的结构体类型的定义的不同之处在于，结构体成员的长度以位为单位，需要在声明结构体类型时指定各位段的长度。方法是：在位段名的后面，有一个冒号，冒号的后面为指定的位数。还可以根据需要跳过某些位不用，被跳过的位段没有位段名，无法引用。

【例 7—2】

```
struct packeddata1
{
    unsigned int a:3;
    unsigned int:4;                  /* 此 4 位无位段名,不能引用 */
    unsigned int c:5;
    unsigned int d:4;
}x;
```

这个定义的情形如图 7—2 所示。

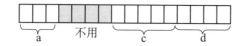

图 7—2　位段定义

　　指定位段时，用类型声明符 unsigned 或 unsigned int，二者是等价的，int 是可以省略的。不能使用 char 或其他类型。不要误以为位段 a 是一个整型变量，占 16 位。unsigned int 的意思是开辟一个整型数据的空间，然后从其中分配给位段 a 三个二进制位。接着，从其中分配四个二进位位段。如果各位段的长度超过一个整型数据的空间，即下一个位段已放不下了，这时系统会自动开辟第二个整型数据的空间，从下一个整型空间开始存放下一个位段，即一个位段不能跨越两个整型空间。也可以指定某一个位段从一个整型空间的下一字节开始存放，而不是紧接着前面的位段存放。

　　【例 7—3】

```
struct packeddata1
{
    unsigned int a:3;
    unsigned int:0;                     /*跳过一字节中的其余位*/
    unsigned int c:5;
    unsigned int:0;                     /*跳过一字节中的其余位*/
    unsigned int e:4;
    unsigned int f:2;
}
```

这个定义的情形如图 7—3 所示。

　　位段 a 后面定义了一个"位数为 0"的无名位段，它的作用是使下一个位段从另一字节开始存放，如图 7—3 所示。

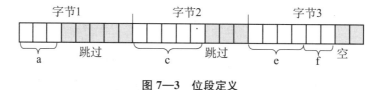

图 7—3　位段定义

　　在一个结构体中可以混合使用位段和通常的结构体成员，分别按各自的定义方式来占用内存中的空间。

　　2. 位段的引用

　　对位段的引用方法与引用结构体变量中的成员相同，即用以下形式：

x. a, x. b, x. c, x. d

　　允许对位段赋值，例如：

x. a = 2;x. b = 1;x. c = 7;x. d = 0;

　　注意：每一个位段能存储的最大值，该值不是定义位段时位段占用的比特数，而是它们所能表示的最大数。例如，x.c占三位，最大值为7，如果赋以8就会出现溢出，从而使x.c只取8的二进制数的低3位(000)。不能引用位段的地址，因为地址是以字节为单位的，无法指向位，如写法"&x.a"是不合法的。

位段是很有用的。它使用户能方便地访问一个字节中的有关位，这在控制中更为需要。而在其他高级语言中无此功能。用位段可以节省存储空间，把几个数据放在同一字节中，如"真"和"假"(即0和1)这样的信息只需一位就可以存放了。某些输入/输出设备的接口将传输信息编码为一个字节中的某个位，程序可以访问它们，并据此作出相应的操作。

7.5.6　结构体数组的定义与初始化

与普通变量类似，一个结构体变量只能存放一个对象(如一个学生或一个职工)的一组数据。如果要存放许多学生或职工的有关数据就要定义多个结构体变量，显然是很不方便的。与普通变量里使用数组一样，也可以将同类型的结构体变量用数组进行组织。

1. 定义结构体数组

定义结构体数组的方法与定义结构体变量的方法相类似，只是要多用一个方括号说明它是个数组，并指明数组的大小。下面以 struct Student 为例，说明定义结构体数组可以采用的三种方法。

(1) 在定义了一个结构体类型之后，把结构体数组定义为该类型。

```
struct Student
{
    ……
};
Struct Student stu[30];
```

(2) 直接定义结构体类型的数组。

```
struct
{
    ……
}stu[30];
```

(3) 在定义一个结构体类型的同时定义结构体数组。

```
struct Student
{
    ……
}stu[30];
```

与一般变量的数组一样，结构体数组也在内存中占有一片连续的存储空间。

2. 结构体数组的初始化

只能对定义为外部的或静态的数组才能初始化。在对结构体数组初始化时，要将每个元素的数据分别用花括号括起来。例如：

```
struct Student
{
    unsigned int          num;
```

```
    char                name[16];
    char                sex;
    int                 age;
    float               score;
    char                addr[30];
};
struct Student stu[3] = {{50201,"ZhangXi",'M',18,90.5,"Shanghai"},
                         {50202,"WangLi",'F',19,88.3,"Beijing"},
                         {50203,"LiHong",'M',17,79.9,"Shanxi"}};
```

这样，在编译时将一个花括号中的数据赋给一个元素，即将第一个花括号中的数据送给 stu[0]，第二个花括号内的数据送给 stu[1]，……，如果赋初值的数据的个数与所定义的数组元素相等，则数组元素的个数可以省略不写(这与基本类型的数组是相同的)。如果提供的初始化数据组的个数少于数组元素的个数，则方括号内的元素个数不能省略。对于未赋初值的数组元素，系统将对数值型成员赋以零，对字符型数据赋以"空"(NULL)，即"\0"。

7.5.7　对结构体数组元素的操作

1. 结构体数组元素的赋值

一个结构体元素(结构体下标变量)相当于一个结构体变量，可以将一个结构体数组元素赋值给同一结构体类型的数组中另一个元素，或赋给同一结构体类型的变量。例如，对下面的结构体数组 stu 和结构体变量 student1 的定义

```
struct Student stu[3],student1;
```

则下面的赋值合法：

```
student1 = stu[0];
stu[0] = stu[1];
stu[1] = student1;
```

2. 引用结构体数组元素的成员

引用结构体数组元素的成员的方法与引用结构体变量成员的方法相同。例如：

```
stu[i].num
```

是引用下标为 i 的 stu 数组元素中的 num 成员。如果数组已初始化，且 i=2，则相当于 stu[2].num。

由于不能把结构体变量作为一个整体直接用 printf 函数进行输出，所以也不能把结构体数组的元素作为整体直接用 printf 函数进行输出。输入一个结构体数组元素的值也可以使用 gets 函数。应该以结构体数组元素的某个成员为对象进行输入/输出。

【例 7—4】输入三个学生的信息并将它们输出。

```
# include <stdlib.h>
# include <stdio.h>
# define StuNUM 3
struct StudType
{
    char                name[16];
    long                num;
```

```
        int                 age;
        char                sex;
        float               score;
};
int main(void)
{
        struct StudType stu[StuNUM];
        int i;
        char ch;
        char numstr[16];
        /* 输入数据 */
        for(i = 0;i<StuNUM;i++)
        {
                printf ("\nenter all data of stu[ %d]:\n",i);
                gets(stu[i].name);
                gets(numstr);
                stu[i].num = atol (numstr);
                gets(numstr);
                stu[i].age = atoi(numstr);
                stu[i].sex = getchar( );
                ch = getchar( );
                gets(numstr);
                stu[i].score = atof(numstr);
        }
        /* 输出数据 */
        printf ("\n record name \t \t num\tage\tsex\tscore\n");
        for(i = 0;i<StuNUM;i++ )
                printf (" %d\t%-16s%-8d %d\t%-c\t%6.2f\n",i,stu[i].name,stu[i].num,\
                                                stu[i].age,stu[i].sex,stu[i].score);
        return 0;
}
```

说明：程序中用到的函数 atol 是将 gets 函数得到的字符串转变为长整型，atoi 是将 gets 函数得到的字符串转变为整型，atof 是将 gets 函数得到的字符串转变为实型。

7.5.8　指向结构体变量的指针

1. 指向结构体变量的指针及其定义

结构体变量定义后，系统就会为其分配一个连续的存储空间，C 语言编译器严格地按照顺序为每个结构体变量的成员递增地分配存储空间。

按照指针的概念，可以定义一个指针变量指向一个结构体变量，结构体变量的指针就是这个结构体变量所占内存单元的首地址。

如果已经定义了 struct StudType 结构体类型，则可用下面的形式定义一个指向这一种类型数据的指针变量 "struct StudType *p"。

2. 使用指向结构体变量的指针引用结构体变量的成员

使用指针变量 p 可以指向任何一个属于 struct StudType 类型的结构体变量，并且可以用该指针引用所指向的结构体变量的成员。

【例 7—5】 使用指针引用结构体变量的成员。

```
#include <string.h>
#include <stdio.h>
struct StudType
{
    char            name[16];
    long            num;
    int             age;
    char            sex;
    float           score;
};
int main(void)
{
    struct StudType student, *p;
/*使用结构体变量引用成员*/
    strcpy(student.name,"Wang Li");
    student.num = 50101;
    student.age = 18;
    student.sex = 'm';
    student.score = 89.5;
/*使用指向结构体变量的指针引用成员*/
    p = &student;
    printf ("\nname: %s\nnumber: %1d\nage: %d\nsex: %c\nscore: %6.2f\n",\
            (*p).name,(*p).num,(*p).age,(*p).sex,(*p).score);
    return 0;
}
```

在 C 语言中，使用指向结构体变量的指针引用结构体变量的成员，有以下三种等价形式：

结构体变量. 成员名
(*结构体指针). 成员名
结构体指针->成员名

第一种形式，前面已经说明了，下面结合例 7—5 对第二种形式进行说明。

（1）可以通过指针变量 p 引用它所指向的结构体变量 student 中的成员值。（*p）. name 就是引用 p 所指向的结构体变量中的 name 成员。

注意：不能写成 p. name，因为 p 不是结构体变量。

（2）若 p 已定义为指向一个结构体类型的指针变量，就只能指向结构体变量而不能指向其中一个成员。语句"p=&student. num"是不对的，因为 student. num 是 long 型的，而 p 是指向结构体类型的指针变量，二者类型不匹配。可以引用一个成员的地址，若想将它赋给一个指针变量，应使该指针变量具有与该成员相同的类型。如下面的写法是合法的：

```
long *pt;              /*定义一个指向 long 类型变量的指针变量 pt*/
pt = &student.num;
```

（3）成员运算符"."具有高的优先级别，比指针运算符高，并且是自左向右结合的。所以，使用指向结构体变量的指针引用结构体变量的成员，就要把指针运算符和指针变量名用括号括起来，以提高优先级。

3. 使用指向结构体变量的指针指向变量的成员

用"(＊p). 成员名"来引用成员还不够直观，C语言允许将它写为"p->成员名"。例如，p-> name，p-> num。"->"称为指向运算符，其优先级是最高的。

p-> num + 1 相当于(p-> num) + 1
p-> num + + 相当于(p-> num) + +

上例中 main( )的输出语句可改写为：

```
printf ("\nnam: % s\nnum: % ldnage: % d\nsex: % cnscore: % 6.2f\n", \
    p-> name, p-> num, p-> age, p-> sex, p-> score);
```

7.5.9　指向结构体数组的指针

C 编译器不仅为一个结构体变量分配一个连续的存储空间，而且还像一般数组一样，为结构体数组中的元素分配一个连续的存储空间。例如：

```
struct Student
{
    char            name[16];
    long            num;
    int             age;
    char            sex;
    float           score;
};
struct Student stu[3] = { {"WangLi", 50201, 18, 'm', 89.5}
                        {"ZhangFun", 50202, 19, 'm', 90.5},
                        {"LiLing", 50203, 20, 'f', 98.0}};
```

被分配的存储空间如图 7—4 所示。

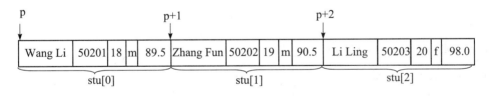

图 7—4　结构体数组的内存分配

根据 C 语言中指针与数组的关系，如果定义一个指向结构体数组的指针 p＝stu，p 指向 stu[0]，p＋1 指向 stu[1]，p＋2 指向 stu[2]，如图 7—5 所示。因此，例 7—4 中的程序可以改用指针实现。

【例 7—6】用指针实现输入三个学生的信息并将其输出。

```
# include〈stdlib. h〉
# include〈stdio. h〉
```

```
#define StuNUM 3
struct StudType
{
    char            name[16];
    long            num;
    int             age;
    char            sex;
    float           score;
};
int main(void)
{
    struct StudType stu[StuNUM], * p;
    int i;
    char numstr[16];
    /* 输入数据 */
    for(i = 0, p = stu; p<stu + StuNUM; p ++ , i ++ )
    {
        printf ("\nenter all data of stu[ % d]:\n", i);
        gets(p -> name);
        gets(numstr); p -> num = atol(numstr);
        gets(numstr); p -> age = atoi(numstr);
        p -> sex = getchar ( ); getchar ( );
        gets(numstr); p -> score = atof(numstr);
    }
    /* 输出数据 */
    printf ("\n record name \t \t num\tage\tsex\tscore\n");
    for(i = 0, p = stu; p<stu + StuNUM; p ++ , i ++ )
        printf (" % d\t % - 16s % - 8d % d\t % - c\t % 6. 2f\n", \
            i, p -> name, p -> num, p -> age, p -> sex, p -> score);
    return 0;
}
```

7.6 扩展知识与理论

7.6.1 链表的概念

链表(link)是指将若干数据(每一个数据组称为一个"结点")按一定的原则连接起来的数据结构。图7—5所示为一个简单链表的示意图。链表与数组相比,有如下不同:

(1) 组成数组的元素是顺序存放的,它们占用一片连续的存储空间。而链表元素称为结点,不一定要存放在一片连续的存储空间中,两个相邻的结点在内存中不一定相邻。如图7—5中,有4个结点,每个结点占32字节;结点1的存储位置从1244960开始,结点2从1245024开始,它们并不相邻。

(2) 在链表中,前一个结点靠指针"指向"下一个结点,只有通过前一个结点才能找到下一个结点。要找一个结点,必须从头指针开始,一个结点一个结点地顺着指针去找。而数

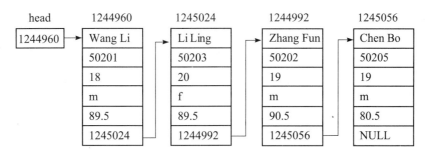

图 7—5 一个简单的链表结构

组不同，对数组元素的访问是随机的，只要指定了下标，就可以找到所需要的元素，每次可以任意指定下标，不必顺序访问。

（3）如图 7—6 所示，要在链表中删除一个结点，只要修改指针（如将第一个结点的指针由 1245024 修改为 1244992）就可以，不需要移动其他元素。而在数组中要删除一个元素，就需要移动一些元素。

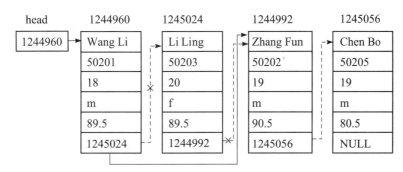

图 7—6 在链表中删除一个结点

在链表插入一个结点和在数组中插入一个元素的情况与之类似。

7.6.2 链表结点的定义与链接关系的建立

建立链表的关键：一是定义链表结点，在结构体类型的结点变量中包含一个指向要连接结点的数据类型的指针变量；二是形成链接关系，通过初始化或赋值操作，使指针的值为要指向的结点，同时设立一个头指针。

1. 链表结点的定义

从上面的介绍可以知道，链表中的每一个结点都由两部分组成：

（1）对用户有用的数据，这是链表的结点的实体部分，图 7—5 中每一结点中的姓名、学号、年龄、性别和成绩。

（2）用来存放下一个结点地址的一个指针类型数据项。这是用来建立结点间的联系的，也就是用它来构成"链"。

用 C 语言来实现链表这种数据结构是很方便的。包含指针项的结构体变量就是一个结点。对于图 7—5 中的结点，可以用下面定义的数据类型。

```
struct StudType
{
    char                name[16];
```

```
long              num;
int               age;
char              sex;
float             score;
struct StudType   * next;
};
```

这里，name、num、age、sex 和 score 是 5 个用来存放用户数据的成员；next 是指针变量，指向 struct StudType 类型的变量。从图 7—5 可以看到，这个指针变量中保存的是下一个(next)结点的地址。由于下个结点还是一个 StudType 类型的结点，所以它也是指向 StudTyep 类型的指针。这种由同一类型的结点形成的链表称为同质链表，是使用最普遍的链表。

链表中的结点也可以由不同类型的结点组成。这时的指针成员类型也需要根据下个结点的类型进行定义。

2. 链接关系的建立

链接关系的形成，就是要使头指针指向第一个结点，使第一个结点的链接指针指向第二个结点，……，使最后一个结点的链接指针指向"空"。

【例 7—7】一个简单链表的建立方法。

```
/* 定义三个结点和一个头指针 */
struct StudType stud1,stud2,stud3, *head;
/* 为三个结点中的数据部分赋值 */
stud1. num = 89101;stud1. score = 89.5;
stud2. num = 89102;stud2. score = 90.5;
stud3. num = 89103;stud3. score = 94.5;
/* 为各指针赋值,形成链接关系 */
head = &stud1;                    /* 使头指针指向第一个结点 */
stud1. next = &stud2;             /* 使第一个结点指向第二个结点 */
stud2. next = & stud3;            /* 使第二个结点指向第三个结点 */
stud3. next = NULL;               /* 使第三个结点指向空,形成链位尾 */
```

我们不必具体了解和过问每个结点中 next 成员的值，只要将需要链入的下一结点的地址赋给它即可。而系统在对程序编译时对每一个变量都分配了确定的地址。把 &stud2 赋给 stud1. next，就是将 stud2 结点链入到 stud1 后面。

注意：head 不是一个结构体变量，而只是一个指向结构体变量的指针变量，它不包括有用数据。

如果想输出第一个结点 stud1 中的学号和分数，可以直接用 stud1. num 和 stud1. score，也可以间接地通过 head 来引用，即 head -> num 和 head -> score。要引用 stud2 中的数据，可以用 stud1. next -> num 和 stud1. next -> score。由于圆点运算符和"->"运算符优先级别相同，结合方向均为由左向右，因此它们相当于（stud1. next）-> num 和（stud1. next）-> score。stud1. next 是第一个结点 stud1 中 next 成员项，它是一个指针项，存放了 &stud2。

7.6.3 动态链表的建立

与数组相比，链表具有插入和删除方便的特点。但是，按照上面的方法建立的链表并没有能够充分体现出链表的优势。因为使用链表，就是希望能够方便地进行结点的插入和删除。而采用上述方法对链表进行操作时，实际上需要生成所有的结点，程序的作用是把它链接在链表中。如果将某一结点从链表中删除，它所占用的存储空间仍然保留在内存中。而且结点总数若变化了，必须修改程序，使用起来不太方便。这种链表称为静态链表。采用动态链表可以克服这些不足。

所谓动态链表，就是在程序运行过程中能从无到有地建立链表，如果要把一个结点插入到链表中，就临时为其分配空间。如果把一个结点从链表中删除，就释放其所占的空间。为了能动态地开辟和释放内存单元，要用到 C 标准库函数库中内存动态分配函数。

【例 7—8】用动态链表存放学生数据。

1. 建立程序的头文件

这个头文件定义了其他程序文件要使用的一些声明。其中还定义了三个指针：头指针 head；为新的结点动态分配存储空间的指针 new；用于对当前结点进行链接的中间指针 this。此外，还包含了要使用的函数的原型声明。头文件的名称为 stud. h，内容如下：

```
struct StudNode
{
    char          name[16];
    long          num;
    float         score;
    struct StudNode   *next;
};
struct StudNode *head, *thisN, *newN;
void NewNode(void);
void ListAll(void);
```

2. 程序设计

程序由主函数、NewNode( )和 ListAll( )三个函数组成。

（1）主函数。主函数有以下两项功能：

①必要的初始化：设置一个标志；初始化头指针为空（即开始队列为空队列）。

②根据用户选择执行不同功能：

● 若输入"E"或"e"，表示要进行增加新结点的操作；

● 若输入"L"或"l"，表示要输出所有结点中的数据；

● 输入其他字符则退出。

程序如下：

```
# include〈stdio. h〉
# include〈stdlib. h〉
# include "stud. h"
int main(void)
{
    /* 初始化 */
    char ch;
    int flag = 1;
    head = NULL;
```

```
/* 按照用户选择调用增加新结点还是输出全部数据 */
while (flag)
{
    printf ("\n 输入 E 或 e 输入新的结点,");
    printf ("输入 L 或 l 列出所有结点:");
    ch = getchar ( );
    getchar ( );
    switch(ch)
    {
        case 'e':
        case 'E':
            NewNode ( );
            break;
        case 'l':
        case 'L':
            ListAll ( );
            break;
        default:
            flag = 0;
    }/* end switch */
}/* end while */
return 0;
}
```

（2）NewNode( )用来新增加一个结点。函数 NewNode( )依次执行下面的功能：

①为新结点开辟一个存储空间。

②将新结点链接到链表尾：若是空表，直接链接到 head 之后；否则要从头找哪个结点的 next 为空。

③ 为新结点的各成员输入数据。

④ 将新链接的结点的 next 指针赋值 NULL，即作为链表尾。

链接新结点的算法如图 7—7 所示。

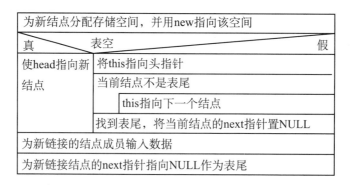

图 7—7　链接新结点的算法

这个函数的程序如下：

```
void NewNode(void)
{
    extern struct StudNode *newN, *head, *thisN;   /*引用了别的文件中定义的变量*/
    char numstr[16];
    /*开辟一个存储新结点的存储空间*/
    newN = (struct StudNode * )malloc(sizeof(struct StudNode));   /*开辟新结点*/
    /*将新结点链接到表尾*/
    if(head == NULL)                              /*head为表尾,将新结点链接到head后*/
        head = newN;
    else                                          /*原表不空,将新结点从头找到表尾*/
    {
        thisN = head;                             /*先指向头指针*/
        while(thisN -> next != NULL)              /*判断当前结点的next指针是否是表尾*/
            thisN = thisN -> next;                /*不是表尾,以下一个结点作为当前结点*/
        thisN -> next = newN;                     /*找到表尾,将next指向新结点*/
    }
    /*使用thisN给新结点的各成员赋值*/
    thisN = newN;                                 /*使thisN指向新结点*/
    printf("\n请输入姓名:");                       /*以下输入新结点数据*/
    gets(thisN -> name);
    printf("\n请输入学号:");
    gets(numstr);
    thisN -> num = atol(numstr);
    printf("\n请输入成绩:");
    gets(numstr);
    thisN -> score = atof(numstr);
    thisN -> next = NULL;                         /*将新结点设置为表尾*/
}
```

说明: 在这个函数中,除了 head 外,还使用了两个指向 StudNode 类型的指针:newN 和 thisN。newN 用来指示为新结点分配的存储空间;thisN 用来指示当前结点。这样,不仅概念清楚,不容易出现错误,还能使程序具有通用性。

要开辟新结点,就要调用 malloc 函数,用 sizeof(struct studtype)来测出每个结点的长度,这样用

```
newN = (struct StudNode * ) malloc (sizeof (struct StudNode));
```

就能开辟一个 struct StudNode 类型的结点。它是一个结构体变量,但没有为它定义变量名。执行上面语句后,把新结点的地址给指针变量 newN。也就是说,此时 newN 指向新开辟的结点。下面着重分析如何将一个新结点插入链表中。

在第一次调用 NewNode( )时,head 的值为 NULL,如图 7—8(a)所示;首先开辟一个可以存储一个结点的存储空间,用 newN 指向该空间,如图 7—8(b)所示;此时应将新结点链接在 head 之后,令 head=newN,就是将新结点的地址赋给 head,使 head 指向新结点,如图 7—8(c)所示。图中的地址是随便写的,只是为了便于理解。

下面就要为新链接的结点（结构体）输入数据。为了提高程序的通用性，使用指针 thisN 进行，为此首先要执行 thisN＝newN，使 thisN 指向当前插入的结点。然后按照前面介绍的方法为每个成员输入数据，如图 7—8(d)所示。输入完数据，还要使当前结点的 next 指针指向 NULL，以表示该结点是新的表尾，如图 7—8(e)所示。

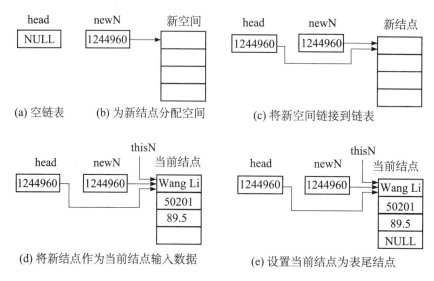

(a) 空链表　　　 (b) 为新结点分配空间　　　　 (c) 将新空间链接到链表

(d) 将新结点作为当前结点输入数据　　　 (e) 设置当前结点为表尾结点

图 7—8　　在空链表中插入一个新结点

如果第二次输入了"e"或"E"，则在进入 NewNode( )时，初始状况如图 7—9(a)所示。也是首先开辟一个新结点，见图 7—9(b)；接着用 thisN＝head 的作用是使 thisN 指向第一个结点（每次都使 thisN 从第一个结点开始，见图 7—9(c)，用 while 循环一直找到 thisN→next 为空，即找到表尾接点，见图 7—9(d)；然后执行 thisN→next＝newN，将新结点链接到表尾，见图 7—9(e)；接着将 thisN 指向新接点；最后当前结点输入数据并将之置为表尾，见图 7—9(f)。如果继续增加新结点，情况类似，新结点都加在最后。

（3）函数 ListAll 用于输出全部数据。

```c
void ListAll(void)
{
    extern struct StudNode *head, *thisN;      /* 引用了别的文件中定义的变量 */
    int i = 0;
    if(head == NULL)                           /* 是空表,则输出空表信息 */
    {
        printf ("\n 链表为空!\n");
        return;
    }
    thisN = head;                              /* 非空表,先使 thisN 指向表头 */
    do
    {
        printf ("\n 记录号: %d\n", ++ i);
        printf ("姓名: %s\n",thisN -> name);
        printf ("学号: %ld\n",thisN -> num);
```

```
        printf ("成绩: %6.2f\n",thisN -> score);
        thisN = thisN -> next;                    /* 一个结点数据输出完,thisN 指向下一结点 */
    }while(thisN != NULL);                         /* 打印完最后一个结点不再打印 */
}
```

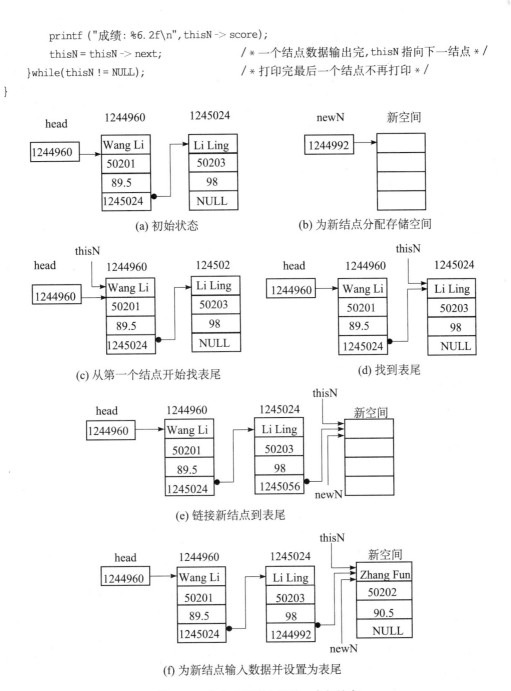

(a) 初始状态   (b) 为新结点分配存储空间

(c) 从第一个结点开始找表尾   (d) 找到表尾

(e) 链接新结点到表尾

(f) 为新结点输入数据并设置为表尾

图 7—9 在非空链表中链接一个新结点

通过上例可以初步了解怎样设计一个按动态存储分配的链表程序。这里只介绍最简单的链表——单向链表，还有双向链表、环形链表等，可以参考有关数据结构的书籍。程序中对单向链表的处理只是顺序增加新结点（放到整个链表最后），其实也可以插入到中间某一位置（例如，已按学号排好序，将新结点按同样规律插入）。此外，除了插入之外，也可以从链表中删除某一个结点等。

7.6.4　结构体变量作为函数参数

C语言允许用结构体变量作为函数参数，即直接将实参结构体变量的各个成员的值全部传递给形参的结构体变量。不言而喻，实参和形参类型应当完全一致。当然，实参也要是同类型的结构体变量(或结构体数组中的元素)。在函数被调用时，数据传递仍然是"值传递方式"，实参中各成员的值都完整地传递给形参，形参单独临时开辟一段内存单元以存放从实参传过去的各成员的值。

【例7—9】用结构体变量作参数实现结构体数据输出。

```
void print(struct StudNode student)
{
    printf ("name:%s\n", student. name);
    printf ("num:%ld\n", student. num);
    printf ("score:%6.2f\n", student. score);
}
```

7.6.5　用指向结构体变量的指针作函数参数

通过指针来传递结构体变量的地址给形参，再通过形参指针变量引用结构体变量中成员的值，是C语言的一种传统的用法。

【例7—10】链表的输出。

```
void DisplLink(struct StudNode ∗head)
{
    struct StudNode ∗thisP = head;
    int i = 0;
    do
    {
        printf ("\n记录号:%d\n", ++i);
        printf ("姓名:%s\n",thisP -> name);
        printf ("学号:%ld\n",thisP -> num);
        printf ("成绩:%6.2f\n",thisP -> score);
        thisP = thisP -> next;              /∗一个结点数据输出完,thisP指向下一结点∗/
    }while (thisP!= NULL);                   /∗打印完最后一个结点不再打印∗/
}
```

这个函数的算法与前面的例子相同。但要说明的是，实参也必须是与形参类型相同的指向结构体的指针。

7.6.6　返回结构体类型值的函数

一个函数可以返回一个函数值，这个函数值可以是整型、实型、字符型、指针型等。新的C标准允许函数返回一个结构体类型的值。

【例7—11】一个链表结点的删除函数。

下面的函数，可以在链表中删除指定学号的学生结点。需要主调函数传递链表头指针和要删除的学号。删除成功，函数返回链表头指针。

```
struct StudNode ∗DelNode(struct StudNode ∗ head,long StuNum)
```

```
{
    struct StudNode *p1, *p2;                   /* 定义临时指针 */
    /* 考虑是空链表的情形 */
    if(head == NULL)
    {
        printf("\n 空链表");
        return(head);
    }
    /* 考虑是非空链表的情形 */
    p1 = head;                                  /* 从链表头开始找 */
    while(StuNum! = p1 -> num && next! = NULL)  /* 没有找到并不到表尾 */
    {
        p2 = p1;                                /* 临时保留 p1 中的地址 */
        p1 = p1 -> next;                        /* p1 指向下一结点 */
    }
    if(StuNum = p1 -> num)                      /* 若找到退出循环结构 */
    {
        if(p1 == head)                          /* 如果是第一个结点 */
            head = p1 -> next;                  /* 将头指针指向第二个结点 */
        else                                    /* 若是当前结点 */
            p2 -> next = p1 -> next;            /* 将前一结点指向下一结点 */
        free(p1);                               /* 撤销所分配的存储空间 */
        printf("删除了结点");                     /* 输出已删除信息 */
    }
    else                                        /* 不是因找到而退出循环 */
        printf("\n 找不到结点");                  /* 显示找不到信息 */
    return head;                                /* 函数返回 */
}
```

7.6.7　共用体的特点

1. 共用体类型的定义与共用体变量的定义

关于共用体(union)数据类型是指将不同的数据项存放于同一段内存单元的一种构造数据类型。例如：

```
union exam
{
    int a;
    double b;
    char c;
}x;
```

这种结构类型与结构体形式相同，数据类型的定义和变量的定义形式也与结构体相似，可以采用三种形式，只不过将原来的关键字 struct 替换为 union 就可以了。

共用体类型和结构体类型在定义时可以嵌套，即一个结构体结构中可以有共用体结构；反之，一个共用体结构中可以有结构体结构。

2. 共用体类型与结构体类型的比较

共用体与结构体在形式上相似，但实质上有很大不同。下面在同样成员的情况下对二者进行比较。假定它们都有如下 3 个成员：4 字节的 int 类型成员 a；8 字节的 double 类型成员 b；1 字节的 char 类型成员 c。

（1）存储结构不同。

图 7—10 所示为它们的存储结构比较。系统要为结构体的每个成员分配相应的存储空间，共分配 13 字节的空间，每个成员有自己的空间；而系统为共用体的存储空间分配是按最大的一个成员占用的存储空间分配，所以只分配 8 字节的存储空间，所有成员共享这个空间。

共用体类型的主要特征是几个数据项共享内存同一空间。

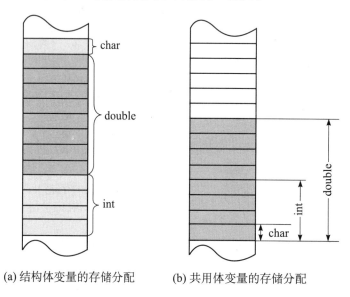

(a) 结构体变量的存储分配　　　(b) 共用体变量的存储分配

图 7—10　结构体变量与共用体变量的存储分配

（2）由于结构体中的每个成员都有自己的存储空间，所有成员可以同时存储；而共用体中所有的成员共用一个存储空间，同一时间只能存储一个成员。

（3）结构体变量可以在定义时进行初始化；而共用体变量不能在定义时进行初始化。例如，下面的程序段都是非法的。

```
union m
{
    int i;
    char c;
    double d;
}x = {3,'s',3.141593};          / * 不能对共用体变量初始化 * /
```

也不能直接用共用体变量名进行输入/输出，例如：

```
scanf (" %f",&x);
printf (" %f",x);
```

（4）结构体中的所有成员可以同时存储，也可以用指针或变量单独引用每个成员；而同一时间只能存储共用体的一个成员，也只能用指针或变量单独引用所存储的成员，并且所引用的是最后一次存入的成员的值。例如，执行语句

```
x. i = 3;
x. c = 'w';
x. d = 2. 7234;
```

后，引用的只能是成员 d 的值。

也可以通过指针变量引用共用体变量中的成员。例如，执行语句

```
union exam *pt, x;
pt = &x;
pt -> i = 3;
printf (" %d\t", pt -> i);
pt -> c = 'A';
printf (" %c\t", pt -> c);
pt -> d = 4. 5;
printf (" %f\n", pt -> d);
```

这里，pt 是指向 union exam 类型数据的指针变量，先使它指向共用体变量 x。此时 pt -> d 相当于 x. d，这和结构体变量中的用法相似。不能通过"printf（"%d,%c,%f"，x. i，x. c，x. d）"得到 x. i 和 x. c 的值 3 和'w'，只能得到 x. d 的值为 2. 723。

（5）ANSI C 允许在两个同类型的共用体变量之间赋值。例如：

```
# include〈stdio. h〉
int main(void)
{
    union exam
    {
        int a;
        float b;
        char c;
    }x, y;
    x. a = 3;
    y = x;
    printf (" %d\n", y. a);
}
```

ANSI C 还允许把共用体变量作为函数参数。

7. 6. 8　共用体变量的应用

共用体类型可以增加程序的灵活性，对同一段内存空间的值在不同情况下作不同的用途。

1. 应用在数据处理中

【例 7—12】一个学校的人员数据管理中，对教师则应登记其"单位"，对"学生"则应登记其"班级"，它们都在同一栏中。可以定义结构：

```
struct
{
    long num;
    char name[20];
    char sex;
    char job;                    /* 职业 */
    union
    {
        int class;               /* 班级 */
        char group[20];          /* 单位名 */
    } category;
}person[10];
```

如果 job 项输入为"s"(学生),则使程序接着接收一个整数给 class(班号);如果 job 的值为"t"(教师),则接收一个字符串给 group[20]。下面是一段处理的程序:

```
scanf (" %c",&person[0]. job);
if(person[0]. job == 's')
    scanf (" %d",& person[0]. category. class);
else if(person[0]. job == 't')
    scanf (" %",person[0]. category. group);
```

2. 发现数据的底层存储形式

【例 7—13】利用共用体的特点区分整型变量中的高字节和低字节。

```
# include〈stdio. h〉
union change
{
    char c[2];
    short int i;
}un;
int main(void)
{
    un. i = 24897;
    printf("i = %o\n", un. i);
    printf(" %ld(低字节): %o, %c\n", &un. c[0],un. c[0],un. c[0]);
    printf(" %ld(高字节): %o, %c\n", &un. c[1],un. c[1],un. c[1]);
    return 0;
}
```

7.6.9　枚举类型数据

"枚举"类型是指这种类型的变量的值只能是指定的若干名字之一。一个枚举类型和枚举变量可以定义如下:

```
enum colorname {red,yellow,blue,white,black};   /* 定义枚举类 enum colorname */
enum colorname color;                            /* 定义枚举变量 color */
```

变量 color 是枚举型 enum colorname 的，它的值只能是 red、yellow、blue、white、black 五者之一。例如，"color＝red；color＝white；"的赋值合法，而语句"color＝green；color＝orange；"不合法。

说明：

（1）enum 是关键字，标识枚举类型，定义枚举类型必须用 enum 开头。

（2）在定义枚举类型时，花括号中的一些名字（red，yellow，blue，white，black）是编程者自己指定的，命名规则与标识符相同。这些名字并无固定的含义，只是一个符号。编程者仅仅为了提高程序的可读性才使用这些名字。这些名字不是变量，不能改变其值。例如，下面的赋值语句和输入语句是不对的：

```
red = 3;
scanf("%s",red);
```

（3）枚举类型的值是一些整数。从花括号中第一个名字开始，各名字分别代表 0，1，2，3，4。这是系统自动赋给的，如"printf("%d"，red);"输出的值为 0。但是定义枚举类型时不能写成："enum colorname{0，1，2，3，4}"，而必须用符号 red，yellow 等或其他标识符。这些符号称为枚举常量或枚举元素。

（4）可以在定义类型时对枚举常量初始化。例如：

```
enum colorname{red = 3,yellow,blue,while = 8,black};
```

此时，red 为 3，yellow 为 4，blue 为 5，while 为 8，black 为 9。因为 yellow 在 red 之后，red 为 3，yellow 顺序加 1，同理 black 为 9。

（5）枚举常量可以进行比较。例如：

```
if(color == red) printf ("red");
if(color!= black) printf ("it is not black!");
if(color>while) printf("it is black");          /* 按所代表的整数进行比较 */
```

（6）一个枚举变量的值只能是这几个枚举常量之一，可以将枚举常量赋给一个枚举变量。但不能将一个整数赋给它。例如：

```
color = black;          /* 正确 */
color = 5;          /* 错误 */
```

（7）枚举常量不是字符串，不能用"printf("%s"，red)"方法输出字符串"red"，可以先检查 color 的值，如果是 red，就输出字符串"red"，例如：

```
color = red,
if(color == red) printf ("red");
```

【例 7—14】

```
#include<stdio. h>
int main(void)
{
    enum colorname{red,yellow,blue,white,black};
    enum colorname color;
```

```
        for(color = red;color< = black;color ++ )
            switch(color)
            {
                case red:
                    printf("red");
                    break;
                case yellow:
                    printf("yellow");
                    break;
                case blue:
                    printf("blue");
                    break;
                case white:
                    printf("white");
                    break;
                case black:
                    printf("black");
                    break;
            }
        return 0;
    }
```

在程序中，color 作为循环变量，它的值是枚举常量。color++表示按顺序变化，由 red 变成 yellow，由 yellow 变成 blue，……。在 switch 结构中，根据 color 的当前值由程序输出事先指定的字符串。当然也可以输出其他任意指定的字符串。

注意: 枚举常量只是一个符号，本身并无任何物理含义，不要以为"red"一定代表"红的"，令 color=red 就使 color 具有红色了。枚举常量用来代表什么完全由编程者自己假定。为了可读性，一般命名时使其易于理解。例如:

enum weekday{sunday, monday, tuesday, wednesday, thursday, friday, saturday};

也可以写为:

enum weekday{sun, mon, tue, wed, thu, fri, sat};

究竟用 sunday 还是 sun 代表人们心目中的"星期天"，完全自便，甚至可以用别的名字，如 a、b、c、d 等。

7.6.10 用 Typedef 定义类型

以前用的类型名，除结构体类型、共用体类型和枚举类型名由用户自己命名外，其他类型名都是系统预先定义好的标准名，如 int、float、char 等。C 语言还允许在程序中用 typedef 来定义新的类型名以代替已有的类型名。下面介绍 typedef 的几种用法。

1. 简单的名字替换

typedef int INTEGER;

含义是将 int 型定义为 INTEGER，这二者等价，在程序中就可以用 INTEGER 作为类型名来定义变量。

```
INTEGER a,b;                              /* 相当于 int a,b; */
```

定义 a，b 为 INTEGER 类型，也即 int 类型。

2. 定义一个结构体类型名

例如：

```
typedef struct
{
    char name[20];
    long num;
    float score;
} STUDENT;
```

这样以后就可以用名字 STUDENT 来定义变量了。例如：

```
STUDENT student1,student2, *p;
```

定义了两个如上类型的结构体变量 student1，student2，以及一个指向该类型的指针变量 p。typedef 同样可用于共用体类型和枚举类型。

3. 定义数组类型

```
typedef int COUNT[20];         /* 定义 COUNT 为整型数组 */
typedef char NAME[20];         /* 定义 NAME 为字符数组 */
COUNT a,b;                     /* a,b 为整型数组 */
NAME c,d;                      /* c,d 为字符数组 */
```

4. 定义指针类型

```
typedef char *STRING;          /* 定义 STRING 为字符指针类型 */
STRING p1,p2,p[10];            /* p1,p2 为字符指针变量,p 为字符指针数组名 */
```

归纳起来，用 typedef 定义一个新类型名的方法如下：

（1）先按定义变量的方法写出定义体（如 char a[20]）。

（2）将变量名换成新类型名（如 char NAME[20]）。

（3）在最前面加上 typedef（如 typedef char NAME[20]）。

（4）然后可以用新类型名去定义变量（如 NAME c，d）。

说明： 用 typedef 只是起了一个新的类型名字，并未建立新的数据类型。其好处是，用 typedef 往往能增加程序的可读性。例如，用 COUNT 定义变量，这些变量用于"统计"，还可以定义类型名 AGE、ADDRESS 等。此外有利于可移植性，例如，32 位计算机上一个整型量占 4 字节，如果把它移植到 16 位计算机（int 型为 2 字节）上，并且数据范围超过 − 32768 ～ 32767 范围，整数赋给整型变量就会溢出。为此，可以在程序中"typedef int INTEGER"，使用 INTEGER 定义所有整型变量，在向 16 位计算机移植时只需改动最前面的 typedef 定义即可。例如，"typedef long INTEGER"，所有用 INTEGER 定义的变量都是 long 型，占 4 字节。

项目小结

根据项目 7 中的 4 个任务——学生记录的增加、删除、修改、显示，我们学习了 C 语言的自定义数据类型，内容包括结构体、共用体和枚举类型。其中，结构体的内容包括结构体类型的定义、结构体变量及初始化、结构体数组、结构体与指针、链表的使用、结构体与函数等。从而达到了我们制定的技能目标：能将学生信息定义成结构体类型，并定义结构体变量和变量的初始化；能计算结构体变量占用的存储空间大小，能正确引用结构体成员变量；能用结构体类型定义结构体数组并初始化，并对结构体数组元素中的成员变量进行访问等。

习　题　7

一、选择题

1. 若程序中有下面的说明和定义：

```
struct abc {
        int x;
        char y;
        }
……
struct abc s1,s2;
……
```

则会发生的情况是(　　　)。

A. 编译时错

B. 程序将顺利编译、连接、运行

C. 能顺利通过编译连接，但不执行

D. 能顺利通过编译，但连接出错

2. 设有如下定义：

```
struct sk{
        int a;
        float b;
        } data, * p;
```

若有 p＝&data，则对 data 中的 a 域的正确引用是(　　　)。

A. (*p).data.a　　　B. (*p).a　　　C. p-> data.a　　　D. p.data.a

3. 有以下程序：

```
# include <stdio.h>
struct stu {
        int num;
        char name[10];
        int age;
        };
void fun(struct stu *p)
{
    printf ("%s\n",(*p).name);
}
main ( )
```

```
{
    struct stu student[3] = {{9801,"Zhang",20},
                            {9802,"Wang",19},
                            {9803,"Zhao",18}};
    fun(student + 2);
}
```

输出结果是（   ）。

A. Zhang   B. Zhao   C. Wang   D. 18

4. 下列程序的输出结果是（   ）。

```
#include <stdio.h>
struct abc
{
    int a,b,c;
};

int main ( )
{
    struct abc s[2] = {{1,2,3},{4,5,6}};
    int t;
    t = s[0].a + s[1].b;
    printf("%d\n",t);
}
```

A. 5   B. 6   C. 7   D. 8

5. 有如下定义：

```
struct person {
    char name [9];
    int age;
    };
struct person class1[10] = {"John",17,
                            "Paul",19,
                            "Mary",18,
                            "Adam",16,};
```

根据上述定义，能输出字母 M 的语句是（   ）。

A. printf ("%c\n", class1[3]. name);

B. printf ("%c\n", class1[3]. name[1]);

C. printf ("%c\n", class1[2]. name[1]);

D. printf ("%c\n", class1[2]. name[0]);

6. 有以下结构体说明和变量的定义，且如下图所示指针 p 指向变量 a，指针 q 指向变量 b，则不能把结点连接到结点 a 后的语句是（   ）。

```
struct node {
    char data;
    struct node *next;
```

```
                                }a,b, *p = &a, *q = &b;
```

A. a. next＝q;   B. p. next＝&b;

C. p－>next＝&b;   D. （*p）. next＝q;

7. 设有以下说明语句：

```
struct ex {
        int x;
        float y;
        char z:
        } example;
```

则下面的叙述中不正确的是（   ）。

A. struct 是结构体类型的关键字   B. example 是结构体类型名

C. x，y，z 都是结构体成员名   D. struct ex 是结构体类型

8. 以下程序的输出结果是（   ）。

```
struct HAR {
        int x,y;
        struct HAR * p;
        } h[2];
main ( )
{
h[0]. x = 1;
h[0]. y = 2;
h[1]. x = 3;
h[1]. y = 4;
h[0]. p = &h[1];
h[1]. p = h;
printf(" %d % d\n",(h[0]. p)-> x,(h[1]. p)-> y);
}
```

A. 12   B. 23   C. 14   D. 32

9. 已知职工记录描述为：

```
struct workers{
    int no;
    char name[20];
    char sex;
    struct {
            int day;
            int month;
            int year;
            }birth;
```

　　}w;

设变量 w 中的生日是 1993 年 10 月 25 日，下列对生日的正确赋值方式是（　　）。

　　A. day＝25;month＝10;year＝1993;

　　B. w. day＝25;w. month＝10;w. year＝1993

　　C. w. birth. day＝25; w. birth. month＝10;w. birth. year＝1993;

　　D. birth. day＝25;birth. month＝10;birth. year＝1993;

　　10. 当定义一个结构体变量时系统分配给它的内存是（　　）。

　　A. 各成员所需内存的总和　　　　　　　B. 成员中占内存容量最大者所需的容量

　　C. 结构中第一个成员所需内存容量　　　D. 结构中最后一个成员所需内存容量

　　11. 字符"0"的 ASCII 码的十进制数为 48，且数组的第 0 个元素在低位，则以下程序的输出结果是（　　）。

```c
#include<stdio.h>
main ( )
{
    union {
        int i[2];
        long k;
        char c[4];
        }r, *s = &r;
s -> i[0] = 0x39;
s -> i[1] = 0x38;
printf(" %c\n",s -> c[0]);
}
```

　　A. 39　　　　　　　　　B. 9　　　　　　　　C. 38　　　　　　　　D. 8

　　12. 以下程序的输出结果是（　　）。

```c
union myun {
        struct {
                int x, y, z;
                } u;
        int k;
        }a;

main ( )
{
  a. u. x = 4;
  a. u. y = 5;
  a. u. z = 6;
  a. k = 0;
  printf(" %d\n",a. u. x);
}
```

　　A. 4　　　　　　　　　B. 5　　　　　　　　C. 6　　　　　　　　D. 0

　　13. 以下对枚举类型名的定义中正确的是（　　）。

A. enum a＝{sun，mon，tue}　　　　B. enum a{sun＝9，mon＝－1，tue}

C. enum a={"sun","mon","tue"}　　　　D. enum a{"sun","mon","tue"}

二、填空题

1. 为了建立如下图所示的存储结构（即每个结点含两个域，data 是数据域，next 是指向结点的指针域）。请填空。

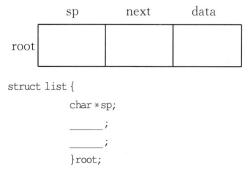

data　　　　next

struct link {char data;＿＿＿＿}node;

2. 有以下说明定义和语句：

struct{int day;char month;int year;}a, * b;b = &a;

可用 a. day 引用结构体成员 day，请写出引用结构体成员 a. day 的其他两种形式＿＿＿＿和＿＿＿＿。

3. 变量 root 有如图所示的存储结构，其中 sp 是指向字符串的指针域，next 是指向该结构的指针域，data 用以存放整型数。请填空，完成此结构的类型说明和变量 root 的定义。

sp　　　　next　　　　data

root

```
struct list {
        char *sp;
        ＿＿＿＿;
        ＿＿＿＿;
        }root;
```

4. 以下程序用来输出结构体变量 ex 所占存储单元的字节数，请填空。

```
struct st {
        char name[20];
        double score;
        };
main ( )
{
strut st ex;
    printf("ex size: %d\n",sizeof(＿＿＿＿));
}
```

5. 若有如下结构体说明：

```
struct STRU {
        int a,b;
        char c;
        double d;
```

```
        struct STRU *p1, *p2;
      };
```

请填空，以完成对 t 数组的定义，t 数组的每个元素为该结构体类型。

_____ t[20];

6. 若有以下说明和定义，则对该结构体各个域的引用形式是_____、_____、_____和

_____。

```
struct aa {
        int x;
        char y;
        struct z {
                double y;
                int z;}z;
        } a;
```

7. 若有以下说明和定义，且数组 w 和变量 k 已正确赋值，则对 w 数组中第 k 元素中各
成员的正确引用是_____、_____和_____。

```
struct aa {
        int b;
        char c;
        double d;
        };
struct aa w[10];
int k;
```

8. 下列程序的输出结果是_____。

```
struct ks {
        int a;
        int *b;};
main ( )
{
    struct ks s[4], *p;
    int n = 1, i;
    for(i = 0;i<4;i++ )
    {
        s[i].a = n;
        s[i].b = &s[i].a;
        n = n + 2;
    }
    p = &s[0];
    printf(" %d, %d\n", ++ ( *p -> b), *s[2].b);
}
```

项目 8　项目中学生数据的存储与重用

 技能目标

- 能用 fopen 函数和 fclose 函数打开和关闭文件；
- 能正确地读写文件；
- 能用文件定位函数对文件进行正确的定位操作；
- 能用格式化读写函数读写数据。

 知识目标

- 理解文件的概念、作用和文件的类型；
- 理解文件指针的概念和定义方法；
- 理解并掌握字符、字符串、数据块、格式化文件读写函数的格式；
- 理解文件定位函数的功能和使用方法。

 项目任务与解析

使用文件进行学生数据的读写。

本项目包含以下任务：

- 任务 20：学生信息的保存。
- 任务 21：学生信息文件的打开。

8.1　任务 20：学生信息的保存

1. 问题描述

学生属性是用结构体类型来实现的，首先定义学生数组长度：

#define STUSIZE 40

定义学生信息结构体类型：

```
struct student
{
    int stunum;                        /*学号*/
    char stuname[10];                  /*学生姓名*/
    float stuscore[5];                 /*三门课成绩、平均成绩、总成绩*/
};
```

定义能存储 40 个学生信息的数组

```
struct student stu[STUSIZE];           /*定义学生数组*/
```

2. 具体实现

学生信息保存在一个名为 stuscore 的文件中,以二进制文件的形式保存,保存的学生数由形参 size 决定,用写数据块函数实现保存,保存文件成功后给出提示。

```
/*保存文件*/
void Save(struct student stu[ ],int size)
{
    FILE * fp;
    int i;
    if((fp = fopen("c:\\stuscore","wb")) == NULL)
    {
        printf("文件不能正常打开!\n");
        return;
    }
    else
    {
        for(i = 0;i<size;i ++ )
        {
            fwrite(&stu[i],sizeof(struct student),1,fp);
        }
        fclose(fp);
    }
    printf("保存文件成功!\n");
}
```

3. 知识分析

使用文件对学生信息进行保存。

8.2 任务 21:学生信息文件的打开

1. 问题描述

该任务用读数据块函数打开保存在 stuscore 文件中的学生信息,文件中的学生数由形参指针变量 size 返回。

2. 具体实现

```
/*打开文件函数*/
void Open(struct student stu[ ],int *size)
```

```
{
    int i = 0;
    FILE *fp;
    if((fp = fopen("c:\\stuscore","rb")) == NULL)
    {
        printf("文件不能正常打开!\n");
        return;
    }
    else
    {
        while(feof(fp))
        {
            fread(&stu[i],sizeof(struct student),1,fp);
            i++;
        }
        fclose(fp);
    }
    printf("文件打开成功!");
    *size = i-1;
}
```

3. 知识分析

对保存在文件中的学生信息进行读取。

8.3　必备知识与理论

8.3.1　文件及其分类

文件(file)是一种组织外部存储介质上的数据的数据类型。它有两个特征：一是对一个数据集合可以用一个名字命名；二是保存在外部介质上，如磁带、磁盘、光盘、U 盘上，可以长期保存。例如，给编写的 C 源程序起一个名字存放到磁盘上就是一个文件。

从程序设计的观点出发，对文件按内容来分，有源程序文件、目标程序文件、可执行程序文件和数据文件等。这里主要讨论数据文件，即如何将程序处理的数据组织成文件保存到外部介质上，以及怎样从外部介质上读取这些数据。

按文件的数据的组织形式，数据文件可分为 ASCII 文件和二进制文件。

二进制文件是指以数据在内存中存储形式原样输出到磁盘上的文件。例如，50201 的二进制表示为 1100010000011001。ASCII 文件是指文件的内容是由一个一个字符组成的，每一个字符用一个 ASCII 代码。例如，50201 共有 5 个字符，每个字符占 1 字节，故共占 5 字节。

一般来说，二进制文件节省存储空间而且输入/输出的速度快，因为在输出时不需要把数据由二进制形式转换为 ASCII 码，在输入时也不需要把 ASCII 码先转换成二进制形式，然后存入内存。如果存入磁盘中的数据只是暂存的中间结果数据，以后还要调入继续处理的，一般用二进制文件以节省时间和空间。如果输出的数据是准备作为文档供给人们阅读的，一般用 ASCII 文件，它们通过显示器或打印机转换成字符输出。一般高级语言都能提供 ASCII 文件和二进制文件，用不同的方法来读/写这两种不同的文件。

8.3.2　文件名

一个文件必须有一个文件名。文件名包括三部分：文件路径、主文件名和文件扩展名。

文件路径表明文件的存储位置。在操作系统中用反斜杠符（\）作为目录、子目录、文件之间的分隔符。例如：

```
c:\exe\myfile1.c
```

表明文件 myfile1.c 保存在 c 盘中的 exe 目录（文件夹）中。但是，在 C 语言程序中，由于反斜杠符（\）是作为转义字符的起始符号，因此如果想用反斜杠符时要用两个反斜杠符表示，即要写成

```
c:\\exe\\file1.txt
```

主文件名是文件的主要标志，它必须符合 C 语言关于标识符的命名规定。

文件扩展名用于对文件进行补充说明，一般不超过三个字符，通常用特定的扩展名表明文件的类型。例如，.txt 表明是文本文件，用 .c 表示是 C 语言源程序文件，用 .exe 表示是可执行文件等。

8.3.3　文件的位置指针与读写方式

为了进行读或写，系统要为每个文件设置一个位置指针，用于指向当前的读写位置。文件的位置指针的初始值可以按照程序员要进行的操作自动初始化。

（1）当要进行读或写时，文件的位置指针的初始值为文件头。

（2）当要为文件追加数据时，文件的位置指针指向文件尾。

在 ASCII 文件中，通常每进行一次读或写，位置指针就自动加 1，指向下一个字符位置，为下一次读或写作准备，形成顺序读写方式。

为了方便使用，C 语言允许人为地移动位置指针，使位置指针跳动一个距离，或返回到文件头，形成文件的随机读写方式。

8.3.4　FILE 类型指针

1.FILE 类型

要对文件进行操作，就要了解文件的有关信息，如文件名、文件的状态、文件的当前位置等。为此，C 语言系统定义了一个结构体类型用于存储这些信息，如 Turbo C++ 中定义的文件结构体类型为：

```
typedef struct{
    int           level;        /*缓冲区使用程度*/
    unsigned      flags;        /*文件状态标志*/
    char          fd;           /*文件描述符*/
    unsigned char hold;         /*如无缓冲区则不读字符*/
    int           bsize;        /*缓冲区大小*/
    unsigned char *buffer;      /*缓冲区位置*/
    unsigned char *curp;        /*当前位置指针*/
    unsigned      istemp;       /*临时文件标志*/
    short         token;        /*有效性检查*/
}FILE;
```

这个文件类型定义放在文件 stdio. h 中，因此要对文件操作就要包含该文件。

2. FILE 类型指针

只要程序中用到一个文件，系统就要为其开辟一个如上所述的结构体变量，用来存放该文件的有关信息。有多少个文件就要开辟多少个相应的结构体变量。这些结构体变量不用变量名标识，而是设置一个指向该结构体变量的指针变量，通过它来访问该结构体变量。

定义文件类型指针变量的一般形式为：

FILE * 文件指针变量名;

例如：

FILE *fp;   //定义指针变量 fp,它是指向 FILE 类型结构体数据的指针变量

3. 标准文件

C 语言的标准 I/O 库中定义了三个 FILE 型的指针：stdin(标准输入文件)、stdout(标准输出)和 stderr(标准错误文件)。它们可被任何程序使用，称为标准文件指针，简称标准文件。通常，标准文件指针隐含指向控制台(终端设备)，即在终端上进行输入/输出。

（1）stdin：输入来自键盘。

（2）stdout 和 stderr：输出到屏幕。

到目前为止说到的输入/输出都是基于这些标准文件的，所以无须特别指定输入/输出的对象(外部存储介质)就可以进行操作。

8.3.5 流

对文件的操作是高级语言的一种重要功能。由于对文件的操作要与各种外部设备发生联系，而所有外部设备都是由操作系统统一管理的，因此对文件的输入/输出过程是通过操作系统来实现的。

程序对文件的操作(读/写)过程如图 8—1 所示。进行文件的读/写，首先要为文件建立一个相应的缓冲区。当要向文件写数据时，程序先把数据送到缓冲区，再把数据送到外部设备的指定文件中；当要从文件读取数据时，也要先把数据送到缓冲区，再由变量从缓冲区中提取相应的数据。

缓冲区可以由系统自动为每个文件设置，也可以由程序员自己设置。采用前者的系统称为缓冲文件系统，而由用户自己根据需要设置缓冲区的系统称为非缓冲文件系统。ANSI C 建议使用缓冲文件系统，并对缓冲文件系统的功能进行了扩充，使之既能用于处理 ASCII 码文件，也能处理二进制文件。

在现代操作系统中，考虑到一个计算机系统要使用许多外部设备，如键盘、显示器、打印机、磁盘等。为了简化用户对这些设备的操作，使用户不必具体考虑设备间的差异，可以将设备——缓冲区——应用程序之间的输入/输出过程抽象为"数据的流动"，并称为"流"(stream)，这样就可以使用统一的流处理函数进行设备(文件)的操作了。

流包含设备(文件)、缓冲区以及操作性质、状态等。要进行文件操作，首先要建立一个流。

建立了与文件相应的流，与该文件相应的文件结构体变量(即文件的信息区)才会有具体的值，FILE 类型的指针也就会指向相应文件的结构体变量。图 8—2 为一个 FILE 类型的指针指向对应的文件信息区(结构体变量)的示意图，由此可见文件指针和流是 C 语言文件系统的两个很重要的概念。

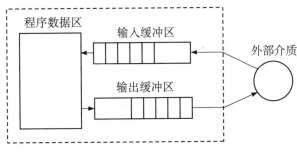

图 8—1　程序对文件的操作（读/写）过程

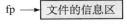

图 8—2　FILE 指针

8.3.6　文件的打开与关闭——流的创建与撤销

1. 文件的打开

根据前面的讨论，要用统一的读/写函数进行文件操作，首先要建立与文件对应的流。这样就建立了文件与对应缓冲区之间的联系，也就建立了与文件对应的信息表。这个过程通常用"打开"方式完成。

C 语言中，打开文件的操作通过 fopen 函数来实现，它的调用方式如下：

fopen(文件名,文件操作方式);

说明：

（1）文件名应当包含文件路径、主文件名和文件扩展名，即提供找到文件的有关信息。

（2）应当理解文件操作方式的意义。文件操作方式如表 8—1 所示。

表 8—1　　　　　　　　　　　　　　文件操作方式

操作方式	操作方式符号	
	对文本文件	对二进制文件
读打开	r	rb
写生成	w	wb
追加	a	ab
读/写打开	r+	rb+/r+b
读/写生成	w+	wb+/w+b
读/写追加	a+	ab+/a+b

● 读打开(r 或 rb)：只能读已经存在的文件，不能写。

● 写生成(w 或 wb)：建立一个新文件写入数据。若文件已经存在，将覆盖已有数据。

● 追加(a 或 ab)：向已有文件末尾写入数据或建立新文件。

● 读/写打开(r+或 rb+)：读或写已经存在的文件。

● 读/写生成(w+或 w+b、wb+)：读或写新文件。

● 读/写追加(a+或 a+b、ab+)：读取或添加数据或建立新文件。

如果是读文件，则需要先确认此文件是否存在，并将读/写当前位置设定于文件开头。若是写文件，则检查原来是否有同名文件，若有则将该文件删除，然后建立一个新文件；若无，就将读/写当前位置设定于文件开头，以便从文件开头写入数据。例如：

fopen("file1.txt", "r");

表示要打开的文件是 file1.txt，文件的打开方式为"只读方式"(即只能从文件读入数据，而不能向文件写数据)。

(3) fopen( )执行成功，则返回一个 FILE 类型的指针值；如果执行失败(如文件不存在、设备故障、磁盘满等原因)，则返回一个 NULL 值。通常把该函数的返回值赋给一个 FILE 类型的指针变量，后面可以使用这个指针变量对文件进行操作。因此常用下面的方法打开一个文件:

```
FILE * fp;
if ((fp = fopen("file1.txt","r")) == NULL)
{
    printf("不能打开该文件.\n");
    exit(1);
}
```

即执行 fopen 函数时，若打开正常，则将该文件信息区(结构体变量)的起始地址赋给指针变量 fp，即使 fp 指向与文件对应的流；若文件打开失败，则 fp 的值为 NULL，输出"不能打开该文件"的信息，然后执行 exit(0)，结束程序，返回到操作系统。

(4) 对磁盘文件，在使用前先要打开，而对终端设备，尽管它们也作为文件来处理，但为什么在前面的程序中从未使用过"打开文件"的操作呢？这是由于在程序运行时，系统自动打开三个标准文件:标准输入、标准输出和标准出错输出。系统自动定义了三个指针变量:stdin、stdout 和 stderr，分别指向标准输入、标准输出和标准出错输出。这三个文件都是以终端设备作为输入/输出对象的。如果指定输出一个数据到 stdout 所指向的文件，就是指输出到终端设备。为使用方便，允许在程序中不指定这三个文件。也就是说，系统隐含的标准输入/输出文件是指终端。

(5) 每次最多能够同时打开的文件数目由一个宏 FOPEN_MAX 决定，一般不少于 8 个。具体数目需要查阅编译手册。

2. 文件的关闭

关闭文件就是撤销与操作文件相关的流，即通过关闭操作，通知系统释放相应的文件信息区(结构体变量)。这样，原来的指针变量不再指向该文件，此后也就不可能通过此指针来访问该文件。如果是执行写操作后用 fclose 关闭文件，则系统会先输出文件缓冲区的内容(不论缓冲区是否已满)给文件，然后再关闭文件。这样可以防止丢失本来应写到文件上的数据。

如果不关闭文件而直接使程序停止运行，这时就会丢失缓冲区中还未写入文件的信息。因此必须注意:文件用完后必须关闭。

C 语言中，关闭缓冲文件使用 fclose 函数，它的格式如下:

fclose(文件指针变量);

8.3.7 文件的字符读/写

由文件的打开方式可知，文件操作只有三种情况:读/写生成和写追加。当用读/写生成方式打开文件时，文件的位置指针指向文件的开始位置；当用追加方式打开文件时，文件位置指向文件尾，随后所进行的操作都是从文件尾开始的。这种文件的操作称为文件的顺序读/写。文件指针每次移动的距离可以为字符、字符串、给定的距离或一个记录(结构体)，它们分别由不同的函数进行。

1. 写一个字符到磁盘文件

fputc 函数可用于向文件写一个字符，原型如下：

int fputc(int ch,FILE * fp);

参数：ch 为要写到文件的字符；fp 为 FILE 类型的数据文件指针变量（简称为指向该文件的指针）。

功能：把字符变量的值输出到指针变量 fp 所指向的文件。

返回：该函数执行成功，返回写出的字符；失败，返回 EOF。

【例 8—1】将从键盘输入的字符逐个输出到文件 file1.txt 中。

```
# include 〈stdio.h〉
# include 〈stdlib.h〉
int main(void)
{
    FILE * fp;
    int ch;
    if((fp = fopen("c:\\file1.txt","w")) == NULL)
    {
        printf("cannot open this file. \n");
        exit(1);
    }
    while ((ch = getchar ( ))! = '\n')
        fputc(ch,fp);
    fclose(fp);
    return 0;
}
```

运行时从键盘上输入的字符在 file1.txt 文件中就可以看到。

2. 从磁盘文件中读一个字符

fgetc 函数能从磁盘文件接收一个字符，其原型为：

int fgetc(FILE * fp);

参数：fp 为 FILE 类型的数据文件指针变量（简称为指向该文件的指针）。

功能：从指针变量 fp 所指向的文件中读入一个字符。

返回：该函数执行成功，返回所读取的字符；若遇到文件结束符（EOF），则返回－1。

【例 8—2】将例 8—1 中写入到文件中的数据读出来，并在显示器上显示出来。

```
# include〈stdio.h〉
# include〈stdlib.h〉
int main(void)
{
    FILE * fp;
    char ch;
    if((fp = fopen("c:\\file1.txt","r")) == NULL)
```

```
    {
        printf("不能打开该文件.\n");
        exit(1);
    }
    while((ch = fgetc(fp)) != EOF)          /* 将用 fgetc( )读入的字符逐个显示 */
        putchar(ch);
    fclose(fp);
    return 0;
}
```

【例 8—3】统计已有文件 file1. txt 中的字符个数。

```
# include〈stdio. h〉
# include 〈stdlib. h〉
int main(void)
{
    FILE * fp;
    int count = 0;

    if((fp = fopen("c:\\file1. txt","r")) == NULL)
    {
        printf("不能打开该文件.\n");
        exit(1);
    }
    while(fgetc(fp) != EOF)
        count ++ ;
    fclose(fp);
    printf("该文件共有 %d 个字符.\n",count);
    return 0;
}
```

【例 8—4】统计文件 file1. txt 中单词的个数。算法与例 5—8 介绍的算法相同，程序
如下：

```
# include〈stdio. h〉
# include〈stdlib. h〉
int main(void)
{
    FILE * fp;
    char ch;

    int white = 1;                          /* 空白字符标记 */
    int count = 0;                          /* 单词计数器 */

    if((fp = fopen("c:\\file1. txt","r")) == NULL)
    {
```

```
        printf("不能打开该文件.\n");
        exit(1);
    }

    while((ch = fgetc(fp))!= EOF)
        if(ch == ' ' || ch == '\t' || ch == '\n')        /* 空格,制表符,换行符 */
            white ++ ;                                    /* 跳过空白字符 */
        else
            if(white)
            {
                white = 0;
                count ++;
            }
    fclose(fp);

    printf("该文件共有 %d 个字符.\n",count);
    return 0;
}
```

对于二进制文件，其数据值可能包含 -1(ASCII 文件不可能包含"-1"，ASCII 值没有 -1)，因此对于文件结束的判断可用 feof(fp)来判断，若该函数的值为 1，说明文件结束，而为 0 说明文件未结束。

8.3.8 文件的字符串读/写

1. fputs 函数可以向文件写入一个字符串

原型如下：

int fputs(const str,FILE * fp);

参数：str 为字符数组或字符串。

功能：把字符数组 str 中的所有字符(或字符指针指向的串，或字符串常量)输出到 fp 所指的文件，但字符串结束符"\0"不输出。

返回：成功，返回非负值；失败，返回 EOF。

2. 函数 fgets( )可以从文件读取一个字符串

原型如下：

char * fgets(char * str, int n, FILE * fp);

参数：str 为用于存放读入的字符串；n 为读入到 str 中的字符个数，包括从文件中读取的 n−1 个字符和自动添加的"\0"。

功能：从 fp 指向的文件读取 n−1 个字符，放到字符数组 str 中。如果在读入 n−1 个字符完成之前遇到换行符"\n"或文件结束符 EOF，即结束读入。但将遇到的换行符"\n"也作为一个字符送入 str 数组。在读入的字符串之后自动加一个"\0"。

返回：成功，返回 str 数组首地址；如读到文件尾或出错则返回 NULL。

【例 8—5】从键盘上输入若干行字符，把它们输出到磁盘文件上保存。

```
# include <stdio. h>
# include <stdlib. h>
# include <string. h>
int main(void)
{
    FILE * fp;
    char string[81];
    if ((fp = fopen("c:\\file2. txt","w")) == NULL)
    {
        printf("不能打开文件.\n");
        exit(1);
    }
    while(strlen(gets(string))>0)
    {
        fputs(string, fp);
        fputs("\n",fp);
    }
    fclose(fp);
    return 0;
}
```

由于 fputs 函数不会自动在输出一个字符串后加上一个"\n"字符,因此使用 fputs 函数输出一个"\n"字符,便于区分从键盘输入的字符串。

【例 8—6】 把例 8—5 文件中的字符串读出并显示出来。

```
# include <stdio. h>
# include <stdlib. h>

int main(void)
{
    FILE *fp;
    char string[81];
    if((fp = fopen("c:\\file2. txt","r")) == NULL)
    {
        printf("不能打开文件.\n");
        exit(1);
    }
    while(fgets(string,81,fp)!= NULL)
        printf("%s",string);

    fclose(fp);
    return 0;
}
```

由于在写文件时,每行后面写了一个换行符,fgets 函数所读入的字符串中已包含换行符,所以 printf 函数就可以输出换行符,不必在"%s"的后面加上"\n"。

8.3.9　文件的格式化读/写

在前面使用的格式化输入函数 scanf 从终端进行格式化输入，使用的格式化输出函数 printf 向终端输出。在文件的输入/输出中，也可以使用两个类似的函数 fscanf 和 fprintf 进行文件的格式化输入/输出。

1. 文件的格式化输出

文件的格式化输出使用 fpintf( )函数，原型如下：

```
int fprintf(FILE * stream,char * format[, argument, …]);
```

参数：stream 为文件指针；format、argument 为格式字符串和输出参数列表，与 printf 函数的含义相同。

功能：传送格式化输出到一个 stream 所指向的流中。

返回：成功，实际输出的字符数。

【例 8—7】格式化写数据到文件。

```c
#include<stdio.h>
#include<stdlib.h>
#include<string.h>
int main(void)
{
    FILE * fp;
    char name[20];
    int num;
    float score;
    if ((fp = fopen("c:\\file3.txt","w")) == NULL)
    {
        printf("不能打开指定文件.\n");
        exit(1);
    }
    printf("type name,num,score:");
    scanf("%s %d %f",name,&num,&score);
    while(strlen(name)>1)
    {
        fprintf(fp,"%s %d %f",name, num, score);
        printf("type name,num,score:");
    scanf("%s %d %f",name,&num,&score);
    }
    fclose(fp);
    return 0;
}
```

在该程序运行时，要输入学生的姓名、学号、成绩给数组 name 和变量 num、score 赋值。若所输入的姓名长度大于 1，则表示有效数据，把它们输出到磁盘文件 file3.txt 中。若输入的姓名为一个字母和两个 0，程序测出 strlen(name)不大于 1，循环终止。

由于 fprintf 函数中没有输出"\n",因此几次输出的数据是连续存放在一行的。

2. 文件的格式化输入

文件的格式化输入使用 fscanf( ) 函数,原型如下:

```
int fscanf(FILE * stream,char * format[,argument, … ]);
```

参数:stream 为文件指针;format、argument 为格式字符串和输入参数列表,与 scanf 函数的含义相同。

功能:从一个流中执行格式化输入。

返回:成功,实际输入的数据个数。

【例 8—8】从文件读入数据。

```
#include<stdio.h>
#include<stdlib.h>
int main ( )
{
    FILE * fp;
    char name[20];
    int num;
    float score;
    if ((fp = fopen("c:\\file3.txt","r")) == NULL)
    {
        printf("不能打开该文件.\n");
            exit(1);
    }
    while (fscanf(fp, "%s %d %f",name, &num, &score)!= EOF)
    printf("%-20s %6d %6.2f\n", name, num, score);
    fclose (fp);
    return 0;
}
```

虽然 file3.txt 中的数据未用换行符分隔,但其格式化输出不受影响。两个 fscanf 函数是连续从缓冲区中读数据的,因此用 fscanf 函数能够控制应读入的数据,然后在 printf 函数中加"\n"以便在显示屏幕上分行显示。

8.3.10 文件的记录读/写

对文件除了可以进行字符、字符串和格式化三种方式读/写外,ANSI 标准 C 还对缓冲文件系统作了扩充,允许按"记录"(即按数据块)来读写文件。这样,就能方便地对程序中的数组、结构体数据进行整体输入/输出。C 语言用 fwrite 和 fread 函数进行按"记录"读/写,其调用形式如下:

```
fread (buffer, size, count, fp);
fwrite (buffer, size, count, fp);
```

参数:

buffer:一个指针(地址),对 fread 来说,它是读入数据的存储区的起始地址;对 fwrite

来说，是将要输出的数据的存储区的起始地址，如数组地址。

size：要读写的字节数（记录的长度）。

count：要读写多少个 size 字节的数据项，即读写的记录数。

fp：文件类型指针变量。

返回值：fread 和 fwrite 函数的返回值为实际上已读入或输出的项数，即执行成功则返回 count。

例如：

```
fwrite(arr,80,3,fp);
```

表示从数组名 arr 所代表的数组起始地址开始，每次输出 80 字节的数据，共输出 3 次，即输出 240 字节，输出到 fp 所指向的磁盘文件中。如执行成功，返回值为 3。

应当指出：用 fread 和 fwrite 函数实行按"记录"读/写，必须采用二进制方式。

【例 8—9】通过 scanf 函数从键盘读入三个学生的数据（包括学生姓名、学号、年龄、三门课程的分数），然后求出每人的平均成绩，用 fprintf 函数输出学生姓名、学号和平均成绩（输出到文件 stud. rec 中），再用 fscanf 函数从 stud. rec 中读出这些数据并在显示器上显示出来。

```c
#include<stdio.h>
#include<stdlib.h>

struct student
{
    char name[10];
    int num;
    int age;
    float score[3];
    float ave;
}s[3];

int main(void)
{
    FILE *fp;
    int i;
    if ((fp = fopen("stud.rec","wb")) == NULL)
    {
        printf("不能打开该文件.\n");
        exit(1);
    }
    for(i = 0;i<3;i++)
    {
        scanf("%s %d %d %f %f %f",s[i].name,&s[i].num,&s[i].age,&s[i].score[0],&s[i].score[1],&s[i].score[2]);
        s[i].ave = (s[i].score[0] + s[i].score[1] + s[i].score[2])/3;
        fprintf(fp,"%s %d %f",s[i].name,s[i].num,s[i].ave);
    }
```

```
        fclose (fp);
        fp = fopen("stud. rec","rb");
        i = 0;
        while(fscanf(fp," %s %d %f",s[i]. name,&s[i]. num,&s[i]. ave)!=-1)
            i ++ ;
        printf("\nName Num Ave\n");
        for(i = 0;i<3;i ++ )
            printf(" %-10s %-5d %9.2f\n",s[i]. name,s[i]. num,s[i]. ave);
        return 0;
}
```

前面已说明，对 ASCII 文件进行读写时，在按回车键时转换为换行符，在输出换行符"\n"时要转换为"回车换行"(CR/CF)。在对二进制文件进行读/写时，不进行这些转换。内存中的数据形式与输出到磁盘文件中的数据形式完全一致。

8.4 扩展知识与理论

随机读/写是指可以任意指定读/写位置，而不是按照物理顺序逐一读/写。若能够移动位置指针到所需之处，就能实现随机读/写，而实现随机读/写的关键是如何移动文件位置指针到指定的位置。

8.4.1 文件位置指针的定位函数

1. fseek 函数

fseek 函数的作用是使位置指针移动到所需的位置。fseek 函数的原型为：

int fseek (FILE * fp, long int offset, int orgn);

参数：

orgn：起始点，可以用数字表示，也可以用 stdio. h 中所定义的宏来表示，如表 8—2 所示。

表 8—2   fseek( )中的起始点参数

数　值	宏　名	意　义
0	SEEK _ SET	文件头
1	SEEK _ CUR	当前位置
2	SEEK _ END	文件尾

offset：位移量，指以"起始点"为基点向前/向后移动的字节数(当参数为正/负值时)，向前指的是从文件头向文件尾方向移动。位移量用 long int 类型，可用来处理大的文件。

返回值： 若执行成功，返回 0；若失败，返回非 0 值。

2. ftell 函数

ftell 函数能告知用户位置指针的当前指向。例如，ftell(fp)的值是 fp 所指向的文件中位置指针的当前指向。如果出错(如不存在此文件)，则 ftell 函数返回值为-1。原型如下：

long int ftell(FILE * fp);

3. rewind 函数

rewind 函数的作用是使位置指针重新返回到文件的开始处。此函数无返回值。原型如下：

```
void rewind(FILE * fp);
```

8.4.2   文件随机读写程序的应用

【例 8—10】编写程序，实现 MS _ DOS 中的 copy 命令的功能。

程序如下：

```
# include〈stdio. h〉
# include〈stdlib. h〉
char buff[32768];
int main (int argc, char * argv[ ])
{
    FILE * fp1, * fp2;
    unsigned int bfsz = 32768;              / * bfsz 指定一次读入或输出的字节数 * /
    unsigned long i = 0;
    if((fp1 = fopen (argv[1],"rb")) == 0)
    {
        printf("不能打开源文件: %s.",argv[1]);
        exit(1);
    }
    if ((fp2 = fopen (argv[2],"wb")) == 0)
    {
        printf ("不能打开目标文件:",argv[2]);
        exit(1);
    }
    while (bfsz)
    {
        if (fread (buff,bfsz, 1, fp1))
        {
            fwrite (buff, bfsz, 1, fp2);
            i = i + bfsz;
        }
        else
        {
            fseek (fp1,i,0);
            bfsz = bfsz/2;
        }
    }
    fclose (fp1);
    fclose (fp2);
    return 0;
}
```

说明：该程序的功能是将文件 1 中的数据读入，然后输出到文件 2 中。在程序中指定一次读入多少字节。

（1）bfsz 指定一次读/写的字节数，开始时假定 bfsz＝32768。

(2) 程序中保存了文件当前读/写位置 i，即位置指针。当读到最后一个记录时，磁盘文件中的剩余数据不足 32768B，这时 fread 函数返回值 0，程序执行 else 部分。fseek 函数使位置指针指向自文件开始处的第 i 个字节处，即已复制部分的末尾。由于不足 32768B，就只读 bfsz＝32768/2＝16384B。下次执行 fread 函数时，如果读入成功，就执行 i＝i＋bfsz。如果最后一个记录不足 16384B，则继续减半处理……直到把最后一个记录读完为止。

8.4.3　ferror 函数

大多数标准的 I/O 函数并不具有明确的出错信息返回值，如调用 fputc 函数返回 EOF，它可能表示文件结束，也可能是因调用失败而出错。ANSI C 中为此提供了专门的函数来处理 I/O 调用中的错误。

fgets、fputc、fgetc、fread、fwrite 等 I/O 函数在调用时，如果出现错误，有可能在返回值上有所反映，但是并不准确。例如，fgets 函数返回 NULL，其原因可能是文件结束也可能是出错。ferror( ) 可以明确地检查是否出错，它的原型如下：

```
int ferror(FILE * strm);
```

说明： 返回值为 0，表示未出错；返回值为 1，表示出错。

同一个文件每一次调用输入/输出函数，均产生一个新的 ferror 函数值。

8.4.4　fclearerr 函数

fclearer( ) 的作用是重置 ferror 函数的初值为零。使用它的目的是为了在一次监视 I/O 调用并测试使用 ferror( ) 的值之后，立即使其复位，以便有效地监视下一个 I/O 调用。fclearer( ) 的原型如下：

```
void fclearerr(FILE * strm);
```

项目小结

根据项目 8 中的两个任务——学生信息的保存、学生信息文件的打开，我们学习了 C 语言中文件的操作，内容包括文件的概念、文件类型指针、文件的打开与关闭、文件的读/写、文件读/写中的错误处理等。从而达到了我们制定的技能目标：能用 fopen 函数和 fclose 函数打开和关闭文件，能正确地读/写文件，能用文件定位函数对文件进行正确的定位操作，能用格式化读/写函数、数据等。

习　题　8

一、选择题

1. fgets(str,n,fp) 函数从文件中读入一个字符串，以下正确的叙述是（　　）。

A. 字符串读入后不会自动加入 "\0"

B. fp 是 file 类型的指针

C. fgets 函数将从文件中最多读入 n－1 个字符

D. fgets 函数将从文件中最多读入 n 个字符

2. 下面的程序执行后，文件 test. t 中的内容是（　　）。

```
#include <stdio.h>
```

```
#include <string.h>
void fun(char * fname,char * st)
{
    FILE * myf;
    int i;
    myf = fopen(fname,"w");
    for(i = 0;i<strlen(st);i++)
        fputc(st[i],myf);
    fclose(myf);
}
int main ( )
{
    fun("c:\\test.t","new world");
    fun("c:\\test.t","hello");
}
```

A. hello   B. new worldhello   C. new world   D. hello，rld

3. 已知函数 fread 的调用形式为 fread(buffer,size,count,fp)，其中 buffer 代表的是(   )。

A. 存放读入数据项的存储区

B. 一个指向所读入文件的文件指针

C. 存放读入数据的地址或指向此地址的指针

D. 一个整型变量，代表要读入的数据项总数

4. 函数调用语句 "fseek(fp,-10L,2);" 的含义是(   )。

A. 将文件位置指针移动到距离文件头 10 字节处

B. 将文件位置指针从当前位置向文件尾方向移动 10 字节

C. 将文件位置指针从当前位置向文件头方向移动 10 字节

D. 将文件位置指针从文件尾处向文件头方向移动 10 字节

5. 在 C 程序中，可把整型数以二进制形式存放到文件中的函数是(   )。

A. fprintf 函数   B. fread 函数   C. fwrite 函数   D. fputc 函数

6. 若 fp 是指向某文件的指针，且已读到文件末尾，则库函数 feof(fp) 的返回值是(   )。

A. EOF   B. 0   C. 非零值   D. NULL

7. 在 C 语言的文件存取方式中，文件(   )。

A. 只能顺序存取   B. 只能随机存取（也称直接存取）

C. 可以是随机存取，也可以是顺序存取 D. 只能从文件的开头存取

8. C 语言可以处理的文件类型是(   )。

A. 文本文件和数据文件   B. 文本文件和二进制文件

C. 数据文件和二进制文件   D. 以上答案都不正确

二、填空题

1. 下面的程序用来统计文件中字符的个数。

```
#include <stdio.h>
main( )
{
    FILE * fp;
    long num = 0;
    if((fp = fopen("fname.dat","r")) == NULL)
    {
        printf("Can't open file!\n");
        exit(0);
    }
    while _____
    {
        fgetc(fp);
        num ++ ;
    }
    printf("num = %d\n",num);
    fclose(fp);
}
```

2. 以下程序的功能是：从键盘上输入一个字符串，把该字符串中的小写字母转换为大写字母，输出到文件 test.txt 中，然后从该文件读出字符串并显示出来。

```
. #include <stdio.h>
main( )
{
    FILE * fp;
    char str[100]; int i = 0;
    if((fp = fopen("test.txt", _____)) == NULL)
    {
        printf("Can't open this file!\n");
        exit(0);
    }
    printf("Input a string:\n");
    gets(str);
    while(str[i])
    {
        if(str[i]> = 'a' && str[i]< = 'z')
        str[i] = _____;
        fputc(str[i],fp);
        i++ ;
    }
    fclose(fp);
    fp = fopen("test.txt", _____);
    fgets(str,100,fp);
    printf(" %s\n",str);
    fclose(fp);
}
```

3. 下面程序把从终端输入的 10 个整数以二进制方式写到一个名为 bi. dat 的新文件中。

```
# include 〈stdio. h〉
main( )
{
    FILE * fp;
    int i,j;
    if((fp = fopen(_____,"wb")) == NULL) exit(0);
    for(i = 0;i<10;i ++ )
    {
        scanf(" %d",&j);
        fwrite(&j,sizeof(int),1,_____);
    }
    fclose(fp);
}
```

4. 以下程序打开文件后，先利用 fseek 函数将文件指针定位在文件末尾，然后调用 ftell 函数返回当前文件指针的具体位置，从而确定文件的长度。

```
FILE * myf;
long f1;
myf = _____("test. t","rb");
fseek(myf,0, SEEK_END);
f1 = ftell(myf);
fclose(myf);
printf(" %d\n",f1);
```

5. 以下程序由终端键盘输入一个文件名，然后把从终端键盘输入的字符依次存放到该文件中，用 # 作为结束输入的标志。

```
# include〈stdio. h〉
main ( )
{
    FILE * fp;
    char ch,fname[10];
    printf("Input the name of file\n");
    gets(fname);
    if((fp = fopen(_____)) == NULL)
    {
        printf("Can't open\n");
        exit(0);
    }
    printf("Enter data\n");
    while((ch = getchar ( ))! = '#')
        fputc(_____,fp);
    fclose(fp);
}
```

6. 在对文件进行操作的过程中，若要求文件的位置返回到文件的开头，应当调用的函数是_____。

7. 以下程序将一个名为 f1. dat 的文件复制到一个名为 f2. dat 的文件中。

```
# include 〈stdio. h〉
main( )
{
    char c;
    FILE * fp1, * fp2;
    fp1 = fopen("f1. dat",_____);
    fp2 = fopen("f2. dat",_____);
    c = getc(fp1);
    while(c != EOF)
    {
        putc(c, fp2);
        c = getc(fp1);
    }
    fclose(fp1);
    fclose(fp2);
    return;
}
```

8. 在 C 语言中，文件指针变量的类型只能是_____。

9. 下面为一个文本文件的修改程序，程序的每次循环都读入一个整数，该整数表示相对文件头的偏移量。然后按此位置显示文件中原来的值，并询问是否修改；若修改，则输入新的值，否则进行下一次循环。若输入值为 −1，则结束循环。

```
# include〈stdio. h〉
# include 〈conio. h〉
void main( int argc, char * argv[ ])
{
    FILE * fp;
    long off;
    char ch;
    if(argc != 2) return;
    if((fp = fopen(argv[1],_____)) == NULL) return;
    do
    {
        printf("\nInput a byte num to display:");
        scanf(" %ld", &off);
        if(off == − 1L) break;
        fseek(fp, off, SEEK_SET);
        ch = fgetc(fp);
        if(_____) continue;              /* 输入值过大 */
        printf("\nThe byte is: %c", ch);
        printf("\nModify?");                 /* 询问是否修改 */
        ch = getchar ( );
        if(ch == 'y' || ch == 'Y')
```

```
    {
        printf("\nInput the char:");
        ch = getchar ( );                        /* 输入新的字节内容 */
        fseek(_____);
    }
}while(1);
fclose(fp);
}
```

10. 本程序将当前目录下的文本文件 a. txt 复制到 b. txt，要求将 a. txt 中每一个非英文字符后的第一个小写英文字母改为大写并写到文件 b. txt 中，其他字符复制时不变。

```
# include <stdio. h>
# include <ctype. h>
# include <stdlib. h>
void main ( )
{
    _____;
    int flag = 1;
    char ch;
    if((f1 = fopen("a. txt","r")) == NULL)
    {
        printf("不能打开文件 a. txt\n");
        exit(0);
    }
    if((f2 = fopen("b. txt","r")) == NULL)
    {
        printf("不能打开文件 b. txt\n");
        exit(0);
    }
    while(_____)
    {
        if(_____ && ch > = "a"&&ch < = "z") fputc(ch - 32,f2);
        else _____;
        if(! isalpha(ch)) flag = 1;
        else flag = 0;
    }
    fclose(f1);
    fclose(f2);
}
```

11. 下列程序运行时输入 1 个文本文件的文件名（不超过 45 个字符），删除该文件中所有空格符。

```
# include <stdio. h>
# include <stdlib. h>
void main( )
```

```
{
    FILE *f1, *f2;
    char ch, filename[46];
    _____;
    if((f1 = fopen(filename, "r")) == NULL)
    {
        printf("%s 不能打开!\n", filename);
        exit(0);
    }
    f2 = fopen("temp.dat", "w");
    while((ch = (char)fgetc(f1))! = EOF) if(ch!=" ) _____;
    fclose(f1);
    fclose(f2);
    _____;
    rename("temp.dat", filename);
}
```

三、编写程序题

统计当前目录下文本文件 data.txt 中字符"＄"出现的次数，并将结果写到当前目录下文件 res.txt 中。

"班级学生成绩管理系统"项目总结

1. 总体说明

在开展C语言程序设计课程的教学活动中，以"职业活动导向、任务驱动、项目载体"，结合C语言的特点，通过"班级学生成绩管理系统"项目的开发，使学习者掌握数据类型、分支控制、循环控制、函数的定义及调用、结构体及数组、指针、文件操作、编译预处理等C语言程序设计知识，学会用C语言程序解决实际问题的能力。

"班级学生成绩管理系统"共设计了四个功能，如下图所示。

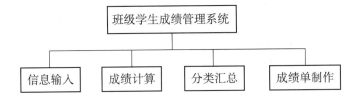

"班级学生成绩管理系统"共包含8个项目：

- 项目1　项目菜单设计。
- 项目2　学生成绩的输入与计算。
- 项目3　项目菜单的选择执行。
- 项目4　项目的整体框架设计。
- 项目5　项目中数组的应用。
- 项目6　项目中指针的应用。
- 项目7　项目中自定义数据类型。
- 项目8　项目中学生数据的存储与重用。

"班级学生成绩管理系统"采用"循序渐进"的原则，将8个项目分为21个任务实施。各项目以1~4个任务为驱动，围绕完成任务设计必备的知识与理论进行讲解，使学习与应用融为一体。随着学习的深入逐步完善程序的功能，最后形成一个较为完整的系统。学习者也可以自己增加新的模块，使程序更加完善、实用。项目开发中的任务如下：

- 任务1：用输入/输出函数初步设计项目菜单。
- 任务2：学生成绩的输入/输出。
- 任务3：总分与平均分的计算。
- 任务4：用if语句实现菜单的选择执行。

- 任务 5：用 switch 语句实现菜单的选择执行。
- 任务 6：用循环语句实现主菜单的选择执行。
- 任务 7：整体项目菜单函数。
- 任务 8：子项目菜单函数。
- 任务 9：系统实现的主函数。
- 任务 10：使用数组查找学生最高、最低成绩。
- 任务 11：使用数组查找成绩不合格的学生。
- 任务 12：使用数组对学生的成绩进行排序。
- 任务 13：使用指针查找学生最高、最低成绩。
- 任务 14：使用指针查找成绩不合格的学生。
- 任务 15：使用指针对学生的成绩进行排序。
- 任务 16：学生记录的增加。
- 任务 17：学生记录的删除。
- 任务 18：学生记录的修改。
- 任务 19：学生记录的显示。
- 任务 20：学生信息的保存。
- 任务 21：学生信息文件的打开。

程序设计课程的教学是引导学习者利用计算机进行解题能力的培养过程。本书的项目和例题选择了比较典型的问题，强调对问题的分析过程，其目的在于通过对典型问题的分析，使学习者能举一反三，不断积累解决复杂问题的能力。

各项目的 1～4 个任务为相对独立的程序单元，这 1～4 个任务一般都有一个主函数，可以运行。在项目总结部分按照大型 C 语言程序的写法，编写一个有符号常量定义、结构体定义、函数声明的头文件；用主函数将所有用到的函数连接起来（为了连接的需要，又编写了一些必要的连接函数），形成一个相对完整的程序，可以正常运行。目前程序中可以运行的菜单如下：

"1. 信息输入"→"1. 个人信息输入"下的所有子菜单可以执行；

"1. 信息输入"→"2. 成绩输入"可以执行；

"2. 成绩计算"下的所有子菜单可以执行；

"3. 分类汇总"→"1. 按成绩排序"可以执行；

程序执行时，要先执行"信息输入"，然后再执行"成绩计算"、"分类汇总"等菜单。

2. 自定义的头文件

下面是定义的头文件，命名为 stud.h。将该文件保存在与源程序文件相同的文件夹下。

```
#define N 3                              /*输入 N 个学生的成绩*/
#define STUSIZE 40                       /*学生信息的个数*/
struct student                           /*学生信息的结构体*/
{
    int stunum;                          /*学生信息学号*/
    char stuname[10];                    /*学生信息学生姓名*/
    float stuscore[5];                   /*学生信息三门课成绩、平均成绩、总成绩*/
```

```
};
struct student stu[STUSIZE];                              /*定义学生信息数组*/
int stunum;                                               /*用来记录当前学生记录数*/

int MainMenu ( );                                         /*项目主菜单函数声明*/
void InfoInput(float [ ], int);                           /*信息输入菜单函数声明*/
void CompMenu(float [ ], int);                            /*项目计算子菜单函数声明*/
void SubTotal(float [ ], int);                            /*分类汇总子菜单函数声明*/
void ReportMark ( );                                      /*成绩单制作子菜单函数声明*/

void ScoreIO(float [ ], int);                             /*N个学生成绩的输入函数声明*/
void SumAvg(float [ ], int);                              /*N个学生总分与平均分的计算函数声明*/
void SearchMax(float score[ ], int n);                    /*求N个学生最高成绩函数声明*/
void SearchMin(float score[ ], int n);                    /*求N个学生最低成绩函数声明*/
void NotElig(float * score, int n, float passscore);      /*求N个学生不及格的成绩函数声明*/

void AscSort(float * score, int n);                       /*排序函数声明*/

int add(struct student[ ], int * );                       /*增加学生记录函数声明*/
int Del(struct student[ ], int * );                       /*删除学生记录函数声明*/
int Modify(struct student[ ], int * );                    /*修改学生记录函数声明*/
void DispAll(struct student[ ], int, char[ ]);            /*显示全部记录函数声明*/

void InfoIO ( );                                          /*信息输入函数声明*/
void Save(struct student[ ], int * );                     /*信息保存函数声明*/
void Open(struct student [ ], int * );                    /*打开文件函数,显示保存的内容函数声明*/
```

3. 主函数及其他函数

在源程序文件中,有详细的解释。

```
# include <stdio. h>
# include <stdlib. h>
# include "stud. h"                                        /*自己定义的头文件*/

void main ( )                                             /*项目主函数定义*/
{
    int menuItem;                                         /*主菜单选择的菜单号*/
    float score[n];                                       /*N个学生的成绩数组*/
    menuItem = MainMenu ( );
    while(menuItem)
    {
        switch(menuItem)
        {
            case0:exit(0);
            case1:InfoInput(score, N);
```

```
                    break;
          case2:CompMenu(score,N);
                    break;
          case3:SubTotal(score,N);
                    break;
          case4:ReportMark ( );
                    break;
          default:break;
      }
      menuItem = MainMenu ( );
   }
}


int MainMenu ( )                          /* 项目主菜单函数定义 */
{
   int n;
   system("cls");
   printf("\n\n\n");
   printf("\t| * * * * * * * * 学生成绩管理系统 * * * * * * * * |\n");
   printf("\t| ----------------------------- |\n");
   printf("\t|              1. 信息输入              |\n");
   printf("\t|              2. 成绩计算              |\n");
   printf("\t|              3. 分类汇总              |\n");
   printf("\t|              4. 成绩单制作            |\n");
   printf("\t|              0. 退出                  |\n");
   printf("\t| ----------------------------- |\n");
   printf("\t请选择菜单号(0-4):");
   scanf(" %d",&n);
   return n;                               /* 返回选择的菜单号 */
}


void InfoInput(float score{},int m)        /* 信息输入菜单函数定义 */
{
   int n;
   system("cls");
   printf("\n\n\n");
   printf("\t| * * * * * * * * 信息输入子菜单 * * * * * * * * |\n");
   printf("\t| ------------------------- |\n");
   printf("\t|         1. 个人信息管理         |\n");
   printf("\t|         2. 成绩输入             |\n");
   printf("\t|         0. 返回上级菜单         |\n");
   printf("\t| ------------------------- |\n");
   printf("\t请选择菜单号(0-2):");
   scanf(" %d",&n);
```

```
    while(n)
    {
        switch(n)
        {
            case1:InfoIO ( );                      /*执行个人信息输入输出*/
                break;
            case2:ScoreIO(score,m);                /*执行成绩输入输出*/
                getchar ( );
                getchar ( );
                break;
            case0:return;                          /*返回上级菜单*/
            default:break;
        }
        system("cls");
        printf("\n\n\n");
        printf("\t|********信息输入子菜单********|\n");
        printf("\t|---------------------------|\n");
        printf("\t|          1. 个人信息管理           |\n");
        printf("\t|          2. 成绩输入              |\n");
        printf("\t|          0. 返回上级菜单           |\n");
        printf("\t|---------------------------|\n");
        printf("\t请选择菜单号(0-2):");
        scanf("%d",&n);
    }
}


void CompMenu(float score[ ],int m)                /*项目计算子菜单函数定义*/
{
    int n;
    system("cls");
    printf("\n\n\n");
    printf("\t|*********成绩计算子菜单*********|\n");
    printf("\t|---------------------------|\n");
    printf("\t|        1. 计算总成绩与平均成绩        |\n");
    printf("\t|        2. 计算最高分与最低分         |\n");
    printf("\t|        3. 查找成绩不合格的          |\n");
    printf("\t|        0. 返回上级菜单            |\n");
    printf("\t|---------------------------|\n");
    printf("\t请选择菜单号(0-3):");
    scanf("%d",&n);
    while(n)
    {
        switch(n)
        {
```

```
                case1:SumAvg(score,m);                    /*执行总成绩、平均成绩计算*/
                        break;
                case2:SearchMax(score,m);                 /*执行查找最高成绩学生*/
                        SearchMin(score,m);               /*执行查找最低成绩学生*/
                        break;
                case3:NotElig(score,m,60);                /*执行查找不及格学生*/
                        break;
                case0:return;                             /*返回上级菜单*/
                default:break;
            }
            printf("\t请选择菜单号(0-3):");
            scanf("%d",&n);
        }
    }


void SubTotal(float score[ ],int m)                       /*分类汇总子菜单函数定义*/
{
    int n;
    system("cls");
    printf("\n\n\n");
    printf("\t********分类汇总子菜单********|\n");
    printf("\t--------------------------|\n");
    printf("\t             1.按成绩排序           |\n");
    printf("\t             2.按个人汇总           |\n");
    printf("\t             3.按班级汇总           |\n");
    printf("\t             4.按课程汇总           |\n");
    printf("\t             0.返回上级菜单         |\n");
    printf("\t--------------------------|\n");
    printf("\t请选择菜单号(0-3):");
    scanf("%d",&n);
    while(n)
    {
        switch(n)
        {
            case1:AscSort(score,m);                       /*执行学生成绩排序*/
                    break;
            case2:printf("你选择了第%d项菜单!\n",n);
                getchar ( );getchar ( );
                    break;
            case3:printf("你选择了第%d项菜单!\n",n);
                getchar ( );getchar ( );
                    break;
            case0:return;                                 /*返回上级菜单*/
            default:break;
```

```
    }
    printf("\t 请选择菜单号(0-3):");
    scanf(" %d",&n);
    }
}


void ReportMark ( )                          /* 成绩单制作子菜单函数定义 */
{
    int n;
    system("cls");
    printf("\n\n\n");
    printf("\t******* 成绩单制作子菜单 ******* |\n");
    printf("\t--------------------------|\n");
    printf("\t          1. 按班级            |\n");
    printf("\t          2. 按个人            |\n");
    printf("\t          0. 返回上级菜单       |\n");
    printf("\t--------------------------|\n");
    printf("\t 请选择菜单号(0-2):");
    scanf(" %d",&n);
    while(n)
    {
        switch(n)
        {
            case1:printf("你选择了第 %d 项菜单!\n",n);
                getchar ( );getchar ( );
                break;
            case2:printf("你选择了第 %d 项菜单!\n",n);
                    break;
            case0:return;                    /* 返回上级菜单 */
            default:break;
        }
        printf("\t 请选择菜单号(0-2):");
        scanf(" %d",&n);
    }
}


void ScoreIO(float score[ ], int n)          /* 学生成绩输入输出函数定义 */
{
    int i;
    for(i=0;i<n;i++)                          /* 学生成绩输入 */
    {
        printf("请输入第 %d 个学生的成绩:",i+1);
        scanf(" % f",&score[i]);
    }
```

```
        for(i = 0;i<n;i++)                          /*学生成绩输出*/
        {
            printf("第%d个学生的成绩为:%f\n",i+1,score[i]);
        }
    }


    void SumAvg(float score[ ],int n)                /*学生总成绩和平均成绩计算函数定义*/
    {
        int i;
        float sum = 0,avg = 0;
        for(i = 0;i<n;i++)                          /*学生总成绩*/
            sum += score[i];
        avg = sum/n;                                /*学生平均成绩*/
        printf("这%d个学生的总成绩为%f,平均分为%f\n",n,sum,avg);
    }


    void SearchMax(float score[ ],int n)             /*查找学生最高成绩函数定义*/
    {
        int i;
        float max;
        max = score[0];
        for(i = 1;i<n;i++)
            if(score[i]>max)
                max = score[i];
        printf("这%d个成绩的最高分为:%f\n",n,max);
    }


    void SearchMin(float score[ ],int n)             /*查找学生最低成绩函数定义*/
    {
        int i;
        float min;
        min = score[0];
        for(i = 1;i<n;i++)
            if(score[i]<min)
                min = score[i];
        printf("这%d个成绩的最低分为:%f\n",n,min);
    }


    /*查找成绩不及格学生函数定义,passscore为及格成绩*/
    void NotElig(float *score,int n,float passsscore)
    {
        int i,count = 0;
        for(i = 0;i<n;i++,score++)
            if( *score<passsscore)
```

```
        {printf("第%d个学生成绩不合格,其成绩为:%f\n",i, *score);count++;}
    if(count==0)
        printf("没有成绩不合格的学生\n");
}
void AscSort(float *score,int n)                      /*学生成绩排序函数定义*/
{
    int i,j;
    float temp;

        for(i=0;i<n-1;i++)
        for(j=0;j<n-i-1;j++)
            if(score[j]>score[j+1])
            {
                temp=score[j];
                score[j]=score[j+1];
                score[j+1]=temp;
            }
    for(i=n-1;i>=0;i--)
        printf("第%d名,成绩为:%f\n",n-i,score[i]);
}


void InfoIO( )                                        /*个人信息输入输出函数定义*/
{
    int n;
    int recnum=0;                                     /*目前的记录数*/
    system("cls");
    printf("\n\n\n");
    printf("\t******** 个人信息子菜单 ********|\n");
    printf("\t--------------------------------|\n");
    printf("\t            1. 增加学生记录        |\n");
    printf("\t            2. 修改学生记录        |\n");
    printf("\t            3. 删除学生记录        |\n");
    printf("\t            4. 保存学生记录        |\n");
    printf("\t            0. 返回上级菜单        |\n");
    printf("\t--------------------------------|\n");
    printf("\t请选择菜单号(0-4):");
    scanf("%d",&n);
    while(n)
    {
        switch(n)
        {
            case1:add(stu,&recnum);                   /*执行个人信息增加*/
                DispAll(stu,recnum,"成绩单");          /*显示个人信息增加后的结果*/
                break;
```

```
            case2:Modify(stu,&recnum);                    /*执行个人信息修改*/
                  DispAll(stu,recnum,"修改后成绩单");      /*显示个人信息修改后结果*/
                  break;
            case3:Del(stu,&recnum);                        /*执行个人信息删除*/
                  DispAll(stu,recnum,"删除后成绩单");      /*显示个人信息删除后结果*/
                  break;
            case4:Save(stu,&recnum);                       /*执行个人信息保存*/
                  Open(stu,&recnum);                       /*显示个人信息保存后的结果*/
                  break;
            case0:return;                                  /*返回上级菜单*/
            default:break;
        }
        getchar ( );
        getchar ( );
        system("cls");
        printf("\n\n\n");
        printf("\t********* 个人信息子菜单 *********|\n");
        printf("\t-----------------------------|\n");
        printf("\t              1. 增加学生记录              |\n");
        printf("\t              2. 修改学生记录              |\n");
        printf("\t              3. 删除学生记录              |\n");
        printf("\t              4. 保存学生记录              |\n");
        printf("\t              0. 返回上级菜单              |\n");
        printf("\t-----------------------------|\n");
        printf("\t请选择菜单号(0-4):");
        scanf("%d",&n);
    }
}


int add(struct student stu[ ],int *size)                  /*增加学生记录函数定义*/
{
    int i,j;
    int stunum;
    int number;
    if( *size>=40)                                         /*判断数组是否已满*/
    {
        printf("数组已满,不能再增加记录");
        return 0;
    }
    else
    {
        do                                                /*判断输入的增加记录是否合适*/
        {
            printf("请输入增加的记录个数:");;
```

```
            scanf("%d",&number);
            if(number<0 || number + *size>=40)
            {
                  printf("输入增加记录个数出错,请重新输入!\n");
            }
        }while(number<0 || number + *size>=40);
        stunum = *size + number;
        printf("学生信息输入!");
        for(i = *size;i<stunum;i++)                    /*增加学生纪录*/
        {
            printf("请输入第%d个学生学号:",i+1);
            scanf("%d",&stu[i].stunum);
            printf("请输入第%d个学生姓名:",i+1);
            scanf("%s",stu[i].stuname);
            for(j = 0;j<3;j++)
            {
                  printf("请输入第%d门成绩:",j+1);
                  scanf("%f",&stu[i].stuscore[j]);
            }
        }
    }
    * size = stunum;
    return 1;
}


int Del(struct student stu[ ],int *stusize)              /*删除学生记录函数定义*/
{
    int i,k;
    int number;
    int loop = 0;
    printf("删除学生记录!\n");
    if( *stusize<= 0)
    {
        printf("数组中没有学生记录或文件打不开,不能删除记录!\n");
        return 0;
    }
    else
    {
        do                                          /*找出删除学生记录的下标*/
        {
            printf("删除学生记录号(不删除记录请输入-1)!\n");
            printf("请输入被删除学生的学号:");
            scanf("%d",&number);
            if(number ==-1)
```

```
        {
            return 0;
        }
        for(i = 0, k = 0; i < *stusize; i ++ )
        {
            if(number == stu[i]. stunum)
            {
                loop = 1;
                k = i;                          /*被删除记录的下标*/
                break;
            }
        }
        if(loop!= 1)
        {
            printf("输入学生学号出错,按任意键重新输入!");
            getchar ( );
        }
    }while(loop!= 1);
}
for(i = k; i < *stusize; i ++ )
{
    stu{i} = stu[i + 1];
}
printf("删除成功,按任意键继续!");
* stusize = * stusize - 1;                      /*删除后的记录数*/
getchar ( );
return 1;
}


int Modify(struct student stu{}, int * stusize)    /*修改学生记录函数定义*/
{
    int i,k;
    int number;
    int loop = 0;
    printf("修改学生记录!\n");
    if( *stusize < = 0)
    {
        printf("数组中没有学生记录或文件没有打开,不能修改记录!");
        return 0;
    }
    else
    {
        do
        {
```

```
        printf("修改学生记录!(不修改请输入 - 1 表示)\n");
        printf("请输入被修改学生的学号:");
        scanf(" %d",&number);
        if(number == - 1)
        {
            return 0;
        }
        for(i = 0,k = 0;i< *stusize;i ++ )
        {
            if(number == stu[i]. stunum)
            {
                loop = 1;
                k = i;                          /* 被修改记录的下标 */
                break;
            }
        }
        if(loop!= 1)
        {
            printf("输入学生学号出错,按任意键重新输入!");
            getchar ( );
        }
    }while(loop! = 1);
}
    printf("修改学生记录!\n");
    printf("学号:");
    scanf(" %d",&stu[k]. stunum);
    printf("姓名:");
    scanf(" %s",&stu[k]. stuname);
    printf("成绩 1:");
    scanf(" %f",&stu[k]. stuscore[0]);
    printf("成绩 2:");
    scanf(" %f",&stu[k]. stuscore[1]);
    printf("成绩 3:");
    scanf(" %f",&stu[k]. stuscore[2]);
    printf("修改成功,按任意键继续!");
    getchar ( );
    return 1;
}
void DispAll(struct student stu[ ],int size,char str[ ])              /* 显示全部记录函数定义 */
{
    int i,j;
    if(size< = 0)
    {
        printf("数组中没有学生记录或文件没有打开,不能显示记录");
```

```
            }
        else
        {
            printf(" %s\n",str);
            printf("\n学号\t姓名\t成绩1\t成绩2\t成绩3\t总成绩\t平均成绩\n");
            for(i=0;i<size;i++)
            {
                printf(" %d\t",stu[i].stunum);
                printf(" %s\t",stu[i].stuname);
                stu[i].stuscore[3]=0;
                for(j=0;j<3;j++)                    /* 计算三门课的总成绩和平均成绩 */
                {
                    stu[i].stuscore[3]+=stu[i].stuscore[j];
                }
                stu[i].stuscore[4]=0;
                stu[i].stuscore[4]=stu[i].stuscore[3]/3;

                for(j=0;j<5;j++)                    /* 显示三门课的成绩、总成绩、平均成绩 */
                {
                    printf(" %3.2f\t",stu[i].stuscore[j]);
                }
                printf("\n");
            }
        }
    }
void Save(struct student stu[ ],int * stusize)        /* 保存文件函数定义 */
{
    FILE *fp;
    int i;
    if((fp=fopen("c:\\stuscore.dat","w+"))==NULL)
    {
        printf("文件不能正常打开!\n");
        return;
    }
    else
    {
        for(i=0;i< *stusize;i++)
        {
            fwrite(&stu[i],sizeof(struct student),1,fp);
        }
        fclose(fp);
    }
    printf("保存文件成功!\n");
}
```

```
void Open(struct student stu[ ], int *size)              /* 打开文件、显示文件中内容函数的定义 */
{
    int i;
    FILE *fp;
    if((fp = fopen("c:\\stuscore. dat","rb")) == NULL)
    {
        printf("文件不能正常打开!\n");
        return;
    }
    else
    {
        for(i = 0; i< * size; i++ )
        {
            fread(&stu[i], sizeof(struct student), 1, fp);
            printf(" %6d %10s %7. 2f %7. 2f %7. 2f %7. 2f %7. 2f\n",
                stu[i]. stunum, stu[i]. stuname, stu[i]. stuscore[0], stu[i]. stuscore[1],
                stu[i]. stuscore[2], stu[i]. stuscore[3], stu[i]. stuscore[4]);
        }
        fclose(fp);
    }
    printf("文件打开成功!");
}
```

"班级学生成绩管理系统"项目的源程序在 Microsoft Visual C++ 6.0 下调试通过。

附录1 常用字符与 ASCII 码对照表(附表1)

附表1   常用字符与 ASCII 码对照表

ASCII 值	字符	控制字符	ASCII 值	字符	ASCII 值	字符	ASCII 值	字符
000	(Null char)	NUL	032	(space)	064	@	096	`
001	(Start of Header)	SOH	033	!	065	A	097	a
002	(Start of Text)	STX	034	"	066	B	098	b
003	(End of Text)	ETX	035	♯	067	C	099	c
004	(End of Transmission)	EOT	036	$	068	D	100	d
005	(Enquiry)	ENQ	037	%	069	E	101	e
006	(Acknowledgment)	ACK	038	&	070	F	102	f
007	(Beep)	BEL	039	'	071	G	103	g
008	(Backspace)	BS	040	(	072	H	104	h
009	(Horizontal Tab)	HT	041	)	073	I	105	i
010	(Line Feed)	LF	042	*	074	J	106	j
011	(Home)	VT	043	+	075	K	107	k
012	(Form Feed)	FF	044	,	076	L	108	l
013	(Carriage Return)	CR	045	−	077	M	109	m
014		SO	046	.	078	N	110	n
015		SI	047	/	079	O	111	o
016		DLE	048	0	080	P	112	p
017		DC1	049	1	081	Q	113	q
018		DC2	050	2	082	R	114	r
019		DC3	051	3	083	S	115	s
020		DC4	052	4	084	T	116	t
021		NAK	053	5	085	U	117	u
022		SYN	054	6	086	V	118	v
023		ETB	055	7	087	W	119	w
024	↑	CAN	056	8	088	X	120	x
025	↓	EM	057	9	089	Y	121	y
026	→	SUB	058	:	090	Z	122	z
027	←	ESC	059	;	091	[	123	{
028	∟	FS	060	<	092	\	124	|
029	↔	GS	061	=	093	]	125	}
030	▲	RS	062	>	094	^	126	~
031	▼	US	063	?	095	_	127	

附录2 C语言运算符的优先级与结合性（附表2）

附表2   C语言运算符的优先级与结合性

优先级	类型	运算符	含义	结合方向
1	双目	( )	圆括号运算符	→
		[ ]	下标运算符	
		->	指向结构体成员运算符	
		.	结构体成员运算符	
2	单目	!	逻辑非运算符	←
		~	按位取反运算符	
		++	自增运算符	
		——	自减运算符	
		—	负号运算符	
		+	正号运算符	
		（类型）	类型转换运算符	
		*	指针运算符	
		&	取地址运算符	
		sizeof	类型长度运算符	
3	算术（双目）	*	乘法运算符	→
		/	除法运算符	
		%	求余运算符	
4	算术（双目）	+	加法运算符	→
		—	减法运算符	
5	位运算（双目）	<<	左移运算符	→
		>>	右移运算符	
6	关系（双目）	<	小于	→
		<=	小于或等于	
		>	大于	
		>=	大于或等于	
7	关系（双目）	==	等于运算符	→
		!=	不等于运算符	
8	按位（双目）	&	按位与运算符	→
9	按位（双目）	ˆ	按位异或运算符	→
10	按位（双目）	|	按位或运算符	→
11	逻辑（双目）	&&	逻辑与运算符	→
12	逻辑（双目）	||	逻辑或运算符	→
13	条件（三目）	?:	条件运算符	←
14	赋值（双目）	=、+=、—=、*=、/=、%=、>>=、<<=、&=、ˆ=、|=	赋值运算符	←
15	顺序	,	逗号运算符	→

附录3 C语言中的关键字

C语言中的关键字根据其作用，可分为数据类型关键字、控制语句关键字、存储类型关键字和其他关键字四类。

1. 数据类型关键字(12个)

(1) char：声明字符型变量或函数。

(2) double：声明双精度变量或函数。

(3) enum：声明枚举类型。

(4) float：声明浮点型变量或函数。

(5) int：声明整型变量或函数。

(6) long：声明长整型变量或函数。

(7) short：声明短整型变量或函数。

(8) signed：声明有符号类型变量或函数。

(9) struct：声明结构体变量或函数。

(10) union：声明共用体(联合)数据类型。

(11) unsigned：声明无符号类型变量或函数。

(12) void：声明函数无返回值或无参数，声明无类型指针。

2. 控制语句关键字(12个)

(1) 循环语句。

①for：循环语句。

②do：循环语句的循环体。

③while：循环语句。

④break：跳出当前循环。

⑤continue：结束当前循环，开始下一轮循环。

(2) 条件语句。

①if：条件语句。

②else：条件语句否定分支(与 if 连用)。

③goto：无条件跳转语句。

(3) 开关语句。

①switch：用于开关语句。

②case：开关语句分支。

③default：开关语句中的"其他"分支。

（4）返回语句。

return：子程序返回语句（可以带参数，也可不带参数）。

3. 存储类型关键字（4个）

（1）auto：声明自动变量（一般不使用）。

（2）extern：声明变量是在其他文件中声明（也可以看做是引用变量）。

（3）register：声明寄存器变量。

（4）static：声明静态变量。

4. 其他关键字（4个）

（1）const：声明只读变量。

（2）sizeof：计算数据类型长度。

（3）typedef：用以给数据类型取别名。

（4）volatile：说明变量在程序执行中可被隐含地改变。

参考文献

［1］谭浩强.C语言程序设计.北京：清华大学出版社，2009

［2］谭浩强等.C语言程序设计教程.北京：高等教育出版社，1991

［3］张强华等.C语言程序设计.北京：人民邮电出版社，2001

［4］吕新平等.二级C语言程序设计实战训练教程.西安：西安交通大学出版社，2006

［5］陈兴无.C语言程序设计项目化教程.武汉：华中科技大学出版社，2009

教育部高职高专计算机教指委规划教材

序号	标准书号	书 名	主 编	定价（元）	备 注
1	ISBN 978-7-300-12890-0	大学计算机基础教程	舒望皎	26.00	配备教学资源
2	ISBN 978-7-300-11722-5	ASP. NET 网络程序设计	崔连和	28.00	配备教学资源
3	ISBN 978-7-300-11475-0	软件工程技术与实用开发工具	王伟	26.00	配备教学资源
4	ISBN 978-7-300-12061-4	Java 程序设计项目教程	张兴科、季昌武	29.80	配备教学资源
5	ISBN 978-7-300-12059-1	Java 网络程序设计项目教程 ——校园通系统的实现	王茹香	25.00	配备教学资源
6	ISBN 978-7-300-12060-7	JSP 动态网站设计项目教程	张兴科	28.00	配备教学资源
7	ISBN 978-7-300-12504-6	Dreamweaver CS 网页设计与实训教程	史晓红、章立	29.00	配备教学资源
8	ISBN 978-7-300-12889-4	C 语言程序设计项目教程	吕新平	32.00	配备教学资源
9	ISBN 978-7-300-12759-0	企业级网站开发项目教程（ASP. NET）	陈义辉、沙继东	32.00	配备教学资源
10	ISBN 978-7-300-12888-7	计算机组装与维修案例教程·浙江省高校重点教材建设（高职高专）	张海波	28.00	配备教学资源
11	ISBN 978-7-300-12891-7	动态网站开发技术项目教程（ASP. NET）	牛立成	28.00	配备教学资源
12	ISBN 978-7-300-12887-0	SQL Server 2005 数据库案例教程	尹毅峰、李东	28.00	配备教学资源
13	ISBN 978-7-300-12892-4	Premiere Pro CS4 视频编辑项目教程（彩印）	尹敬齐	35.00	配备教学资源
14	ISBN 978-7-300-12894-8	中文版 Photoshop 设计与制作项目教程（彩印）	张小志、高欢	38.00	配备教学资源
15	ISBN 978-7-300-12893-1	3ds Max 动画设计与制作案例教程（彩印）	许广彤	35.00	配备教学资源
16	ISBN 978-7-300-13246-4	数据库开发技术项目教程 （SQL Server 2008＋C♯2008）	王跃胜	28.00	配备教学资源

全国高职高专计算机系列精品教材

序号	标准书号	书 名	主 编	定价（元）	备 注
17	ISBN 978-7-300-12039-3	网络管理与维护	马志彬	26.00	配备教学资源
18	ISBN 978-7-300-12437-7	计算机应用基础	沈美莉、陈孟建、池敏	32.00	
19	ISBN 978-7-300-12435-3	计算机应用基础实训	刘静	26.00	
20	ISBN 978-7-300-12458-2	C 语言程序设计	汪剑	25.00	
21	ISBN 978-7-300-12432-2	Java 实例应用教程	王建虹	26.00	
22	ISBN 978-7-300-12459-9	计算机组成原理	朱小军	25.00	
23	ISBN 978-7-300-12429-2	计算机网络技术实训教程	曹建春	28.00	
24	ISBN 978-7-300-12431-5	Dreamweaver 网页设计与制作案例教程	李敏	26.00	
25	ISBN 978-7-300-12428-5	计算机组装与维护	陈桂生	22.00	
26	ISBN 978-7-300-12434-6	多媒体应用技术基础教程	张明	20.00	
27	ISBN 978-7-300-12436-0	三维动画设计与制作	向华	28.00	
28	ISBN 978-7-300-12430-8	数据结构导论	蔡厚新	39.80	
29	ISBN 978-7-300-12438-4	操作系统概论	杨云	29.00	
30	ISBN 978-7-300-12433-9	二维动画制作技术	牟奇春	26.00	

教师信息反馈表

　　为了更好地为您服务，提高教学质量，中国人民大学出版社愿意为您提供全面的教学支持，期望与您建立更广泛的合作关系。请您填好下表后以电子邮件或信件的形式反馈给我们。

您使用过或正在使用的我社教材名称		版次	
您希望获得哪些相关教学资料			
您对本书的建议（可附页）			
您的姓名			
您所在的学校、院系			
您所讲授课程名称			
学生人数			
您的联系地址			
邮政编码		联系电话	
电子邮件（必填）			
您是否为人大社教研网会员	□ 是　会员卡号：_____ □ 不是，现在申请		
您在相关专业是否有主编或参编教材意向	□ 是　　　　　□ 否 □ 不一定		
您所希望参编或主编的教材的基本情况（包括内容、框架结构、特色等，可附页）			

我们的联系方式： 北京市海淀区中关村大街 31 号
中国人民大学出版社教育分社
邮政编码：100080
电话：010-62515923
网址：http：//www.crup.com.cn/jiaoyu
E-mail：jyfs_2007@126.com

图书在版编目（CIP）数据

C语言程序设计项目教程/吕新平主编 . —北京：中国人民大学出版社，2011
（教育部高职高专计算机教指委规划教材）
ISBN 978-7-300-12889-4

Ⅰ.①C… Ⅱ.①吕… Ⅲ.①C语言-程序设计-高等学校：技术学校-教材 Ⅳ.①TP312

中国版本图书馆 CIP 数据核字（2010）第 205099 号

教育部高职高专计算机教指委规划教材
C语言程序设计项目教程
主　编　吕新平
副主编　孟祥瑞　邱发林　池　云
参　编　李超燕　沈宇平　邱　斌

出版发行	中国人民大学出版社			
社　　址	北京中关村大街 31 号	邮政编码	100080	
电　　话	010 - 62511242（总编室）	010 - 62511398（质管部）		
	010 - 82501766（邮购部）	010 - 62514148（门市部）		
	010 - 62515195（发行公司）	010 - 62515275（盗版举报）		
网　　址	http://www.crup.com.cn			
	http://www.ttrnet.com（人大教研网）			
经　　销	新华书店			
印　　刷	北京市鑫霸印务有限公司			
规　　格	185 mm×260 mm　16 开本	版　　次	2011 年 3 月第 1 版	
印　　张	18.75	印　　次	2011 年 3 月第 1 次印刷	
字　　数	443 000	定　　价	32.00 元	